Ici la base de la Tranquillité

Serge BORDÈRES

www.base-tranquillite.fr

CÉPADUÈS-ÉDITIONS
111, rue Nicolas Vauquelin
31100 Toulouse – France
Tél. : 05 61 40 57 36 – Fax : 05 61 41 79 89
www.cepadues.com
Courriel : cepadues@cepadues.com
Coordonnées GPS en WGS 84
N 43° 34'43,2"
E 001° 24'21,5"

Chez le même éditeur

Combustion dans les moteurs fusées .... *Cnes*

Imagerie Spatiale. Des principes d'acquisition au traitement des images optiques pour l'observation de la Terre .... *Cnes/Onera/Ign*

Satellite Imagery. From acquisition principles to processing of optical images for observing the Earth .... *Cnes/Onera/Ign*

Lanceurs & Satellites .... *Couillard Ph.*

Il était une fois l'Homme sur la Lune .... *Gracieux S.*

Pourquoi nous ne sommes pas allés sur la Lune (l'échec de la course à la Lune du côté soviétique) .... *Michine V.-P.*

Dans les coulisses de la Conquête Spatiale .... *Villain J.*

50 Années d'ère spatiale .... *Villain J. & Gracieux S.*

L'illustration de couverture est un photomontage d'après des photographies du Lunar and Planetary Institute.

ISBN : 978.2.85428.985.5

Dépôt légal : novembre 2011

Préface

Il y a un peu plus de 40 ans, l'humanité vivait une aventure extraordinaire. Elle avait pour nom Apollo. Pour la première fois de son histoire, l'homme brisait ses chaînes terrestres et posait son pied sur la Lune ouvrant, par la même occasion, l'espace à une exploration tant attendue depuis presque deux millénaires. Parmi les dizaines de romanciers qui nous avaient fait rêver pendant tout ce temps, Cyrano de Bergerac et Jules Verne avaient presque transformé ce rêve en réalité. Mais il a fallu encore attendre le milieu du XXe siècle pour que la technologie permette à l'homme d'atteindre l'inaccessible. Car, vaincre la gravité a été un défi considérable. Ce que les auteurs avaient imaginé au cours des deux mille ans précédents, Kennedy et les ingénieurs américains l'ont fait en moins de dix ans. Fabuleuse aventure qui, il faut bien le dire marque un peu le pas aujourd'hui.

Alors, un nouveau livre sur Apollo après les centaines déjà publiés ? Tout n'a-t-il pas déjà été raconté ? Pas tout à fait. La démarche de Serge Bordères est intéressante et originale. Jamais les derniers moments de l'arrivée de Neil Armstrong et de Buzz Aldrin sur la Lune en ce 20 juillet 1969 n'avaient été narrés avec une telle précision et un tel réalisme. Au prix d'un remarquable travail d'archives, nous pouvons vivre, presque seconde par seconde, le déroulement des opérations au point que le lecteur a vraiment l'impression d'être aux côtés des astronautes américains. Rien ne nous échappe, le dialogue avec Houston, les ordres, les commentaires, les manœuvres et même le langage un peu ésotérique que confèrent les multiples sigles dont les Américains sont si friands.

Mais hormis ce travail riche et minutieux de Serge Bordères, à mon sens, ce livre va plus loin. Il met un terme définitif à la croyance de ceux qui prétendent que toute cette aventure Apollo n'était que pure mystification et qu'en fait l'homme n'a jamais marché sur la Lune. Après la lecture de ce livre, personne ne peut encore prétendre à la supercherie.

Jacques Villain
Historien de la conquête de l'espace
Membre de l'Académie de l'Air et de l'Espace

Remerciements

Je tiens à remercier Stella Manning, qui a patiemment attendu le retour de mes voyages quotidiens sur la Lune pendant trois ans et qui m'a conseillé tout au long de l'écriture de ce livre.

Je remercie également David Smith, collègue astrophysicien au CNRS, pour avoir spontanément soutenu mon projet et qui fut mon premier lecteur.

Sans oublier une attention spéciale pour Judith et Carl Siegel sans qui, probablement, ce livre n'aurait pas existé.

Sommaire

Avant-propos

Je ne suis pas astronaute, je ne travaille pas à la NASA, je ne suis pas un spécialiste de l'aérospatiale, mais dans la nuit du 20 au 21 juillet 1969 j'étais devant un écran de télévision noir et blanc et je regardais Neil Armstrong marcher sur la Lune. Je n'avais pas tout à fait neuf ans. À partir de là, je décidais d'être pilote, pour être astronaute, parce qu'à cette époque les astronautes étaient des pilotes. Je devins informaticien ! Était-ce un hasard, quand je me souviens que le tout premier programme que j'ai écrit, sur une des premières calculatrices programmables, était une simulation de l'alunissage d'un module lunaire ? Je ne savais pourtant pas encore qu'un des héros du premier alunissage fut un ordinateur. Comme probablement des millions de personnes autour du monde, l'aventure Apollo avait inscrit dans mon esprit le goût pour les sciences et techniques.

De nombreux livres ont été écrits par les protagonistes de la conquête de la Lune, directeurs de vol, astronautes, ingénieurs, ou encore par des auteurs qui ont raconté l'histoire des missions Apollo. La NASA a déclassifié et mis en ligne sur Internet de nombreux rapports techniques. Il existe aussi de nombreux films d'archives issus de la NASA ou d'autres organisations. Toutes ces sources sont pour l'essentiel en anglais. Il n'existait pas de publication aussi détaillée en français que celles qui existent en anglais. Il n'existait pas non plus de reconstitution du premier alunissage et de la première marche lunaire, associant les angles de vue des divers acteurs, ainsi que celui de ces millions de téléspectateurs, enfants de Neil Armstrong, à qui on a gravé dans l'esprit ces images un peu fantomatiques de l'Homme explorant un autre monde.

Pourtant l'histoire n'est pas banale. Notamment les vingt-sept secondes de suspense qui auraient pu changer le cours de l'Histoire. Détail intéressant pour un informaticien, le premier rôle était tenu par un ordinateur qui aurait pu être accablé du « presque » échec de ce premier alunissage alors qu'il en fut le sauveur. Et quel ordinateur ! L'ancêtre de ceux que nous avons sur nos bureaux. Chercher à comprendre ces quelques secondes et les minutes qui précédèrent et suivirent c'est comme ouvrir une boîte de pandore. Chaque question résolue en amène une autre. Pratiquement chaque minute de cette descente légendaire porte une part de la conquête spatiale et un suspense.

À l'été 2009, lors des célébrations du quarantième anniversaire du premier pas sur la Lune, tout le monde croyait encore au retour des Américains sur la Lune à l'horizon des années 2020. Le programme Constellation, lancé en 2004, était sur la route de la Lune. Six mois plus tard, en janvier 2010, le président Obama a refroidi tout le monde. Le projet est abandonné et la Lune avec. Du coup, il est fort probable que les témoins des premiers pas de l'Humanité hors de son nid ont désormais peu de chances de revivre une nouvelle aventure extraterrestre. Les plus jeunes devront attendre longtemps avant de connaître l'émotion de voir des hommes évoluer sur un autre astre.

Alors, malgré Obama, retournons sur la Lune, revivons cette grande histoire technologique et humaine, apprenons comment se poser sur la Lune et comment le facteur humain a été décisif pour triompher.

Comme on dit du côté de Houston : vous êtes GO pour continuer la lecture de ce livre.

Serge Bordères

Cet ouvrage comporte de nombreuses citations traduites de l'anglais ainsi que les transcriptions des échanges radio entre les astronautes et la Terre et entre les contrôleurs de vol, dans les coulisses. Les protagonistes s'étant longuement entraînés ensemble, leurs échanges sont en général très courts, comportent souvent une partie sous-entendue et utilisent des termes techniques de jargon. Afin de respecter le plus possible les propos et l'ambiance des communications, la plupart du temps, ces termes ne seront pas traduits dans les transcriptions. Par exemple, l'expression GO/NOGO restera telle quelle et ne sera pas traduite par quelque chose comme « Aller/stop ». De la même manière les indicatifs radio ne seront pas traduits : FLIGHT ne sera pas traduit par VOL ! Bien sûr, ces termes seront toujours expliqués.

Dans le même esprit, les valeurs d'altitude et de vitesse sont conservées en pieds dans la transcription des échanges radio. Elles sont converties dans le système métrique après chaque citation.

À Philéas qui connaîtra la suite de cette histoire.

Chapitre premier

Dernier virage

Ce qu'on risque révèle ce qu'on vaut.
Jeanette Winterson (écrivain)

Depuis leur départ de Cap Canaveral le 16 juillet 1969, c'est la première fois que les trois hommes se séparent. À bord de son module de commande (Columbia) Michael (Mike) Collins vient de verrouiller la trappe du tunnel qui relie les deux modules du train spatial Apollo. De l'autre côté du tunnel, à bord du module lunaire, Eagle (Aigle), Neil Armstrong et Edwin (Buzz) Aldrin s'apprêtent à écrire une page de l'histoire de l'Humanité. Collins, restera à bord du module de commande et ne participera pas à cette descente légendaire vers le sol lunaire. Dans environ trois heures, il deviendra l'être humain le plus isolé de toute l'Histoire.

Collins a commencé sa carrière comme pilote de combat dans l'US Air Force. Il a été pendant une période affecté en France, sur la base de Chaumont-Semoutiers dans la Haute-Marne. Plus tard, il intégra l'USAF Experimental Flight Test Pilot School et devint pilote d'essai. Il fut sélectionné en 1963 dans le troisième groupe d'astronautes que la NASA recruta et c'est lors de la mission Gemini X qu'il partit pour la première fois dans l'espace et réalisa deux sorties dans le vide spatial. Mike connaît donc bien ce que le mot danger veut dire. Mais aujourd'hui, il n'est pas inquiet pour ce qu'il risque lui, mais sa hantise c'est de devoir revenir seul vers la Terre. En effet, la descente vers la Lune est considérée par tous comme la phase la plus risquée de toute la mission. Neil Armstrong déclara dans une interview en 2001 :

« *De mon point de vue, la phase la plus difficile fut la descente finale de l'alunissage. Sur une échelle de 1 à 10, marcher à la surface de la Lune se situait à un et la descente probablement à treize*[1] ».

En cas d'accident pendant la descente, pendant la marche lunaire, ou encore en cas d'impossibilité de redécoller, Collins devrait abandonner Neil et Buzz, peut-être encore vivants, et revenir sur Terre seul. De quoi en rester marqué toute sa vie. Le cas avait été envisagé au plus haut niveau à la NASA et à la présidence de l'état américain. En cas de catastrophe il faudrait réagir pour faire face à l'émotion nationale et même internationale. William Safire, qui rédigeait les discours du Président Nixon, écrivit, le 18 juillet 1969, une lettre au chef de cabinet de la maison blanche, Harry R. Haldeman, pour lui suggérer l'attitude à tenir au cas où Aldrin et Armstrong ne pourraient revenir de la Lune. Safire mentionne que le Président devrait d'abord téléphoner aux veuves puis faire l'allocution suivante à la télévision :

« *Le destin a décidé que les hommes qui sont allés sur la Lune pour l'explorer en paix y resteront pour y reposer en paix. Ces hommes courageux, Neil Armstrong et Edwin Aldrin savent qu'il n'y a aucun espoir de les sauver. Mais il savent aussi que leur sacrifice est porteur d'espoir pour l'humanité. Ces deux hommes ont donné leur vie pour le but le plus noble de l'humanité : la recherche de la vérité et de la connaissance. Ils seront pleurés par leur famille et leurs amis, ils seront pleurés par la nation, ils seront pleurés par les peuples du monde, ils seront pleurés par leur planète Mère qui a osé envoyer deux de ses fils dans l'inconnu. Dans leur exploration, ils ont uni les peuples du monde; dans leur sacrifice, ils ont rapproché les hommes dans leur fraternité. Dans les temps anciens, les hommes regardaient les étoiles et voyaient leurs héros dans les constellations. À notre époque, nous faisons de même, mais nos héros sont des hommes épiques de chair et de sang. D'autres suivront et trouveront sûrement le chemin du retour. La quête de l'homme n'est pas remise en cause. Mais ces hommes étaient les premiers et ils resteront avant tout dans nos cœurs. Que chaque être humain qui regarde vers la Lune dans la nuit sache qu'il y a un endroit d'un autre monde qui pour toujours appartient à l'Humanité*[2] ».

Safire prévoyait également, après la coupure des communications avec la Lune par la NASA, qu'un prêtre devrait faire une cérémonie funéraire équivalente à celles qui sont faites en mer, confiant l'âme des astronautes aux profondeurs des abîmes. Collins n'avait qu'une envie : que le prêtre reste chez lui. Peu de temps avant le décollage, Tom Paine, l'administrateur de la NASA,

---

[1]Armstrong/NASA oral history.
[2]http://en.wikisource.org/wiki/In_Event_of_Moon_Disaster

s'entretint avec les trois astronautes. Il leur demanda de ne pas tenter le diable si les choses ne tournaient pas rond, de savoir abandonner et de préserver leur vie avant tout. On leur redonnerait leurs chances sur une autre mission[3].

Collins est maintenant occupé aux commandes de Columbia, car il est le pilote du module de commande (CMP, Command Module Pilot). Depuis des mois, il s'est entraîné pour connaître son engin sur le bout des doigts et réaliser toutes les manœuvres. Quelques heures après le départ de la fusée de son pas de tir, il a dû extraire le module lunaire (LM[4]) de son logement dans le troisième étage de la fusée puis manœuvrer pour mettre le vaisseau en orbite autour de la Lune. Bientôt, il devra se détacher de Eagle, plus tard le récupérer, allumer le moteur principal pour revenir sur Terre, régler la trajectoire afin d'assurer une rentrée correcte dans l'atmosphère.

De l'autre côté du tunnel, Neil Armstrong et Buzz Aldrin sont déjà dans leur combinaison spatiale qu'ils ne quitteront plus jusqu'à leur retour à bord de Columbia. Le casque vissé sur la tête, scaphandre pressurisé, ils reçoivent leur oxygène par le cordon ombilical qui les relie au LM. Ils ne portent donc pas encore leur « sac à dos », c'est-à-dire leur système de survie autonome qui leur permettra de sortir de leur cabine pour évoluer librement sur le sol lunaire[5]. Aldrin occupe la fonction de pilote du module lunaire (LMP, Lunar Module Pilot). Mais, s'il est bien le spécialiste de l'engin, il n'en est réellement que le copilote. Le vrai pilote, c'est le commandant de bord (CDR, Commander), c'est-à-dire Neil Armstrong. La descente doit normalement être automatique, pilotée par l'ordinateur de bord, et il n'est prévu un pilotage manuel que dans les tout derniers mètres de la descente. Mais, tout peut arriver...

Le module de commande est collé au module de service. Ces deux parties ne se sépareront que pour le retour dans l'atmosphère terrestre. Le module de commande forme la partie avant, conique, où se trouve le poste de pilotage et où vit l'équipage.

---

[3]Collins/ Carrying the fire – p.349.
[4]LM pour Lunar Module.
[5]Ce sac à dos est appelé PLSS pour Portable Life Support System.

Schéma du module de commande et de service (d'après Apollo command module news reference)

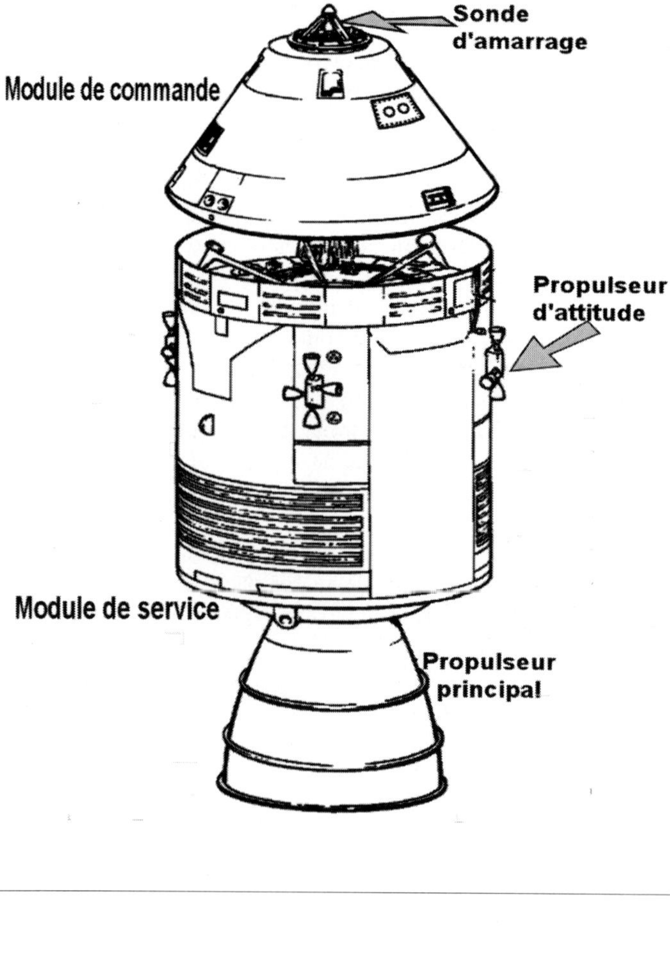

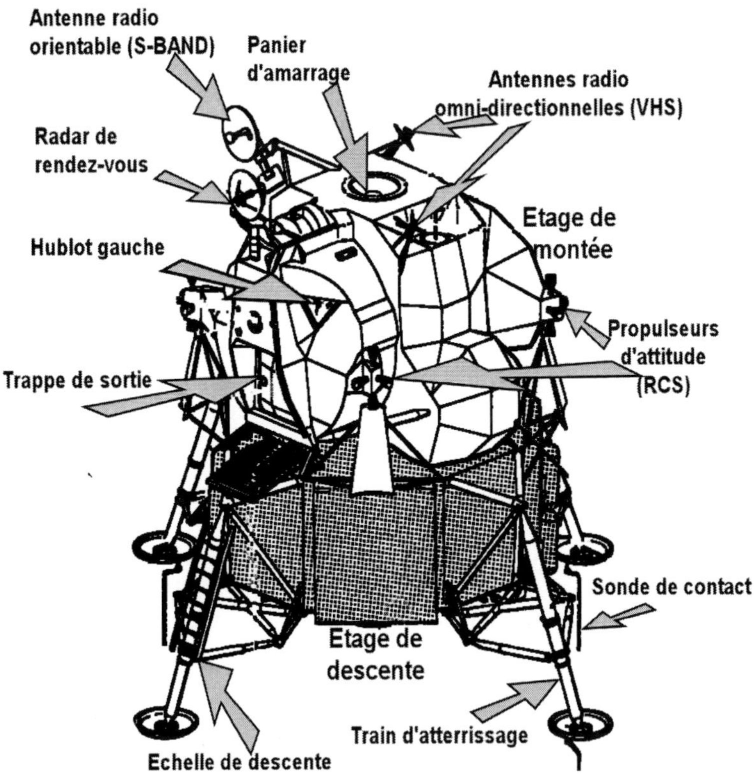

Schéma du module lunaire (d'après Apollo 11 Press kit)

La base de ce cône est formée du bouclier thermique qui protégera le vaisseau lors du retour dans l'atmosphère terrestre. Le module de service est à l'arrière. De forme cylindrique, il contient tous les éléments techniques : le propulseur principal, les petits propulseurs d'attitude, les réservoirs cryogéniques d'oxygène et d'hydrogène qui alimentent une pile à combustible fournissant l'électricité et l'eau. L'ensemble est appelé en abrégé CSM (Command and Service Module) et a été construit par la société North American. Son surnom a été proposé par les trois astronautes. Il fut soufflé par Julian Scheer, qui travaillait comme assistant auprès de l'administrateur pour les relations publiques de la NASA. Il proposa Columbia.

Ce nom portait en lui deux symboliques. Il rappelait le roman de Jules Verne, de la Terre à Lune, dans lequel le canon utilisé pour lancer le célèbre obus vers la Lune se nommait « Columbiad ». Et en enlevant le « d » il évoquait Christophe Colomb et la découverte de l'Amérique.

Le nom abrégé du module lunaire fut d'abord LEM pour Lunar Excursion Module puis devint LM, pour Lunar Module mais on continua à prononcer LEM. Son nom, Eagle, il le doit à la conception de l'écusson de la mission qui incombait aussi aux astronautes. Cette fois c'est Jim Lovell, membre de l'équipage de réserve, qui proposa à Collins d'y dessiner un aigle (américain) se posant sur la Lune, les ailes grandes déployées. Il devenait logique de baptiser le module lunaire « Eagle », « Aigle ».

Ce LM n'a pas grand-chose à voir avec les vaisseaux que les films de science-fiction nous montrent parfois. Néanmoins, c'est un des engins volants les plus formidables jamais construits jusqu'alors. Aucune forme aérodynamique puisqu'aucune atmosphère ne viendrait freiner son vol, mais au contraire des formes tarabiscotées sorties de l'imagination des ingénieurs de la société Grumman sous la houlette de Thomas J. Kelly. Les 3 000 personnes qui travaillaient sur le projet produisirent 40 000 dessins techniques pour concevoir l'engin et y intégrer toutes les contraintes qui leur étaient imposées[6].

Le LM est composé de deux étages : l'étage de descente et l'étage de montée. Il est conçu à l'image de tout le projet Apollo qui consistait à lâcher le poids devenu inutile au fur et à mesure de la mission. Quelques minutes après son décollage, la fusée Saturn V avait déjà perdu deux étages avant de satelliser autour de la Terre son troisième étage au sommet duquel se trouvait

[6]Kelly/NASA Oral history project.

le LM et le module de commande et de service. Puis ce troisième étage les a propulsés sur une trajectoire lunaire et s'est détaché d'eux. Quant au LM, il doit descendre sur la Lune avec ses deux étages. Le propulseur contenu dans l'étage de descente assurera le freinage jusqu'à la surface. Pour redécoller, cet étage de descente servira de pas de tir à l'étage de montée, qui dispose de son propre propulseur. Seul cet étage reviendra s'amarrer à Columbia, qui le larguera dès que les astronautes y auront repris place. Enfin, avant de rentrer dans l'atmosphère terrestre, le CSM se divisera en deux, abandonnant le module de service. Au final, ce n'est que 0,2% de la masse initiale qui reviendra sur Terre.

Ce module lunaire fut probablement l'élément le plus difficile à développer. Il doit emporter deux propulseurs distincts, du carburant pour chacun et être suffisamment solide pour encaisser un éventuel contact au sol un peu dur. Il doit embarquer tous les systèmes de guidage et de navigation et, surtout de survie des deux personnes qui composent l'équipage qui, en plus, auront sans doute la bonne idée de rapporter quelques souvenirs de leur séjour, c'est-à-dire quelques kilos de Lune. Autant dire que la gestion du poids était une équation particulièrement sévère. C'est le confort des astronautes qui a le plus pâti des choix qui ont été faits. En effet, dans le LM, il n'y a pas de sièges. Armstrong et Aldrin vont donc rester debout durant toute la descente, bien que le terme « debout » ne soit pas très approprié puisqu'ils sont en apesanteur. En réalité, par rapport à la surface de la Lune, ils vont passer de la position horizontale à la position verticale, lorsqu'ils seront posés. En guise de ceinture de sécurité, ils ont leurs pieds maintenus au plancher du LM par des bandes Velcro et un système de câbles fait office de ceinture de sécurité. Ils vont également devoir dormir avant de repartir. Inutile de dire qu'il n'y a pas de couchettes et qu'ils n'ont pas non plus de tente à planter. Ils devront donc se trouver une position suffisamment confortable pour dormir. Lors de la mission Apollo 12, les astronautes bénéficieront d'une substantielle amélioration de confort : un hamac !

L'étage de montée dispose de petits moteurs d'attitude répartis tout autour du vaisseau qui lui permettent des mouvements de translation ou de rotation sur ses axes. Les astronautes ont une vue sur l'extérieur par deux petits hublots triangulaires.

Le module lunaire d'Apollo 11 est le cinquième d'une série de 15. Les LM 1 et 3 furent testés en orbite terrestre lors des vols Apollo 5 et 9.

Le système d'amarrage du module de commande et du module lunaire. À gauche on voit le panier au fond duquel se trouve l'orifice dans lequel vient se loger le cône de la sonde (à droite). C'est sur ce cône que se trouve les trois crochets. (NASA)

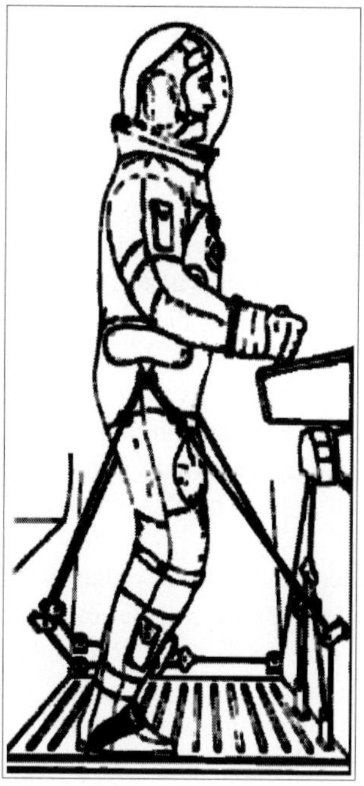

Système d'attache des astronautes dans le LM (NASA Apollo Lunar Module news reference)

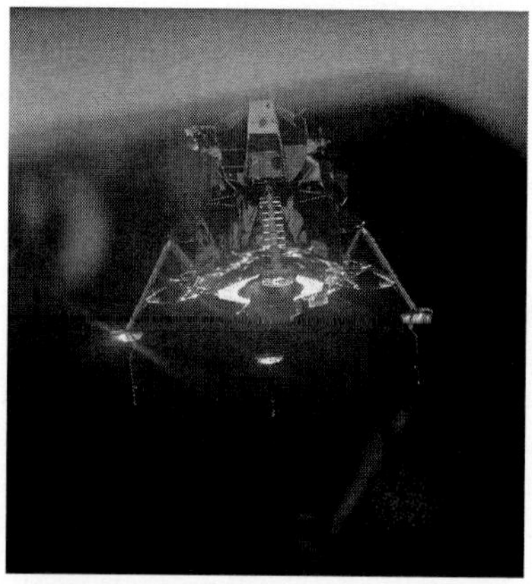

Le LM juste après le désamarrage photographié par Mike Collins. (NASA)

Les LM 5, 6 , 8, 10, 11, 12 sont allés sur la Lune avec les missions Apollo 11, 12, 14, 15, 16, 17. Le LM numéro 7 eut un destin très particulier. C'est lui qui servit de chaloupe de sauvetage aux astronautes d'Apollo 13 alors qu'ils étaient en perdition entre la Terre et la Lune avec un module de service endommagé par l'explosion d'un réservoir cryogénique d'oxygène. C'est le seul module lunaire qui a fait l'aller-retour Terre-Lune et qui a fini sa vie au fond du Pacifique. Les LM numéro 2 et 9 ne volèrent pas et ils sont aujourd'hui exposés, respectivement, au musée de l'air et de l'espace à Washington et au centre spatial Kennedy en Floride. Du fait de l'arrêt prématuré du programme Apollo, les LM 13, 14 et 15 ne volèrent pas et ne furent pas terminés. De tous les éléments techniques qui composent une mission Apollo, le LM a une particularité : il est le seul élément qui n'a pas le droit d'avoir le moindre défaut de fiabilité.

Depuis que les deux vaisseaux sont en orbite autour de la Lune, beaucoup de travail de préparation a été nécessaire pour activer le LM. Puis les trois hommes ont eu droit à un peu de repos. Armstrong en a profité pour se faire une beauté au cas où un comité d'accueil les attendrait. « *Savez-vous où est la mousse à raser ?* » dit-il.

Après la fermeture du tunnel, une des premières manœuvres à réaliser est le déploiement du train d'atterrissage. Les quatre jambes du LM étaient restées dans leur position repliée depuis le départ. Si le mécanisme ne fonctionne pas, tout le monde peut rentrer à la maison. Mais il fonctionne, les boulons explosifs qui maintenaient les pattes pliées ont bien explosé. La position du train d'atterrissage sera vérifiée plus tard visuellement par Collins, quand les vaisseaux s'éloigneront.

Pour l'heure, ils sont de l'autre côté de la Lune, sans contact possible avec la Terre et toujours amarrés un à l'autre par un système d'accroche mâle-femelle dit « probe and drogue ». Du côté du LM, la partie femelle est constituée d'un panier en forme d'entonnoir (drogue) au fond duquel se trouve un orifice. Du côté du module de commande, la partie mâle est une sonde (probe) au bout de laquelle se trouve un cône qui doit venir se loger au fond de l'entonnoir. Une fois dans cette position, trois crochets s'en dégagent pour bloquer le cône et ainsi capturer le LM. Ce cône est placé au bout de vérins qui se replient pour rapprocher les vaisseaux. Lorsque les deux anneaux du tunnel ainsi formé sont en contact, douze verrous se ferment automatiquement afin de maintenir l'ensemble fermement. Ensuite, une fois le tunnel pressurisé, les trappes d'accès ainsi que la sonde et le panier sont retirés, permettant ainsi le passage des hommes d'un côté à l'autre.

C'est l'opération inverse que doit maintenant faire Collins pour rendre sa liberté à Eagle. Il remet en place le panier et y engage la sonde, dont les vérins sont repliés au maximum. Puis il déverrouille manuellement les douze verrous tout autour de l'anneau d'amarrage, et enfin ferme la trappe d'accès. Maintenant, il ne reste plus qu'au pilote du CSM qu'à redéplier la sonde afin de repousser le LM et, en bout de course, dégager les trois crochets. S'ils ne se dégagent pas, Eagle ne s'envolera pas. Pour remédier à une telle situation, Armstrong ou Aldrin devront sortir dans l'espace pour intervenir de l'extérieur.

Collins n'aimait pas trop ce mécanisme. Il dira : *« Je hais cette sonde, et je suis à moitié convaincu qu'elle me hait aussi et qu'elle va me le prouver en*

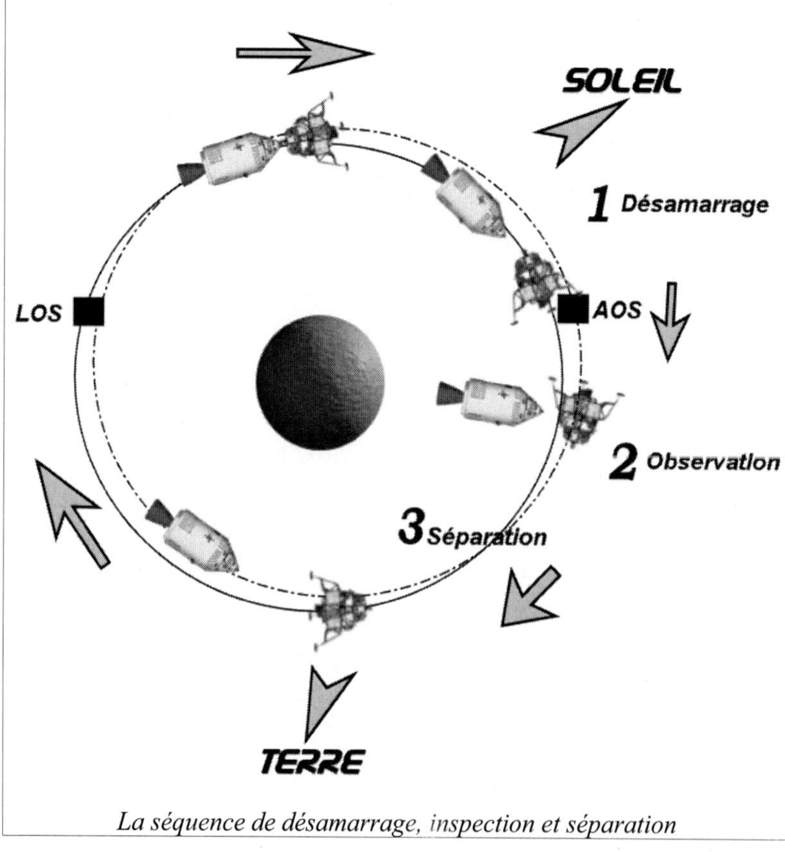

La séquence de désamarrage, inspection et séparation

orbite lunaire en se coinçant inextricablement dans le tunnel[7] *»*. Pas cette fois ! La sortie périlleuse et épuisante n'aura pas lieu. Les vaisseaux s'éloignent lentement.
Aldrin : *« Ça a l'air d'une belle séparation. »*
Collins : « Ça *m'a l'air bien. »*
Armstrong : *« OK, j'annule ma vitesse. Mike, tu dérives à la distance que tu veux et tu annules ta vitesse. »*

Les deux vaisseaux se stabilisent à une douzaine de mètres l'un de l'autre[8]. Désormais Apollo 11 ne s'appelle plus Apollo 11, mais Columbia et Eagle. Armstrong lance alors Eagle dans une pirouette de 360° afin que Collins puisse l'inspecter de tous les côtés. Il faut notamment qu'il vérifie si le train d'atterrissage est bien déployé. Le LM est éclairé par le Soleil[9] qui fait briller les feuilles de Mylar dorées qui habillent l'étage de descente. L'avant du vaisseau est repérable grâce aux deux petits hublots derrière lesquels se tiennent Aldrin et Armstrong. Entre ces hublots et en contrebas se trouve l'échelle placée sur la jambe avant du train d'atterrissage. C'est cette échelle qu'il faudra descendre pour fouler le sol lunaire. Au bout de trois des jambes pendent des sortes de bâtons d'environ un mètre soixante-dix de long[10].
Il s'agit des sondes de contact. Lorsque l'une d'elles touchera le sol, un voyant s'allumera dans le poste de pilotage annonçant que le moteur de descente peut être éteint. La jambe avant, qui se situe entre les deux hublots, n'en porte pas. Armstrong avait demandé qu'elle soit enlevée afin de ne pas le gêner lorsqu'il arrivera au bas de l'échelle. De part et d'autre, on se photographie. Le désamarage n'est pas transmis pour la télévision pour deux raisons. D'une part, à ce moment-là, les vaisseaux ne sont pas encore visibles de la Terre et donc toute transmission est impossible. D'autre part, environ 45 minutes auparavant, pendant les préparatifs, Collins avait fait savoir qu'il n'installerait pas la caméra de télévision : « *Il n'y aura pas de télévision pour le désamarrage. J'ai toutes mes fenêtres pleines de têtes ou de caméras et je suis occupé par d'autres choses* » lança-t-il. Trop occupé et déjà très encombré, il a sacrifié la transmission en direct, mais a tout de même installé une autre caméra, de type 16mm, qui va enregistrer toute la séquence sur

---

[7]Collins/Carrying the fire – p.339.
[8]Apollo11 mission report § 4.9.
[9]Les vaisseaux sont toujours du côté de la face cachée, ce qui n'empêche pas qu'elle soit éclairée. Lors de la nouvelle Lune la face visible est plongée dans le noir et la face cachée est complètement éclairée par le Soleil. Lors de la pleine Lune c'est exactement le contraire.
[10]Apollo experience - Lunar module landing gear subsystem.

pellicule.

Quatre minutes après le désamarrage, le LM étant toujours dans sa valse, le cortège émerge de derrière la Lune. La Terre reçoit à nouveau les signaux en provenance de l'orbite lunaire. Cette position sur l'orbite est appelée AOS (Acquisition Of signal, acquisition du signal). Le centre de contrôle de Houston s'empresse de demander un point de la situation. Armstrong, qui avait le sens de la formule, répond : *« l'Aigle a des ailes »*[11].

Après de longs échanges de paramètres entre Aldrin et la Terre, le feu vert est donné pour la séparation qui consiste à éloigner le CSM du LM pour lui laisser du champ. Le CSM se placera sur une orbite légèrement différente du LM, dite équi-période, car au bout d'un tour les deux vaisseaux se retrouveront au même endroit. Collins jette un dernier coup d'œil vers le LM et le voyant la tête en bas dit, *« Je pense que vous avez là une bien belle machine volante... en dépit du fait que vous avez la tête en bas. »*

Et Armstrong, qui de sa place, voit aussi aussi Columbia à l'envers répond : *« Quelqu'un a la tête en bas ? »*. Après cette passe d'humour, Collins annonce l'allumage pour dans une minute. *« À plus tard »* lance Armstrong. Grâce à une petite poussée des moteurs latéraux du module de commande, les deux vaisseaux commencent à s'éloigner l'un de l'autre et suivent désormais leur orbite respective. Au bout d'un demi-tour, elles se croiseront et la distance entre Columbia et Eagle sera de quatre kilomètres. Il sera alors

[11]Cette phrase est représentative des ambiguïtés que l'on rencontre parfois dans les documents ou les récits. Dans une retranscription écrite des communications intitulée « Apollo 11 Onboard voice transcription », la phrase « L'Aigle à des ailes » est attribuée à Aldrin. Cette retranscription est réalisée à partir des enregistrements faits à bord du CSM. Elle ne contient que ce que l'enregistreur du CSM a pu capter. On n'y voit pas les interventions de Houston. Dans un autre document intitulé « Technical air-to-ground voice transcription », la phrase est attribuée à Armstrong. Mais dans ce document on trouve la retranscription des conversations entre les astronautes et le contrôle de mission de Houston qui appelle au moment de l'AOS et interroge spécifiquement Armstrong par son prénom. Et celui-ci répond par ladite phrase. Le dialogue est le suivant :

Houston : Hello, Eagle. Houston. We're standing by. Over. (nous sommes en attente)
Houston : Eagle, Houston. We see you on the steerable. Over. (nous vous recevons sur l'antenne orientable)
Armstrong : Roger. Eagle is undocked. (Eagle est désamarré)
Houston : Roger. How does it look, Neil? (Comment ça va Neil ?)
Armstrong : Eagle has wing (l'Aigle a des ailes)

L'écoute de la bande-son originale confirme bien ce dialogue et on y reconnaît la voix d'Armstrong. Pourtant, dans son livre « Carrying the fire », Collins attribue la phrase à Aldrin. Peut-être que depuis le CSM une mauvaise qualité du son entendu et donc enregistré laissait penser que c'était la voix d'Aldrin.

temps pour Armstrong et Aldrin de commencer leur plongée vers la Lune.

Toutes ces opérations ont été planifiées selon un plan de vol rigoureux. Il s'agit d'un document de 350 pages dans lequel tous les aspects de la mission sont consignés. Minute par minute, du décollage à l'amerrissage tout y est prévu. Chaque page est composée d'une ligne de temps graduée qui marque le chronomètre de la mission, déclenché quand la fusée Saturn V a décollé, le 16 juillet 1969 à 13H32, temps universel. À gauche de cette ligne on trouve les tâches du pilote du module de service et de commande (CMP). À droite, on trouve les tâches d'Armstrong (CDR) et d'Aldrin (LMP). Le désamarrage intervient entre la centième et la cent unième heure et, d'après le plan, juste avant, ils doivent enfiler leur casque et leurs gants (helmets and gloves). De son côté, Collins doit enclencher la caméra 16 mm (START 16mm CAMERA). Juste après le désamarrage (UNDOCK), le commandant de bord doit faire pivoter de 360° le LM pour permettre au pilote du CSM de faire une inspection (Yaw 360°, LM INSPECTION). Collins doit faire l'inspection (LM INSPECTION) puis arrêter la caméra (CAMERA OFF). Vingt-cinq minutes plus tard les deux vaisseaux doivent se séparer (SÉPARATION). Le plan de vol a donc bien été suivi, légèrement en avance puisqu'il prévoyait un désamarrage à 100 heures et 15 minutes et il s'est produit trois minutes plus tôt.

Chaque orbite dure deux heures dont soixante-douze minutes du côté de la face visible et quarante-huit de l'autre côté. Cette orbite est la dernière avant la tentative d'alunissage et les deux vaisseaux s'approchent du point à partir duquel la Terre perdra à nouveau leur signal (LOS pour Loss of Signal – Perte du signal).

Houston : « *Columbia/Eagle, Houston. Trois minutes avant LOS. Vous avez l'air OK tous les deux pour passer de l'autre côté de la montagne.* »

Collins : « *Columbia, roger*[12]. »

Aldrin : « *Eagle, roger.* »

Alors que les données télémétriques s'effacent des consoles du contrôle de mission de Houston, le chronomètre de mission marque cent une heure et vingt-huit minutes. Dans quarante-huit minutes, on saura si ce 20 juillet restera dans l'Histoire, le jour du premier alunissage.

---

[12]« Roger » est un terme de jargon aéronautique signifiant « bien compris ».

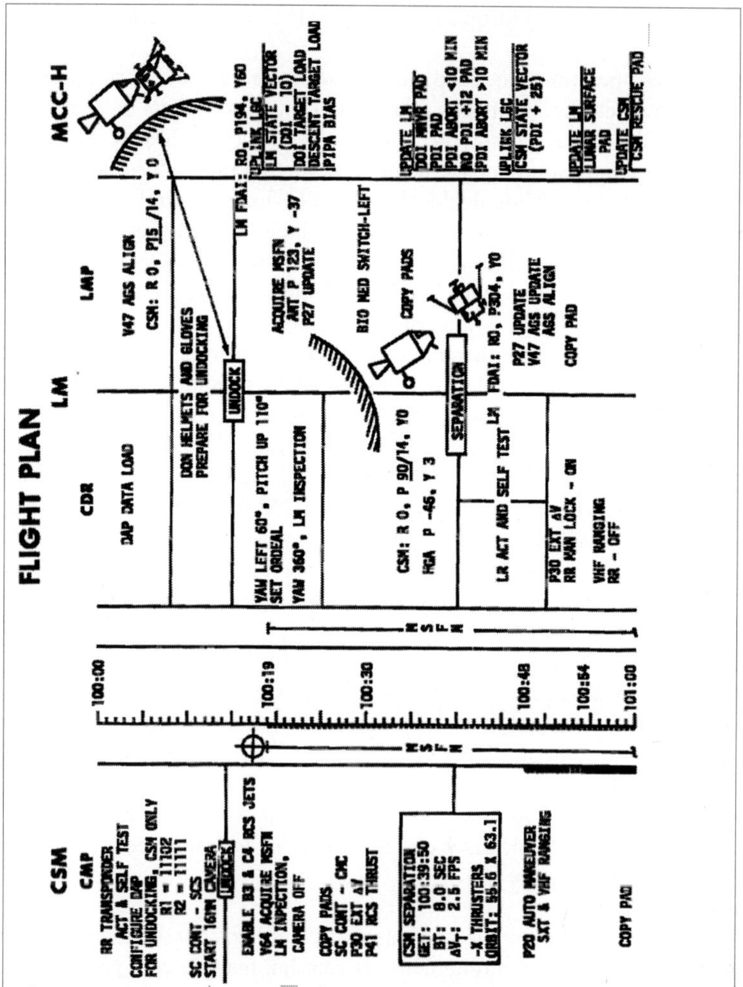

Extrait du plan de vol pour la phase de désamarrage et de séparation (NASA/Apollo11 flight plan)

Chapitre deux

Le quatrième membre

On s'égare rarement en s'imposant soi-même des règles sévères.
Confucius (philosophe)

Tandis que Columbia et Eagle disparaissent derrière la Lune, la réception des données télémétriques s'interrompt. Ces informations renseignent en permanence les contrôleurs de vol sur l'état des vaisseaux. D'ailleurs, depuis la séparation, il y a deux flux télémétriques à gérer, ce qui accroît notablement la charge de travail. Mais pour l'heure, il n'y a plus rien à faire, le centre de contrôle de Houston n'a momentanément plus aucune prise sur les événements. Il doit s'en remettre à la fiabilité du matériel et au jugement des astronautes.

Le centre nerveux d'une mission Apollo est la « Mission Operation Control Room (MOCR) », c'est-à-dire la salle de contrôle des missions. Elle se situe à Houston, au centre des vaisseaux spatiaux habités (Manned Spacecraft Center) qui deviendra plus tard le Centre Spatial Johnson (JSC) du nom du vice-président, puis président des États-Unis qui joua un rôle très important dans l'élaboration du programme spatial américain. Quatre équipes se succèdent aux pupitres pour assurer le suivi des différentes phases de la mission, 24 heures sur 24. Chaque équipe est composée de contrôleurs de vol ayant chacun une spécialité bien précise. Chaque équipe est identifiée par une couleur et est dirigée par un directeur de vol qui prend les décisions finales en fonction des recommandations des contrôleurs. Cliff E. Charlesworth dirige l'équipe verte, Glynn S. Lunney la noire, Milton L. Windler l'équipe marron et enfin, l'équipe blanche est dirigée par Gene F. Kranz. C'est cette dernière qui est maintenant aux commandes et qui va gérer toute la phase d'alunissage.

La salle de contrôle d'Apollo est très organisée. Trois rangées de pupitres font face à un grand mur où s'affichent les informations relatives à la mission, des cartes sur lesquelles sont positionnés les vaisseaux et un retour de télévision. Le directeur de vol se tient au milieu de la troisième rangée, derrière tous ses contrôleurs. Chacun d'eux est repéré par un indicatif. Par exemple, sur la deuxième rangée, devant le directeur de vol, se trouvent les hommes qui surveillent les fonctions vitales des vaisseaux et des hommes. John Aaron, qui répond à l'indicatif EECOM, est le spécialiste des systèmes électriques, d'environnement et de communication du module de commande. Buck Willoughby est GNC, le spécialiste du système de navigation, de guidage du module de commande ainsi que de ses systèmes de propulsion. Donald R. Puddy est TELCOM, l'équivalent du EECOM pour le module lunaire. Bob Carlton est CONTROL, l'équivalent du GNC pour le module lunaire. C'est donc lui qui devra surveiller le fonctionnement des propulseurs d'Eagle pendant la descente et, notamment, le niveau de carburant. John F. Zieglschmid est SURGEON, c'est le médecin. Il surveille l'état de santé des astronautes. Devant eux, la première rangée, juste devant l'écran géant, est appelée « the trench », la tranchée. Ce surnom tient son origine dans le système de communication par pneumatique qui permettait d'échanger des documents entre la salle de contrôle et les salles de soutien. Des cartouches cylindriques circulaient dans le réseau de tubes et finissaient par joncher le sol dans cette rangée. Quelqu'un les compara à des douilles d'obus et baptisa l'endroit « la tranchée »[13]. Ce nom colle bien avec le travail de première ligne que l'on y fait. Les soldats de la tranchée, par leur fonction respective, sont de véritables copilotes à distance. Charles F. « Chuck » Deiterich y est le RETRO. Il est chargé du contrôle de trajectoire pendant les phases de propulsion, notamment lors du freinage nécessaire pour décrocher de l'orbite lunaire et se poser en douceur. À sa droite, on trouve Jay H. Greene qui est FIDO, pour Flight Dynamics. Sa fonction est de calculer la trajectoire des vaisseaux pendant les phases de propulsion. Enfin, au bout de la rangée, se tient celui qui répond au nom de GUIDANCE. Il est responsable du système de navigation et de guidage qui est géré par l'ordinateur de bord. Son rôle consiste à connaître à chaque instant la position des vaisseaux pour vérifier qu'ils sont bien là où ils devraient être. Il est aussi un expert de l'ordinateur de bord, et c'est important, car en principe, l'alunissage doit se passer de manière totalement automatique, entièrement piloté par l'ordinateur. Celui qui occupe ce poste est Stephen Bales, généralement appelé Steve. Il est secondé dans

[13]Kranz/Failure is not an option – p.141.

une salle de soutien par Jack Garman. Bales n'oubliera jamais ce jour. Pas seulement parce qu'il fête aujourd'hui ses 27 ans[14], mais, il ne s'en doute pas encore, parce qu'il va rentrer dans quelques minutes dans l'histoire de la conquête spatiale.

L'indicatif du directeur de vol est FLIGHT, réduction de « Flight Director ». Il s'agit donc de Gene Kranz. Kranz est un directeur légendaire de la NASA. En fait, pas tellement pour avoir dirigé le premier alunissage, mais plus pour son rôle lors de l'accident d'Apollo 13. Alors que sur cette mission il était directeur de vol principal, sa remarquable gestion de crise a permis le sauvetage des astronautes. Dans le film Apollo 13 de Ron Howard, les dialoguistes font dire à son personnage, joué par Ed Harris, une phrase, qu'il n'a en fait pas prononcée dans la réalité, mais qui résume l'état d'esprit qui régnait au sein du centre de contrôle : « Failure is not an option » (L'échec n'est pas une option). Par la suite, Kranz écrira un livre, « Failure is not an option », où il reprendra cette phrase à son compte. La NASA en a également fait un de ses slogans. Il a commencé à la NASA à l'époque des toutes premières missions Mercury comme assistant du premier directeur de vol, Chris Kraft. Ou plus exactement, Christopher Columbus Kraft, des prénoms assez troublants quand on pense que cet homme fut un des artisans de premier plan de la conquête de la Lune et du débarquement d'un homme sur un nouveau monde ! En fait, il s'agissait des prénoms de son père qui était né pendant les célébrations du quatre centième anniversaire du débarquement de Christophe Colomb.

Depuis ses débuts, Kraft est devenu directeur des opérations en vol, après avoir inventé le métier de directeur de vol et de contrôleur de vol, ainsi que toutes les procédures et les méthodes de travail du centre de contrôle des missions. C'est lui qui a fait du directeur de vol le chef d'orchestre seul maître à bord lors d'une mission. Il écrira : *« Il n'y a qu'un seul directeur de vol. Du début de la mission jusqu'au moment où les astronautes sont en sécurité à bord du bateau de récupération, ils sont sous ma responsabilité. Je pose des questions. J'écoute. Je prends des décisions. Personne ne peut les annuler. Même pas mon chef immédiat (...), même pas son chef (...) , ni même le Président des États-Unis (...). Ils peuvent me virer après, mais pendant la mission, je suis FLIGHT. Et FLIGHT est Dieu*[15]. »

---

[14]Kraft/Flight – p.320.
[15]Kraft/Flight - p.2.

Depuis leur console, les contrôleurs communiquent avec Dieu... enfin... le directeur de vol, au moyen d'un circuit de communication appelé « circuit du directeur de vol ». Les moments forts des conversations sont les points de décision GO/NO GO, qui peuvent remettre en cause toute une mission. Le directeur de vol provoque une telle séquence avant chaque phase critique de la mission. Il appelle chaque contrôleur par son indicatif pour lui demander si tout va bien pour son secteur. Le contrôleur répond GO pour signifier que tout va bien ou bien NO GO s'il a un problème. Cela donne :
Directeur de vol : RETRO ?
RETRO : GO
Directeur de vol : FIDO ?
FIDO : GO
Directeur de vol : GUIDANCE ?
GUIDANCE : GO
Directeur de vol : CONTROL ?
CONTROL : GO
etc,etc.

Si un des contrôleurs répond « NO GO » la procédure est soit reportée, si c'est possible, jusqu'à résolution du problème, soit annulée et éventuellement toute la mission. « NO GO » est synonyme d'un mot plus fort, que personne n'a envie d'entendre, « ABORT », c'est-à-dire abandon. Le mot qui signifie qu'un contrôleur a un gros problème qui ne permet pas d'envisager de continuer une manœuvre en cours. Aujourd'hui, ce mot signifierait fin de l'alunissage, on rentre à la maison, dans le meilleur des cas. Sur leurs consoles les contrôleurs disposent aussi de trois lumières de couleur qui indiquent comment vont les choses. Si la verte est allumée c'est que tout va bien. La lumière orange signifie qu'il y a un problème en cours, et la rouge signifie « ABORT » . Alors pourquoi cette procédure GO/NOGO ? Bob Carlton se rappelle avoir posé la question à Kranz :

« Kranz, pourquoi faites-vous toute cette affaire de ce contrôle ? Pourquoi ne pas nous laisser juste appuyer sur le bouton ? J'ai à ma console une lumière verte, une orange et une rouge. Vert veut dire je suis GO. Orange, j'ai un problème sur lequel je travaille. Rouge veut dire ABORT. Utilisez les lumières. C'est ce que vous voulez savoir, non ? Il se gratta la tête et dit : je veux entendre le tremblement de votre voix. En entendant votre voix je peux

évaluer à quel point les choses vont mal[16]».

Ces décisions ne se font pas à la légère. Les contrôleurs disposent de règles de vol, écrites, qui, pour chaque phase ou chaque anomalie, leur donnent la conduite à tenir. Et parfois l'action que commande la règle c'est « ABORT ». Dans cette situation, il y a intérêt à ce que chacun sache ce qu'il a à faire. Il y a des centaines de règles listées dans un livre de 330 pages !

Par exemple on y trouve la règle suivante :

25-37	LOW LEVEL CONFIRMS INSUFFICIENT PROPELLANT TO LAND.	POWERED DESCENT	A. ABORT B. ABORT STAGE 20 SECONDS AFTER LOW LEVEL	REF MAL PROC DPS 6 DES QTY

Règle de mission N° 25-37. Extrait de "Apollo final flight mission rules" daté du 16 mai 1969, mis à jour le 20 juin 1969.

Cette règle s'applique lors de la phase de descente propulsée, qui consiste à décrocher le LM de son orbite et le freiner jusqu'au sol pour se poser. C'est-à-dire, ce qu'il va se passer lorsque Eagle va réapparaître. La règle correspond à un cas d'abandon de l'alunissage. Pour la comprendre, il faut comprendre ce qu'il se passera si l'ordre d'abandon est lancé. Il faudra larguer l'étage de descente et allumer le moteur de l'étage de montée, ce qui nécessite un certain temps pendant lequel l'ensemble continue à descendre. Faire cette opération à une altitude raisonnable est jouable, mais la faire près du sol est particulièrement risqué. Pour cette raison, la bonne méthode consiste à remettre les gaz avec l'étage de descente pour annuler la vitesse de descente puis séparer l'étage de montée et allumer son moteur. Cela fonctionne à une condition : avoir une réserve d'au moins vingt secondes de carburant dans l'étage de descente. C'est très exactement ce que dit la règle 25-37.

Elle introduit l'expression « LOW LEVEL », limite basse. Les sondes

[16]Carlton/NASA Oral history project.

des réservoirs sont conçues pour allumer le voyant LOW LEVEL lorsqu'il reste 116 secondes de combustion dans l'étage de descente. La règle s'applique quand cette limite a déjà été dépassée et que le LM n'est pas posé alors qu'il n'aura manifestement plus assez de carburant pour le faire. Une décision d'abandonner doit être prise au moins vingt secondes avant que le réservoir ne soit vide. Il faut d'abord remettre les gaz sur le moteur de descente pour annuler la vitesse verticale (A - Abort) puis dans un délai de vingt secondes, larguer l'étage de descente (B – Abort stage -abandon de l'étage). Autrement dit, après l'annonce LOW LEVEL, il faut être posé dans les 96 secondes qui suivent ou abandonner. LOW LEVEL est décidément une autre expression que personne n'a envie d'entendre, car la suite nécessiterait un bon chronomètre et pas mal de sang froid. C'est Bob Carlton et ses soutiens en arrière-salle, notamment Bob Nance, qui ont pour mission de surveiller ce niveau de carburant et de déclencher un éventuel ABORT. Il n'y a pas d'inquiétude à avoir, dans toutes les simulations le LM était posé avant d'avoir atteint cette limite. Mais la réalité est pleine de surprises.

Une fois que le directeur de vol a recueilli tous les avis, c'est lui qui prend la décision. Celle-ci se fonde toujours sur deux critères : préserver la vie des astronautes et assurer le succès de la mission[17]. Cette décision, il la communique à un homme qui a une fonction très particulière : le CAPCOM, pour « Capsule Communicator ». Il est placé sur la deuxième rangée de consoles. C'est un membre de l'équipe, mais il est aussi astronaute. Lui seul parle à ses collègues qui sont là-haut. Le monde entier peut entendre la voix des astronautes d'Apollo 11, mais eux n'entendent que celle du CAPCOM qui se nomme Charlie Duke, un homme très apprécié des autres astronautes, mais aussi des contrôleurs. Kranz dira d'ailleurs de lui : *« Charlie Duke était probablement le meilleur des meilleurs des meilleurs du point de vue des astronautes. Il a été demandé par Neil Armstrong en personne qu'il soit le CAPCOM pour cette mission, et vous aviez intérêt à respecter Armstrong. Il semblait que lorsque vous étiez au fond du puits, Duke avait toujours les bons mots pour tirer l'équipe vers le haut et la convaincre qu'on allait y arriver tous ensemble[18] »*. Duke n'a pas encore été dans l'espace, mais il s'entraîne. Il sera le dixième homme à fouler le sol lunaire, lors de la mission Apollo 16, en 1972.

---

[17]Kranz/Richmond.
[18]Kranz/Nasa oral history project.

Tous ceux qui ont suivi les retransmissions en direct des missions Apollo, ou qui depuis ont vu des documentaires se rappellent certainement d'un bip qui ponctuait les communications. Le responsable de ce bip est le CAPCOM. Ce signal est émis sur une fréquence bien précise (2525 Hz) pendant un quart de seconde lorsque le CAPCOM appuie sur la pédale de son micro pour parler aux astronautes. Le bip agit comme une télécommande vers les antennes de télécommunications pour qu'elles se mettent en mode transmission. Quand la pédale est relâchée, un autre bip est envoyé sur une fréquence légèrement différente (2575 Hz) pour signaler aux antennes qu'il faut qu'elles coupent la transmission. Ce dispositif connu sous le nom de « Quindar tone » (impulsion de Quindar), du nom de la société Quindar Electronics, a été imaginé pour le confort des astronautes. Si la liaison Terre-astronautes avait été ouverte en permanence, ils auraient entendu un continuel et désagréable grésillement en bruit de fond, notamment pendant les périodes de repos.

Toutes les personnes présentes dans la salle de contrôle ne sont pas des contrôleurs. À côté de Charlie Duke se trouve un homme emblématique de la conquête spatiale américaine. Il s'agit de Donald K. Slayton surnommé Deke. Il faisait partie des sept premiers astronautes sélectionnés pour le projet Mercury. Ce premier projet du programme spatial des États-Unis avait pour objectif de parvenir à satelliser une capsule, avec un homme à bord, et de tester ses capacités d'adaptation en apesanteur ainsi que sa capacité à exécuter des manœuvres. Slayton devait être le quatrième Américain à partir pour l'espace, juste après le vol de John Glenn qui fut le premier à être mis en orbite[19]. Malheureusement pour lui, un médecin en décida autrement. Un léger souffle au cœur lui fut découvert, bien que sans aucune conséquence sur sa santé ou ses performances, il fut interdit de vol. Cette situation eut des conséquences pour tout le programme spatial, car Slayton fut nommé coordinateur des activités des astronautes, titre qui deviendra directeur des opérations du personnel navigant. Son rôle était d'organiser le travail des astronautes et de proposer les équipages pour chaque mission. Une fonction de la plus haute importance quand on considère ce qu'il écrivit plus tard dans un livre intitulé « Deke ! », qui commence ainsi : « *Mon nom n'est pas le premier qui vient à l'esprit lorsqu'on prononce le mot astronaute, mais j'étais*

[19]Les deux premiers vols étaient des vols suborbitaux c'est-à-dire que les capsules n'ont pas été mises en orbite.

un des membres du groupe initial de Mercury, celui qui a été viré pour cause médicale. (...) Neil Armstrong devint la première personne à marcher sur la Lune parce que c'est moi qui l'ai sélectionné[20] ». Les trois hommes qui sont autour de la Lune lui doivent leur sélection. Slayton aurait aimé être à leur place, et à défaut, il se contente d'être dans la salle de contrôle, la meilleure place après celles, déjà occupées, dans les vaisseaux spatiaux.

Derrière la console du directeur de vol se trouve une quatrième rangée, qui n'est pas occupée par des contrôleurs. C'est ici que se tient Doug Ward, l'officier des relations publiques (PAO-Public Affairs Officer). C'est sa voix qui assure le commentaire officiel de la NASA en direction des médias et qui explique ce qu'il se passe ou va se passer. Derrière cette rangée, il y a une grande baie vitrée qui sépare la salle de contrôle de la salle d'observation où sont présents les nombreux invités privilégiés. Privé d'informations en provenance de la Lune, Ward occupe les ondes en commentant ce qu'il voit autour de lui :

« Ici le contrôle Apollo à 101 heures 54 minutes. Nous sommes maintenant à 20 minutes et 45 secondes du contact avec le module de commande dans la 14e révolution. Ici, au contrôle de mission, les gens attendent toujours. Je crois que derrière, dans la salle d'observation, nous avons probablement un des plus grands rassemblements de personnalités de l'astronautique qu'on n'ait jamais vu en un seul lieu. Parmi les observateurs, il y a le Docteur Thomas Paine, l'administrateur de la NASA, Jim Elms, directeur du centre de recherche électronique de Cambridge, le Docteur Abe Silverstein, directeur du centre de recherche Lewis de la NASA, Rocco Petrone, directeur des opérations de lancement au centre spatial Kennedy. Du centre spatial Marshall, nous avons le Docteur Wernher von Braun, le directeur et son adjoint le Docteur Eberhard Rees. Il y a également un grand nombre d'astronautes, Tom Stafford, Gene Cernan, Jim McDivitt et John Glenn. On peut y voir aussi le Docteur Kurt Debus, directeur du centre spatial Kennedy et le Docteur Edgar Cortright, directeur du centre de recherche Langley, le Docteur Stark Draper, Directeur du laboratoire d'instrumentation du Massachusetts Institute of Technology. Dans la salle de contrôle proprement dite, il y a quelques astronautes comme Pete Conrad, Fred Haise, Jim Lovell et Bill Anders ainsi que Donald K. Slayton, Directeur

[20]Slayton/DEKE – p.9.

des opérations du personnel navigant. Assis à côté de nous, à la dernière rangée de consoles il y a le Docteur Robert Gilruth, Directeur du Centre des vols habités. Un peu plus loin il y a le Général Sam Phillips, Directeur du programme Apollo. Chris Kraft, Directeur des opérations en vol est également là. Nous voyons aussi dans la salle d'observation, le secrétaire de l'armée de l'air, Seamans et, je suis sûr, bien d'autres qu'on ne peut voir à travers la vitre. Nous sommes maintenant à 18 minutes et 10 secondes de la réacquisition des vaisseaux ». Ce qu'il oublie de dire c'est qu'encore derrière cette salle il y a des millions de personnes qui, de par le monde, sont en train de suivre l'évènement à la radio ou à la télévision.

Avant de rejoindre son poste, Kranz tenait à saluer et remercier l'équipe d'instructeurs qui se tenait dans une pièce adjacente. Ces instructeurs avaient pour travail de mettre en place des simulateurs et des scénarios pour entraîner contrôleurs de vol et astronautes aux différentes phases de la mission, surtout pour la phase la plus périlleuse, délicate et jamais encore tentée : l'alunissage. Leur chef était appelé le superviseur des simulations et avait pour indicatif SIMSUP. Il s'agissait de Dick Koos. Malheureusement, il n'est pas arrivé, personne ne sait où il est, et donc, Kranz ne peut le voir. On apprendra plus tard qu'il a été retardé par un accident de voiture sur le chemin du centre de contrôle. Personne ne sait encore que le scénario qui va s'installer dans quelques minutes va mettre en évidence l'incroyable intuition dont Koos fit preuve pendant les entraînements, ce qui, sans aucun doute, sauva la première tentative d'alunissage.

Apollo 11 disparaissant derrière la Lune, Kranz autorise ses contrôleurs à prendre quelques minutes de détente. À leur retour, conscient des circonstances historiques que ses hommes vont vivre, il décide de leur adresser un message. Il leur demande de passer sur un autre canal de communication, appelé AFD, pour Assistant Flight Director. Il s'agit d'un canal audible uniquement par les contrôleurs dont les conversations ne sont pas enregistrées. Aussi les termes exacts des propos de Kranz ne sont pas connus. Mais dans des interviews pour un documentaire, Kranz et Bales, séparément et de façon concordante se rappellent les mots qui furent prononcés :

« Nous sommes prêts pour faire l'Histoire. Vous savez ce que nous nous apprêtons à faire. Depuis le jour de votre naissance, vous étiez destinés à être présents dans cette salle aujourd'hui. J'ai une absolue confiance en chacun de vous, mais je veux que vous sachiez quelque chose : quoiqu'il nous arrive

aujourd'hui, je me tiens derrière chaque décision que vous prendrez. Quelle que soit la manière dont les choses vont tourner, quand nous sortirons de cette salle, nous en sortirons comme une équipe[21] *.»*

L'émotion des hommes qui reçurent cette phrase était à son comble. Steve Bales dira dans cette même interview : « *Aujourd'hui encore j'en ai la gorge serrée. C'était vraiment la meilleure chose qu'il pouvait me dire* ». Tous ces contrôleurs sont très jeunes. Il faut toujours garder à l'esprit que leur moyenne d'âge n'était que de 26 ans ! De son côté, Kranz en avait 35 et les trois astronautes 38. En somme, ce sont les plus vieux qu'on a envoyés au front ! Kranz dira : *« C'est cette équipe qui a posé l'Amérique sur la surface de la Lune. Nous avons littéralement livré une bataille de douze minutes pour arriver à la surface*[22] *»*. Ce jour-là, l'équipe blanche de Gene Kranz était le quatrième membre d'équipage de la mission Apollo 11. La suite va montrer qu'il y en avait un cinquième.

Kranz demande que les portes de la salle de contrôle soient verrouillées et pense : *« Quand nous sortirons de cette salle, nous nous serons posés, nous aurons abandonné ou nous nous serons écrasés ».*

[21] Documentaire « Le premier homme sur la Lune».
[22] Kranz/Richmond.

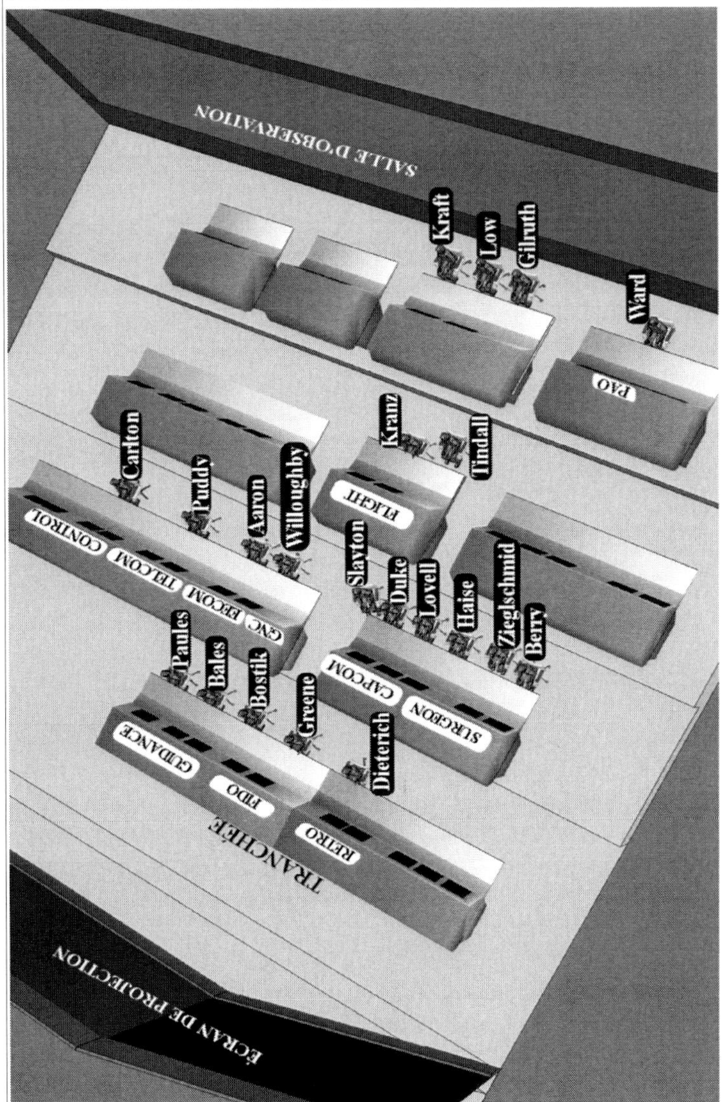

Les principaux personnages présents dans la salle de contrôle pendant l'alunissage (reconstitution par l'auteur).

Chapitre trois

Longue finale

Ils étaient donc subitement passés d'un froid considérable à une chaleur intense. La nature les préparait ainsi à devenir sélénites.
Jules Verne

Derrière la Lune, Collins, Armstrong et Aldrin entament leur quatorzième révolution. Pour les deux astronautes dans le LM, elle sera décisive. Leur prochaine étape consiste à changer l'orbite quasi circulaire à 110 kilomètres de la surface pour une autre très elliptique dont le point le plus bas (périlune) se situera à une altitude de 15 kilomètres. Ce type d'orbite est impossible autour de la Terre, car le vaisseau pénétrerait à grande vitesse dans l'atmosphère. Il serait freiné, carbonisé et tomberait directement au sol. Autour de la Lune, il n'y a pas d'atmosphère, ce genre de rase-mottes est donc possible. Un peu avant d'atteindre ce périlune, une décision sera prise pour entamer la descente finale vers un site bien précis de la mer de la Tranquillité à la latitude[23] de 0°42' Nord et une longitude de 23°42' Est. Pour l'atteindre, il faut que le périlune se situe précisément à 482 km plus à l'Est et que la descente sur cette nouvelle orbite soit engagée en un point tout aussi précis, exactement à l'opposé de la Lune.

C'est huit minutes après avoir perdu le contact avec la Terre que doit avoir lieu cette insertion sur orbite de descente ou DOI (Descent Orbit Insertion). Pour la première fois, le moteur de descente sera mis à feu pour freiner le LM et l'amener ainsi sur sa nouvelle orbite. Si cette mise à feu n'intervient pas précisément au bon moment, le périlune ne sera pas au bon endroit et l'alunissage ne pourra pas avoir lieu. Si la poussée n'est pas

[23] Il s'agit là du point initialement visé.

correcte, en puissance ou en durée, l'orbite de descente ne sera pas une orbite, mais une trajectoire de collision avec la Lune. Il suffit que la poussée dure trois secondes de trop pour en arriver là[24].

Depuis son orbite, Collins se trouve à environ 3 300 mètres du LM lors de la mise à feu. Il observe ses collègues et peut constater la ponctualité de l'allumage qui se déroule en deux temps. Pendant 15 secondes le moteur est porté à une puissance de 10% afin que la poussée puisse s'aligner sur le centre de gravité du vaisseau. Puis la poussée est portée à 40% de sa puissance maximale pendant 20 secondes.
Collins : *« Eagle, Columbia. Comment ça va ? »*
Armstrong : *« Mike, l'allumage est terminé. Il était dans les temps. »*

Désormais, l'important est de vérifier si la trajectoire du LM est correcte grâce à son système de navigation et de guidage principal appelé PNGS (pour Primary Navigation and Guidance System). Il y a exactement le même système dans le module de commande. Il est composé de l'association d'une plateforme inertielle, d'un sextant et d'un ordinateur. La plateforme inertielle

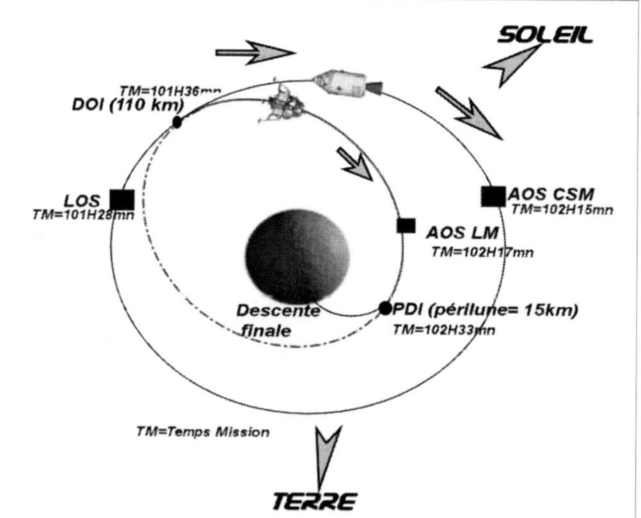

Schéma de la manœuvre d'insertion sur l'orbite de descente.

[24]Apollo Experience - Abort Planning.

est un dispositif permettant de détecter tous les mouvements du vaisseau dans les trois directions. Elle est initialisée grâce aux relevés d'un sextant, comme un bateau sur la mer, avec une difficulté supplémentaire : dans l'espace, il y a une troisième dimension. Le principe consiste à se servir de plusieurs étoiles bien connues comme repères fixes dans l'espace. En mesurant les angles de visée on peut déterminer précisément la position, la vitesse et la direction de déplacement ainsi que l'orientation du vaisseau par rapport à la trajectoire. Ces relevés angulaires sont injectés dans l'ordinateur de bord qui est ainsi en mesure de connaître la position du vaisseau et de faire les calculs nécessaires pour déterminer les paramètres de propulsion pour l'amener en un autre point : à savoir la poussée nécessaire, sa durée et sa direction. C'est cet ordinateur qui d'ailleurs a géré la manœuvre d'insertion sur orbite de descente qui vient d'avoir lieu. Le PNGS, que les ingénieurs prononcent « pings », est doublé par un autre système de navigation appelé Abort Guidance System (AGS). Comme son nom l'indique, sa vocation première est de prendre le relais du système principal en cas de défaillance. Il s'agit d'un système moins précis, mais qui est en permanence comparé au principal. Il existe un troisième système, mais il n'est pas disponible si les vaisseaux sont du côté de la face cachée, c'est Houston et le réseau de poursuite composé de grandes antennes tout autour du globe. Lorsqu'un véhicule en déplacement émet des ondes électromagnétiques, comme les ondes radio, la fréquence sur laquelle il émet se trouve légèrement décalée proportionnellement à sa vitesse. C'est l'effet Doppler. Il suffit de mesurer ce décalage à la réception pour en déduire la vitesse. En faisant plusieurs mesures successives, il est possible de reconstituer la trajectoire. Enfin, le PNGS reçoit aussi des informations du radar d'atterrissage (LR pour Landing Radar). Il n'en fera usage que pendant la descente finale pour affiner ses propres calculs d'altitude. L'AGS et le PNGS reçoivent aussi des informations d'un autre radar, le radar de rendez-vous (RR). Son rôle est de repérer la position du module de commande et de se verrouiller sur lui afin de calculer les paramètres nécessaires à un rendez-vous, manœuvre difficile qui nécessite pour un des vaisseaux une longue poursuite et plusieurs changements d'orbite. Ce radar peut aussi servir pour évaluer la trajectoire du LM en la comparant à celle du module de commande. Juste après le DOI, les astronautes du LM doivent comparer les indications de leurs deux systèmes. Si elles divergent trop, ils peuvent se servir du radar de rendez-vous pour déterminer lequel des deux se trompe.

Rassurés par leurs instruments, Armstrong et Aldrin se rapprochent rapidement de la surface lunaire et de plus en plus de détails leur apparaissent.

Ils prendront une photo étonnante du terrain qui défile devant leurs yeux. Un sol complètement déformé par les bosses et les creux que forment les cratères. Il s'en dégage l'impression d'une boule de pâte à modeler qu'on aurait malaxée et sur laquelle l'empreinte des doigts serait restée incrustée. Probablement la marque des doigts de Dieu qui, n'arrivant pas à façonner cette planète à son goût l'aurait ainsi abandonnée à son sort sans même l'ensemencer de la moindre brindille d'herbe[25].

Du côté de Houston, le silence forcé fait naturellement monter la tension. L'officier des relations publiques s'occupe et fait une annonce de temps en temps :

Les doigts de Dieu (NASA)

[25]Les deux plus gros cratères visibles ont été baptisés des doux noms de 216 et 217 !

« Ici le contrôle Apollo, 102 heures et 12 minutes dans la mission Apollo 11. Nous sommes maintenant à 2 minutes et 53 secondes de la réacquisition des vaisseaux, 21 minutes et 23 secondes du début de la descente finale vers la surface de la Lune. Les choses sont devenues calmes ici au contrôle de mission. Il y a quelques instants le Directeur de vol, Gene Kranz, a demandé que chacun s'assoie et se prépare aux événements qui arrivent et il a souhaité bonne chance à tous. Sur nos écrans d'affichage, nous avons de grands tableaux qui serviront pour suivre la progression de l'allumage du moteur. Parmi ceux-ci il y en a un qui montrera les performances des systèmes de guidage, le primaire et le secondaire. Tous ces écrans ressembleront à un mélange d'arbre de Noël et de célébrations du 4 juillet. Nous sommes maintenant à 1 minute et 39 secondes de la réacquisition du module de commande, Columbia. La réacquisition du module lunaire interviendra un peu moins de 2 minutes après. À ce moment-là, le LM devrait être à une altitude d'environ 33 km en descente vers le périlune situé à 15 km d'altitude, à partir duquel la descente finale commencera. Si, pour une raison quelconque, l'équipage n'est pas satisfait de la tournure des choses, ils ne déclencheront pas la manœuvre et resteront sur cette orbite de 111 km par 15 km. S'ils le désirent, ils auront la possibilité de tenter une nouvelle descente lors de la rotation suivante au temps mission de 104 heures et 26 minutes. Nous sommes maintenant à 30 secondes de l'acquisition du module de commande. Nous attendons cet instant. »

Cette fois donc, la réacquisition du signal sera un peu particulière. Le LM, du fait de son changement d'orbite, et de son rapprochement du sol, a une vitesse supérieure au module de commande et se trouve donc en avant de celui-ci. Mais le module de commande est nettement plus haut et il sera donc « dévoilé » par la Lune environ deux minutes avant Eagle. Le chronomètre de la mission marque 102 heures 15 minutes et 2 secondes.

Duke : *« Columbia, Houston. Nous sommes en attente. À vous. »*
Aucune réponse n'arrive en provenance de Columbia et 30 secondes plus tard Duke réitère son appel. « *Columbia, Houston, à vous* ». Et enfin :
Collins : *« Houston, Columbia. Je vous reçois cinq sur cinq. Et vous ? »*
Duke : *« Roger. Cinq sur cinq, Mike. Comment ça c'est passé ? À vous. »*
Collins : *« Écoute bébé. Tout c'est passé comme dans un rêve. Magnifique. »*
Duke : *« Super. Nous attendons Eagle. »*
Collins : « *OK, il arrive.* »

Deux minutes plus tard, le LM déboule de derrière la Lune. Il est dans la dernière ligne droite. En terme d'aviation, on dirait qu'il est en longue finale. C'est Aldrin qui reprend contact « *Houston, Eagle. Comment me recevez-vous ?* ». « *Cinq sur cinq, Eagle. Nous attendons votre rapport. À vous* » lui répond Duke.

Les astronautes ont environ 18 minutes devant eux avant d'atteindre le point le plus bas de leur orbite, c'est-à-dire 15 km. Ils enclencheront alors l'ultime étape appelée dans le jargon Apollo « Power descent », que l'on peut traduire par descente propulsée ou freinée. Le moteur sera à nouveau allumé, pour casser la vitesse d'Eagle, le faire décrocher de son orbite et le freiner ainsi jusqu'au sol. L'instant de l'allumage est appelé PDI, pour Power Descent Insertion. Pour que le LM soit correctement placé sur la trajectoire de descente permettant de se poser à l'endroit prévu, il est important que le moteur s'allume à exactement 492 km du site et à 15 km d'altitude (très exactement 50 000 pieds).

Armstrong et Aldrin s'affairent donc pour vérifier encore les paramètres de leur trajectoire et déduire qu'elle sera l'altitude du périlune. Ils utilisent toujours le radar de rendez-vous pour estimer leur trajectoire, mais aussi la méthode des repères au sol. Durant leur entraînement, les astronautes ont étudié en détail les cartes et photographies prises lors des missions précédentes. Ils ont mémorisé des repères bien précis et en mesurant, avec un chronomètre, le temps les séparant, il est possible de comparer la trajectoire idéale avec celle réellement suivie, et donc, estimer l'altitude du périlune. Comme les deux astronautes voyagent les pieds devant et à plat ventre par rapport à la Lune, ils peuvent facilement voir leurs repères.

Armstrong rend compte de ses relevés : « *Notre vérification avec le radar indique un périlune à 50 000 pieds. Nos contrôles visuels donnent environ 53 000 pieds* ». Les méthodes diffèrent seulement de 3 000 pieds, soit un peu moins d'un kilomètre.

Du côté de Houston, avec la réapparition du LM, toute la concentration des contrôleurs est à nouveau requise malgré l'émotion que suscite l'enjeu. Les conversions sur le circuit de communication du directeur de vol sont d'un incroyable calme tandis que dans la tranchée, on s'active pour calculer les paramètres de vol à partir des données télémétriques qui arrivent de la Lune. Faut-il encore que les communications avec le module lunaire passent correctement, car les problèmes commencent. Kranz dira « *Nous n'avions pas besoin de chercher les problèmes parce qu'ils venaient directement à nous comme des mouches se jettent sur un pique-nique*[26]. »

Effectivement, les communications entre le LM et la Terre sont très mauvaises. Il y a de nombreuses coupures. Pour émettre et recevoir, le LM dispose de deux antennes. L'une est orientable à haut-gain (c'est-à-dire fortement directive), en forme de parabole, et doit être impérativement orientée en permanence très précisément vers la Terre. En principe, c'est l'ordinateur de bord qui la contrôle en fonction de la connaissance qu'il a de l'orientation du LM. L'autre antenne est omnidirectionnelle, elle émet dans toutes les directions, mais avec une courte portée. Elle est utilisée entre Eagle et Columbia. Ce qui cloche dans les communications, c'est l'antenne directionnelle. Elle est bien orientée, mais le faisceau radio est en partie masqué par la structure du LM. C'est moyennement grave pour les communications vocales, puisque Collins de son perchoir peut relayer les conversations.

Duke : *« Columbia, Houston. Nous avons perdu toutes les données avec Eagle. Merci de leur demander de régler leur antenne directionnelle. »*
Collins : *« Eagle, Ici Columbia. Houston vous demande de régler votre antenne directionnelle. À vous. »*
Comme il n'y a pas de réponse, Collins insiste.
Collins : *« Eagle, recevez-vous Columbia ? »*
Duke : *« Eagle, Houston. Les avez-vous appelés ? »*

Enfin Aldrin répond, en faisant une petite erreur d'identification : *« Eagle, Houston... ou plutôt Houston, Eagle. Comment me recevez-vous ? »*

La situation est beaucoup plus sérieuse pour les données télémétriques qui ne peuvent pas être relayées. Les ingénieurs au sol voient donc leurs consoles muettes dès que la liaison est perdue. Ceci perturbe beaucoup leur capacité à apprécier le comportement du vaisseau. Duke fait une suggestion à Kranz[27] : *« FLIGHT, une suggestion : une rotation en lacet permettrait d'améliorer la réception de l'antenne orientable »*. Il propose que le LM pivote sur son axe de lacet, c'est-à-dire celui qui le traverse de haut en bas, dans l'axe du propulseur. *« Qu'est-ce que vous en pensez Don [Donald Puddy] ? »* répond Kranz en s'adressant au TELCOM.

---

[26]Kranz/ Failure is not an option – p.284.

[27]Sur la bande audio Duke prend la parole sans annoncer son indicatif (CAPCOM), mais Kranz, dans son livre « Failure is not an option » confirme qu'il s'agit bien de Duke (p. 285).

Puddy : *« C'est sûr. »*
Kranz : *« De combien ? Quelle direction ? »*
Puddy : *« Attendez... 10 degrés à droite. »*

Immédiatement, Duke passe l'information à Eagle : « *Eagle, Houston. Nous vous recommandons de pivoter de 10 degrés à droite en lacet. Cela nous aidera pour la puissance du signal sur l'antenne à haut gain. À vous. »*

À peu près simultanément, Kranz commence une séquence GO/NO GO pour demander aux contrôleurs s'ils donnent le feu vert pour la phase PDI.
Kranz : « *OK, Contrôleurs, GO/NO GO pour la descente. RETRO ? »*
Deiterich: « *GO »*
Kranz : « *FIDO* ? »
Greene : « *GO »*
Kranz : « *GUIDANCE* ? »
Bales : « *GO »*
Kranz : « *CONTROL* ? »
Carlton : « *GO »*
Kranz : « *TELCOM* ? »
Puddy : « *GO »*
Kranz : « *GNC* ? »
Willoughby : « *GO »*
Kranz : « *EECOM* ? »
Aaron : « *GO »*
Kranz : « *SURGEON* ? »
Zieglschmid : « *GO »*
Kranz : *« CAPCOM, nous sommes GO pour la descente propulsée »*.

Depuis sa place, Chris Kraft voit la scène et dira : « À *la console du CAPCOM, je vis l'astronaute Charlie Duke prendre une profonde inspiration. On y était. Il prit une seconde inspiration, appuya sur la pédale de son micro et dit : Eagle, Houston. Si vous nous recevez, vous êtes GO pour la descente propulsée*[28].»

Cependant, la réponse au précédent message n'est toujours pas arrivée. Cela fait déjà une minute et il est possible qu'Armstrong et Aldrin ne reçoivent toujours pas les communications. Collins comprend qu'Eagle ne

[28]Kraft/Flight – p.319.

reçoit pas et relaie Houston.
Collins : « *Eagle, ici Columbia. Ils viennent juste de vous donner un GO pour la descente.* »
Duke : « *Columbia, Houston. Nous les avons encore perdus. Nous recommandons qu'ils pivotent de 10 degrés à droite en lacet et qu'ils nous recontactent.* »
Collins : « *Eagle, ici Columbia. Vous êtes GO pour la descente et ils vous recommandent de pivoter de 10 degrés à droite en lacet et d'essayer à nouveau l'antenne. Eagle, recevez-vous Columbia ?* »

Et enfin, Aldrin répond « *Compris, nous vous recevons* ».

Les deux astronautes sont en train de faire les dernières check-lists. Aldrin a mis son micro en mode ouvert et tous ses propos passent sur les ondes. En revanche, Armstrong est resté sur le mode « appuyer pour parler » et, pour cette raison, on ne l'entend que lorsqu'il ouvre volontairement son micro. Ils préparent déjà activement la nouvelle phase qui s'annonce. Dix minutes avant l'allumage, ils ont chargé dans l'ordinateur le programme P63 qui va gérer la phase de freinage. Il doit calculer la seconde précise de l'allumage du propulseur et piloter le vaisseau jusqu'à une altitude appelée « porte haute ».

Sur Terre, toutes les radios et télévisions retransmettent l'évènement. Mais il n'y a pas d'image car aucune caméra de télévision n'a été prévue, les moyens de communication du LM n'ayant pas suffisamment de bande passante pour émettre simultanément la voix, les données télémétriques et le signal de télévision. Cependant, juste avant la mise à feu, Aldrin déclenche une caméra 16 millimètres fixée devant son hublot. La cassette de pellicule qu'elle contient peut enregistrer en continu pendant environ 12 minutes.

Sept secondes et demie avant la mise à feu du propulseur principal, les petits moteurs latéraux sont allumés afin de créer une légère accélération. Les ergols[29] contenus dans les réservoirs du moteur de descente se déplacent ainsi vers la bouche d'admission, empêchant que les gaz formés dans les réservoirs ne soient avalés par le moteur et perturbent son fonctionnement. Cinq secondes avant l'instant calculé par l'ordinateur, son affichage clignote. Le programme P63 demande une confirmation humaine de la mise à feu,

[29]Les ergols sont composés du carburant et du comburant qui, une fois mélangés, s'enflamment et permettent la propulsion. Le LM dispose de deux réservoirs de carburant, de l'Aerozine 50, et de deux réservoirs de comburant, du peroxyde d'azote.

l'autorisation de déclencher le sous-programme que les ingénieurs ont affectueusement nommé « BURNBABY » (littéralement, allume-toi bébé). Armstrong appuie sur la touche PRO signifiant proceed (continuer). Aldrin entame un mini compte à rebours « *One, zero* » et Armstrong annonce « *allumage* ».

Tout ce qui a précédé avait déjà été testé lors des missions précédentes. À partir de maintenant, tout est nouveau. Depuis environ dix ans, 400 000 personnes ont travaillé pour mettre deux hommes en position de se poser sur la Lune. Tous ces efforts vont connaître leur aboutissement dans la douzaine de minutes qui vient. La veille, alors qu'Aldrin, Collins et Armstrong étaient encore réunis dans le module de commande, Bruce McCandless, le CAPCOM de l'équipe verte, et Fred Haise, le pilote du module lunaire de l'équipage de réserve, ont réveillé les trois astronautes avec une petite revue de presse. Ils leur citèrent la Pravda, le journal soviétique, qui désignait Armstrong comme le « Tsar » du vaisseau spatial. Ce qui avait bien amusé Collins. Mais ce journal a eu tort d'ironiser sur le commandant d'Apollo 11, car dans la course à la Lune que se livraient les Soviétiques et les Américains, Armstrong avait déjà eu l'occasion de marquer des points décisifs. Et aujourd'hui, lorsqu'il prononce le mot « allumage », ce qu'il joue, c'est la balle de match.

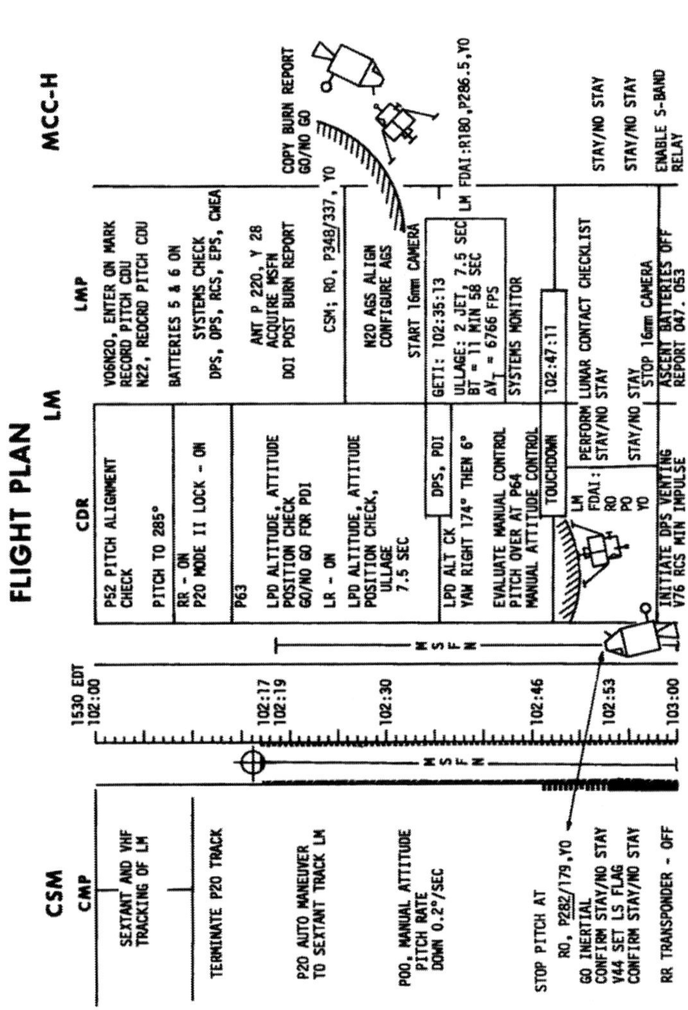

Extrait du plan de vol pour la phase finale de l'alunissage. L'instant de l'allumage y était prévu au temps mission 102.35.13. En réalité il a eu lieu au temps 102.33.05.

Chapitre quatre

Un peu d'Histoire, ou comment obtenir une balle de match ?

On ne connaît pas complètement une science tant qu'on n'en sait pas l'histoire.
Auguste Comte (philosophe)

Si Armstrong et Aldrin se trouvent dans cette position qui va les faire entrer dans la grande Histoire de l'Humanité, ce n'est évidemment pas un hasard. La capacité technologique et humaine d'en arriver là a été construite en 11 ans, depuis la création de la NASA. Pendant cette période toutes les décisions, les avancées techniques, les succès et les échecs, voire les drames, ont contribué à positionner le vaisseau Eagle sur les coordonnées spatiales idéales pour amorcer sa descente finale. Pendant cette dizaine d'années, les péripéties, qui n'ont pas manqué, ont toutes apporté des ingrédients indispensables au succès final. Les tentatives menées par les Soviétiques font aussi partie intégrante de l'histoire de la conquête de la Lune. Pour bien comprendre pourquoi les Américains ont réussi, il faut replacer leurs efforts dans l'ambiance de guerre froide et de compétition qui animaient les deux blocs. Leur succès, les USA ne le doivent pas qu'à eux-mêmes. La mauvaise gestion du programme spatial soviétique en est aussi quelque part la raison. Tour à tour, les deux protagonistes marquèrent des points. Mais ce que montra cette course à la Lune, c'est qu'il ne servait à rien d'engranger les points s'ils étaient obtenus hâtivement ou par surprise sur un jeu mal construit et irrégulier. La balle de match revint à celui qui su jouer avec ses propres qualités et non sur les faiblesses de l'autre, celui qui sut construire sa démarche pas à pas, de façon cohérente et méthodique.

Au tout début de l'exploration spatiale, les Américains avaient pris du retard sur les Soviétiques puisque ceux-ci furent les premiers à mettre un satellite en orbite, le fameux Spoutnik, le 4 octobre 1957. Ils furent même capables de rééditer l'exploit plusieurs fois en quelques mois. Les Américains ne purent en faire autant avant janvier 1958 en satellisant Explorer 1. Et encore, Spoutnik pesait 83 kg et Explorer seulement 13 ! Si petit, qu'il était surnommé le pamplemousse. Mais si le satellite soviétique s'était contenté de faire bip-bip autour du globe, l'Américain embarquait déjà des instruments scientifiques qui permirent de découvrir l'existence de la ceinture de Van Allen qui protège la Terre des rayonnements cosmiques dangereux[30].

Les USA commencèrent à prendre très au sérieux les affaires spatiales et créèrent, le 1er octobre 1958, leur agence spatiale, la NASA. Désormais, toutes les missions spatiales, automatiques, habitées, et notamment le programme lunaire, étaient conçues par un organisme unique public et civil. Ainsi, la NASA définissait les projets, ses spécifications et passait des contrats avec des entreprises du secteur industriel. Ensuite, tout le monde allait dans le même sens. Du côté soviétique, il n'y avait rien d'équivalent à la NASA. Le lancement réussi de Spoutnik était l'œuvre du constructeur général Sergueï Korolev dont le bureau d'étude disposait d'un certain monopole sur les affaires spatiales. Mais les temps changèrent vite. Les bureaux d'études de Valentin Glouchko, Vladimir Tchelomei et Michaïl Yangel établirent leur propre projet et se comportèrent comme des sociétés concurrentes. Chacun avait sa méthode pour aller sur la Lune, son moteur, sa fusée, son vaisseau spatial et tentait d'influencer, et surtout séduire, les dirigeants pour faire pencher la balance de son côté. À ce jeu, l'URSS finit par avoir plusieurs programmes lunaires indépendants. De plus, les militaires avaient eux aussi une forte influence. Or, ils étaient beaucoup plus intéressés par la mise au point de fusées capables de déposer des bombes atomiques chez leurs ennemis plutôt que des hommes sur la Lune.

Aux USA tout était public. Notamment le calendrier des lancements, ce qui contrastait avec la méthode des Soviétiques qui n'annonçaient leurs tirs que lorsqu'ils étaient réussis... ou qu'on pouvait le faire croire. La connaissance du calendrier américain était objectivement un avantage pour les Russes, mais il finit par être un désavantage. De fait, pour prendre de

[30]Van Allen était le responsable scientifique de la mission.

vitesse leur concurrent, les Soviétiques calquèrent leur propre calendrier sur celui des Américains de manière à les coiffer sur le poteau et obtenir l'effet médiatique et psychologique maximum. Ce qui voulait dire que les ingénieurs ne travaillaient pas en fonction des délais réalistes d'un projet construit. D'autant que, pour compliquer un peu plus les choses, le pouvoir souhaitait que les tirs, et les réussites qui devaient en découler, coïncident avec le jour anniversaire de Lénine, de Staline, de la révolution, etc.

La création de la NASA n'eut pas un effet immédiat sur les résultats médiatiques. Les Russes continuèrent pendant plusieurs années à aligner les premières. Le 4 avril 1961, ils mirent sur orbite Youri Gagarine, à bord de Vostok 1. Il ne réalisa qu'une seule orbite, mais cela suffit pour son triomphe et celui de l'URSS. Dans son numéro du 21 avril 1961, le magazine Time relate le coup de téléphone que Khrouchtchev passa à Gagarine à son retour[31].

Khrouchtchev : *Comment vous sentez-vous ?*
Gagarine : *Je vais bien. Le vol était un grand succès. Tous les appareils du vaisseau ont fonctionné correctement. Pendant le vol j'ai vu la Terre depuis une grande altitude. Je pouvais voir les mers, les montagnes, les grandes villes, les rivières et les forêts.*
Khrouchtchev : *Donc vous étiez bien* ?
Gagarine : *Exactement, Nikita Sergeuivich, j'étais bien pendant le vol.*
Comme à la maison.
Khrouchtchev : V*ous vous êtes rendu immortel parce que vous êtes le premier homme à pénétrer dans l'espace.*
Gagarine: *Maintenant que les autres pays essayent de nous rattraper.*
Khrouchtchev : *C'est vrai. Que les pays capitalistes tentent de rattraper notre pays qui a montré la voie vers l'espace et qui a lancé le premier cosmonaute du monde.*

Le même article rapportait la description que fit l'académicien Evgeny Fedorov de l'atterrissage de la capsule Vostok et le journaliste rajoute :

« Le rapport de Fedorov suggère que le cosmonaute a atterri à l'intérieur de sa capsule spatiale. Mais suivant d'autres sources en Russie, le Commandant Gagarine a sauté en parachute de sa capsule. Le scientifique Mikolai Gurovsky dit : le cosmonaute tomba doucement dans une clairière près d'un champ. Atterrissant sur ses pieds, sans même rouler au sol, il se dirigea vers

[31]TIME/ The cruise of the Vostok.

les personnes qui le virent. »

Cette source avait raison. Car l'information ne fut connue que plus tard, le premier homme de l'espace n'est pas revenu à bord de son vaisseau, il s'est éjecté à environ 7000 mètres d'altitude[32] comme le feront ses successeurs à bord du même type de vaisseau. Vostok ne pouvait pas ralentir suffisamment pour permettre le retour du cosmonaute dans son vaisseau. C'était le genre de raccourcis et de manque de finition qui permit aux Soviétiques de gagner du temps et être les premiers.

Le personnage de Gagarine est un bon exemple pour comparer les méthodes de recrutement de chaque côté du rideau de fer. À l'époque de son vol orbital Gagarine, était âgé de 27 ans. Il était dans la moyenne d'âge des vingt premiers cosmonautes. Côté Ouest, les sept premiers astronautes avaient une moyenne d'âge de 37 ans et les neuf suivants de 39 ans lorsqu'ils furent recrutés. Gagarine était pilote militaire, mais il était très peu expérimenté puisqu'il ne comptabilisait que 230 heures de vol. Le plus expérimenté de ses collègues cosmonautes n'en comptait que 900[33]. Les astronautes américains étaient tous des pilotes, souvent pilotes d'essai, et ils devaient avoir au moins 1500 heures de vol sur avion à réaction pour satisfaire aux conditions requises.

Cette différence entre les deux blocs n'était pas anodine. Les Américains s'engageaient dans la construction de vaisseaux complètement pilotables et donc des qualités de pilote expérimenté étaient nécessaires. Ce n'était pas le cas en Union Soviétique où il n'était pas envisagé de donner beaucoup de liberté aux cosmonautes. Leurs vaisseaux étaient conçus pour être automatiques ou télécommandés depuis le sol. Donc, il n'était pas utile de recruter des pilotes très expérimentés. Enfin, la NASA exigeait aussi que ses astronautes possèdent un diplôme d'études supérieures, car ils seraient amenés à participer très directement à la conception des vaisseaux et des systèmes. Ainsi, les équipages allaient pouvoir combiner leurs compétences de pilote et leur capacité à appréhender des domaines technologiques complexes.

Après l'exploit de Gagarine, pour les astronautes américains, le coup est dur et ils expriment leur colère : « *Nous aurions pu le faire [le premier vol] il y a un mois si quelqu'un au sommet avait simplement décidé de le faire il y a*

---

[32]Siddiqi/Sputnik and the soviet space challenge – p.280.
[33]Siddiqi/Sputnik and the soviet space challenge – p.246.

deux ans. Nous attendons tous que quelqu'un dise : OK, les gars, on y va.[34] L'objet de leur colère est compréhensible car le projet Mercury venait d'être lancé et son premier vol aurait dû intervenir au début 1961. Mais il fut d'abord reporté en mars, soit un mois avant Gagarine. Malheureusement, il fut à nouveau reporté en mai, laissant le champ libre à Korolev. C'est donc le 5 mai 1961 que les USA lancèrent la première capsule du projet Mercury, baptisée Freedom 7 par Alan Shepard, qui avait pris place à bord et qui fut le premier Américain envoyé dans l'espace. Mais ce vol est ridicule comparé à celui de Gagarine qui a effectué un tour de la Terre alors que Shepard n'a fait qu'un vol suborbital de 15 minutes, une petite incursion dans l'espace en atteignant l'altitude de 187 kilomètres. Il sera resté à peine 5 minutes en apesanteur avant de retomber dans l'océan à 500 kilomètres de son point de départ. Mais les USA ne pouvaient faire mieux, car la fusée Redstone dont ils disposaient n'avait pas assez de puissance pour communiquer à la capsule la vitesse de 28 000 km/h nécessaire à la satellisation. Shepard dépassera tout juste les 8200 km/h. C'était d'ailleurs la raison de l'avance des Russes. Ils disposaient déjà d'une fusée suffisamment puissante pour propulser une capsule capable d'emporter un homme en orbite. Consolation pour l'oncle Sam, Shepard fut le premier homme à partir dans l'espace et à revenir dans son vaisseau.

« *C'est un succès*[35] » s'écria le Président John F. Kennedy au retour de Shepard qui venait de mettre le bout du pied dans l'espace. Pourtant Kennedy va créer un évènement majeur pour l'astronautique. Sans cet événement, la création de la NASA n'aurait peut-être pas suffi pour redorer le blason américain dans l'espace. Il vient d'être élu en novembre 1960 et sa cote de popularité est déjà sérieusement écornée, car il enchaîne les problèmes : le fiasco de la baie de Cochons à Cuba, le vol de Gagarine et des défaites dans le Sud-est asiatique. Le 25 mai, soit 20 jours après le lancement de Shepard, il prononce un discours devant le congrès. Traditionnellement, le Président américain fait un discours sur l'état de l'Union devant le congrès, tous les ans, le 20 janvier. Quatre mois après son premier discours, Kennedy, décida de faire une nouvelle communication sur les besoins nationaux urgents dont le chapitre sur l'espace était destiné à répondre aux attentes et aux doutes des astronautes, mais aussi de tout un pays. C'est à cette occasion qu'il prononcera la phrase fondatrice du programme lunaire américain :

---

[34]TIME/The cruise of the Vostok.

[35]TIME/Space: It's a success.

« *Je crois que cette nation doit s'engager à poser un homme à la surface de la Lune et le ramener sain et sauf avant la fin de la décennie.* » Le terme « décennie » n'est pas choisi au hasard. En réalité, la possibilité de débarquer des hommes sur la Lune était étudiée depuis longtemps déjà et les premières versions de la fusée Saturn étaient déjà à l'étude. Le nom du projet « Apollo » existait déjà et l'on réfléchissait avant le discours à la meilleure manière, financièrement et techniquement, pour aller sur la Lune. Avant de faire son intervention, Kennedy l'avait soumis à James Webb l'administrateur de la NASA. Dans une première version, il était question de poser un homme sur la Lune en 1967. Webb considéra qu'en l'état des études, il n'était pas raisonnable de formuler une date aussi précise. Finalement c'est le terme « décennie » qui fut choisi[36].

Si Webb ne fut pas surpris par l'annonce, Kennedy provoqua une surprise générale, y compris parmi le personnel de la NASA, ceux-là mêmes qui se débattaient pour faire voler ces satanées fusées qui avaient une fâcheuse tendance à exploser. Chris Kraft n'était encore « que » directeur de vol. L'unique directeur de vol puisque les premières missions duraient au maximum quelques heures et ne nécessitaient donc pas la présence d'une équipe vingt-quatre heures sur vingt-quatre. À l'heure du discours, il était à son travail et regardait sa télévision. Il racontera : « *Alors ma tête sembla se remplir de brouillard et mon cœur s'arrêta presque. A-t-il dit ce que je pense avoir entendu ? (...) Pendant une minute j'étais paralysé par le choc (...). La Lune... Nous venons à peine de mettre Shepard sur un vol suborbital... [une fusée] Atlas ne peut pas atteindre la Lune... Nous avons une montagne de travail juste pour faire un vol de trois orbites... La Lune... Nous allons avoir besoin d'un vrai vaisseau spatial, un gros et bien meilleur que Mercury... Des hommes sur la Lune, a-t-il perdu l'esprit ? ... et moi le mien ?*[37] ».

De son côté, Gene Kranz n'était encore qu'assistant-directeur de vol. En lisant le discours, il n'en croit pas ses yeux : « *Pour ceux d'entre nous qui ont vu nos fusées s'écrouler, échapper à tout contrôle ou exploser, l'idée même de poser un homme sur la Lune semblait une idée d'une ambition incroyable. (...) Je pensais : bien, laissons-les avec leurs grands projets ; je vais d'abord mettre un homme sur orbite.*[38] »

---

[36]Seamans/PROJECT APOLLO :The Tough Decisions.
[37]Kraft/Flight – p.143.
[38]Kranz/ Failure is not an option – p.56.

Kranz fait ici allusion au vol programmé au début 1962 pour, enfin, mettre un Américain en orbite. Mais auparavant c'est le deuxième vol habité de Mercury qui est prévu, le 21 juillet 1961. C'était une répétition du vol de Shepard avec une capsule légèrement modifiée. Virgil Grissom, généralement appelé Gus, était à son bord. Il avait baptisé sa capsule Liberty Bell. Le vol se déroula normalement. Il battit le « record » de Shepard en atteignant 190 km d'altitude. Mais c'est au retour que se produisit le premier incident des missions spatiales habitées américaines. La capsule amerrit normalement dans l'océan, refit surface et flotta. Grissom attendit que l'hélicoptère de récupération soit en position pour accrocher la capsule. Ce n'est seulement après qu'il devait déclencher les boulons explosifs qui maintenaient la trappe de sortie. Mais alors que l'hélicoptère n'était pas encore en place, la trappe de la capsule fut éjectée. L'eau s'y engouffra et elle commença à sombrer. Grissom se jeta à l'eau. L'hélicoptère tenta désespérément d'accrocher la capsule. Quand il y parvint, il était trop tard, elle avait embarqué trop d'eau et l'hélico n'ayant pas assez de puissance pour l'extraire de l'océan, la relâcha. Pendant ce temps-là l'astronaute se débattait dans l'eau. Le pilote de l'hélico resta concentré sur la capsule pensant que Grissom pouvait attendre parce qu'il savait que dans sa combinaison spatiale il flottait. Il ne savait pas qu'en débranchant le cordon d'alimentation en oxygène qui le reliait à sa capsule, Grissom avait oublié de fermer la valve d'admission sur sa combinaison. L'air qu'elle contenait, qui assurait la flottabilité, s'échappa et l'eau commença à pénétrer. L'astronaute allait suivre la même trajectoire que sa capsule. Il coulait ! Finalement, un autre hélicoptère arriva et le sortit de l'eau. Tous les précieux enregistrements sur le vol contenus dans la capsule étaient perdus.

L'éjection de la trappe était due à l'explosion prématurée des boulons explosifs qui la maintenait en place. Normalement, Grissom aurait dû les déclencher une fois la capsule en sécurité. Il maintiendra toujours que les boulons, dont il avait retiré la protection, suivant la procédure, en attendant de les mettre à feu, se sont déclenchés tout seuls. Dans son livre « l'étoffe des héros », et le film qui en a été tiré, Tom Wolfe insiste lourdement sur une autre hypothèse selon laquelle Grissom aurait paniqué pendant que la capsule flottait sur l'eau. C'est une hypothèse parmi d'autres, mais elle tient difficilement face à certains faits tangibles. Tout d'abord, pendant que Grissom converse par radio avec l'équipage de l'hélicoptère qui manœuvre pour accrocher la capsule, sa voix est parfaitement calme, ce qui n'est pas compatible avec la description d'un homme qui aurait perdu ses moyens. D'autre part, pour déclencher les boulons explosifs, il fallait frapper assez fort sur le déclencheur. Lors des vols suivants, suite à ce « coup de poing », les astronautes en ont gardé une ecchymose. Grissom n'en avait pas. Pour tenter de résoudre le mystère, une expédition fut montée en 1999 pour localiser la capsule. Elle fut retrouvée gisant par 1800 mètres de fond, quasi-intacte[39]. Malgré cela, il ne fut pas possible d'identifier la cause de l'explosion des boulons et les films des deux caméras de bord ne purent être restaurés. La NASA continuera à faire confiance à Grissom puisqu'il retournera dans l'espace. Il était même promis à un grand avenir dans le projet Apollo. Quelques années plus tard son destin fut tragique.

Le 6 août suivant, seize jours plus tard, les Soviétiques marquèrent de nouveaux points. Ils lancèrent Vostok 2 avec à son bord Gherman Titov qui resta en orbite 25 heures. Il fut le premier à dormir dans l'espace et à mettre un peu de poésie dans cet univers technique en déclarant : « *J'ai vu de mes propres yeux que la Terre est une sphère. La couronne bleue sur l'horizon est vraiment d'une beauté indescriptible. Les étoiles paraissaient plus brillantes. Le vaisseau semblait suspendu et la Lune flottait. Le cosmos attend les peintres et les poètes*[40] ». Malgré le record de durée, ce vol n'aggravait pas la situation des Américains, d'autant que les Russes durent attendre un an avant d'envoyer d'autres hommes dans l'espace. Pendant ce temps, le 20 février 1962, John Glenn, à bord de la capsule Mercury baptisée Friendship 7, signa les trois premières orbites américaines autour du globe. Glenn eut l'occasion de piloter son engin, plus d'ailleurs qu'il ne l'aurait souhaité puisque le système de contrôle automatique tomba en panne après la première révolution. Mais il y eu un problème plus grave, ou plus exactement, il y eut une décision qui aurait pu entraîner un grave problème.

Alors que Glenn était à peu près à la mi-temps de sa mission, la télémétrie rapporta au centre de contrôle qu'au moins une des attaches du bouclier thermique de la capsule n'était plus en position et ne le retenait plus. Sur ce bouclier était attachée la rétrofusée qui devait être allumée pour freiner la capsule et lui permettre de rentrer dans l'atmosphère. À la fin de sa combustion, cette rétrofusée devait être éjectée, découvrant ainsi le bouclier conçu pour affronter l'échauffement dû au frottement de l'air. Donc si les attaches ne tiennent plus, quand la rétrofusée sera larguée, le bouclier suivra

---

[39]Newport/Lost spacecraft – p.156.
[40]TIME/Russia : I am eagle.

et la capsule sera carbonisée. En tant que directeur de vol, c'était à Chris Kraft de prendre une décision. Mais le centre de contrôle n'en était qu'à ses premiers balbutiements et toutes les règles du jeu n'étaient pas encore établies ou comprises notamment par son chef, le directeur des opérations, Walt Williams. Kraft était persuadé qu'il s'agissait d'une fausse alerte, une information erronée et qu'il ne fallait rien changer à la procédure de retour. Mais Williams contacta les concepteurs du vaisseau et imposa à Kraft de demander à Glenn de ne pas éjecter la rétrofusée. Celle-ci devant servir à maintenir le bouclier. En réalité, personne ne savait si cela allait vraiment marcher. S'il restait du carburant dans la rétrofusée, elle risquait d'exploser. Ou encore, sa forme n'étant pas aérodynamique, la capsule risquait d'être déstabilisée et brûler. En somme, s'il s'agissait bien d'une fausse alerte, la solution de garder la rétrofusée pouvait s'avérer catastrophique. Kraft dut, à contrecœur, exécuter l'ordre de Williams[41].

La NASA ne disposait pas d'un réseau permettant au centre de contrôle Mercury, situé en Floride, à Cap Canaveral, de converser directement avec la capsule où qu'elle soit autour de la Terre. Un des astronautes assurait la fonction CAPCOM en Floride et les cinq autres étaient dépêchés vers d'autres stations de poursuite pour y faire office de CAPCOM local et relayer les conversations vers ou depuis le centre de contrôle. Comme il y avait un total de dix-huit stations[42], la fonction n'était pas toujours remplie par un astronaute, comme au Texas à qui incombait la mission de transmettre les dernières instructions critiques à Glenn au sujet de sa rétrofusée alors qu'il bouclait sa troisième et dernière révolution. Glenn ne fut pas vraiment informé de la nature du problème. Alors qu'il avait mis à feu la rétrofusée, on lui demanda, sans plus d'explications, de ne pas la larguer.

CAPCOM (Texas) : « *Ici le CAPOM du Texas, Friendship 7. Nous vous recommandons de garder en place votre rétrofusée durant toute la rentrée. Cela veut dire que vous ne devez pas tenir compte du commutateur 0,05g qui est attendu à 04:43:53 [chronomètre de mission]. Cela veut dire aussi que vous devrez rétracter manuellement le périscope. Vous me comprenez* ? »

Glenn : « *Ici Friendship 7. Quelle est la raison de cela ? Avez-vous une raison ? À vous* ».

---

[41]Kraft/Flight – p.159.
[42]NASA/Friendship 7.

CAPCOM (Texas) : « Pas pour le moment . C'est un avis du directeur de vol au Cap[43]. »

Sans trop savoir ce qui se passait, Glenn suivit les consignes et s'engagea dans les couches denses de l'atmosphère. L'échauffement le mit au centre d'une boule de feu avec une question en suspens : la rétrofusée allait-elle protéger la capsule ou au contraire contribuer à l'enflammer ? Durant cette phase, les communications avec le sol sont impossibles. Les minutes passèrent et l'angoisse monta au centre de contrôle. Enfin, après 4 minutes, le silence fut rompu par la voix de Glenn. La capsule était intacte et fit un plongeon dans l'océan Atlantique où les navires de récupération l'attendaient. Friendship 7 n'avait pas brûlé et pourtant la décision n'était pas la bonne et c'est Kraft qui avait raison. « *Nous avons eu de la chance. Lorsque les ingénieurs de [Max] Faget examinèrent la capsule, ils trouvèrent ce que je suspectais. Un commutateur était mal réglé et avait envoyé un signal erroné*[44] ».

Cette mésaventure entraîna des changements bénéfiques au niveau du contrôle de mission qui eurent des répercussions considérables sur tous les vols qui suivront et donc jusqu'à Apollo. Ce qu'allait défendre désormais Kraft, c'est que les décisions devaient être prises par le directeur de vol, et lui seul, entouré d'une équipe d'ingénieurs hautement compétents et entraînés à analyser et à prendre des décisions en temps réel. Pas des chefs, pas même les concepteurs des vaisseaux. C'est comme ça que FLIGHT est devenu Dieu.

Le vol américain suivant eut, pour des raisons bien différentes, des répercussions considérables sur la mission Apollo 11. Il s'agissait de refaire le même vol que celui de Glenn et l'astronaute sélectionné était Donald Slayton. Mais ce n'est pas lui qui partira. Un médecin lui trouva un léger souffle au cœur et il n'était pas question de badiner avec la situation médicale des astronautes. Les conditions de vol sont particulièrement éprouvantes lors du lancement ou du retour. L'astronaute peut subir un facteur de charge de plus de 10g, c'est-à-dire que son poids est multiplié par dix. Scott Carpenter fut désigné pour le remplacer. Ce qui ne plaisait pas du tout à Chris Kraft. Il dira :

« Mes expériences avec Carpenter m'ont convaincu qu'il était le moins qualifié des sept astronautes (...) Carpenter va nous planter. Il est le plus

---

[43]NASA/Friendship 7.
[44]Kraft/Flight – p.160.

mauvais choix possible pour la mission[45]. »

En bref, il mettait en doute sa préparation et sa compétence et d'ailleurs Carpenter allait rapidement s'efforcer de lui donner raison. Avec le vol de Glenn, Kraft avait dû faire face à sa hiérarchie qui ne jouait pas le jeu des responsabilités. A priori, c'était en voie de règlement. Maintenant c'était un astronaute qui n'allait pas jouer le jeu, et oublier qu'il n'était pas seul. Carpenter décolla le 24 mai 1962 à bord d'Aurora 7 et tout se passa bien pendant la première moitié de la mission. L'astronaute avait un certain nombre d'expériences scientifiques à conduire, qui impliquaient des changements d'attitude de la capsule à l'aide de petits propulseurs disposés tout autour. Mais il en abusa et sa consommation de carburant devint anormalement élevée. De surcroît, il se mit en tête de résoudre l'énigme des lucioles dont John Glenn avait fait mention pendant son vol, rapportant avoir vu passer devant son hublot des nuées de petites lumières semblables à des lucioles. Aucune explication n'avait pu être apportée à ce phénomène. Carpenter, les vit aussi et manœuvra inconsidérément sa capsule pour tenter de comprendre d'où elles venaient. Ce qui fit dangereusement augmenter sa consommation. Le contrôle au sol insista pour qu'il limite ses manœuvres, car il risquait de ne plus avoir assez de carburant pour allumer ses rétrofusées pour rentrer dans l'atmosphère. Il ignora ces recommandations et continua à chasser les lucioles. Il arriva à la phase de freinage avec un minimum de carburant, une orientation incorrecte et déclencha ses rétrofusées avec trois secondes de retard. Il subit pendant la descente un facteur de charge de 12g au lieu de 9 ! Il finit sa course dans l'océan Atlantique, à près de 200 kilomètres de l'endroit prévu et attendit les secours dans son canot pneumatique[46]. Carpenter put toutefois porter à son crédit la résolution du mystère des lucioles. C'était tout simplement des cristaux de glace accrochés à la paroi de la capsule qui, chauffés par le soleil, s'envolaient et brillaient dans la lumière.

Ces mésaventures montrèrent que le facteur technique n'était pas le seul à considérer pour de telles missions. Cette fois-ci, c'est le maillon humain qui manqua de fiabilité. On se rendit compte que les astronautes devaient être sélectionnés en fonction de chaque mission par quelqu'un qui les encadrerait de façon proche. D'autant plus qu'à l'avenir, les astronautes seraient plus

---

[45]Kraft/Flight – p.164.
[46]Kraft/Flight – P.168.

nombreux, les équipages seraient constitués de deux puis trois personnes. Il faudrait les choisir selon leur niveau de préparation, mais aussi composer des équipes compatibles. Il fallait donc un chef des astronautes, un homme reconnu de tous, mais aussi jugé impartial dans la répartition des missions. Cet homme existait, tout récent inapte médical : Deke ! Cloué au sol, Slayton devint coordinateur des activités des astronautes, titre qui deviendra plus tard directeur des opérations des équipages. Slayton resta tout de même un astronaute et garda l'espoir qu'un jour sa sanction médicale soit levée et qu'il puisse partir enfin sur une fusée. Son premier travail consista à faire la sélection d'un nouveau groupe d'astronautes. En juin 1962, 253 candidatures durent être départagées par Slayton, Shepard et Warren North. Il n'en resta que neuf. Sept d'entre eux étaient des militaires de l'armée de l'air ou l'aéronavale : Franck Borman, Charles Pete Conrad, James A. Lovell, James A. McDivitt, Thomas P. Stafford, Edward H. White, John W. Young. Deux étaient des civils, Elliot M. See et Neil A. Armstrong. Slayton avait sélectionné dans ce groupe celui qui devint le commandant d'Apollo 11 et c'est aussi lui qui avait la responsabilité de proposer la composition de tous les équipages. Un autre n'aurait peut-être pas fait les mêmes choix. Son problème médical avait changé son propre destin et lui allait changer celui de ces hommes, destin parfois tragique. Deke eut la chance de contribuer à toutes les missions. Dans les films d'archive, on le voit très souvent quelque part dans un coin de l'image.

Jusqu'à la mi-1962, les Américains n'avaient pas été en mesure de faire plus de trois orbites autour de la Terre. Les Soviétiques reprirent le devant de la scène. Le 11 août 1962 ils lancèrent Vostok 3 avec à son bord Andrian Nicolayev. Le lendemain, c'était autour de Vostok 4 habité par Pavel Popovitch. Ce deuxième décollage était synchronisé sur le passage de Vostok 3 de telle sorte que, lorsque Popovitch fut inséré sur son orbite, il se trouvait à environ cinq kilomètres de Nicolayev. Puis ils s'éloignèrent. Les deux astronautes pulvérisèrent le record de Titov. Le vol de Popovitch dura 2 jours 22 heures 56 minutes et celui de Nicolayev 3 jours 22 heures 22 minutes. Mais il y eu un autre événement, assez paradoxal lorsqu'on connaît le secret qui entourait les missions russes. Il s'agissait de la première retransmission télévisée en direct en provenance d'un vaisseau spatial en orbite. La population pu ainsi voir Khrouchtchev, dans son bureau, face à deux téléviseurs recevant les images en provenance de l'espace, équipé d'un téléphone lui permettant de converser avec les cosmonautes [47]. L'effet propagande était au maximum de son rendement, d'autant qu'on organisa un retour triomphal à Moscou des deux héros que la presse surnommait les jumeaux célestes [48]. Leur parade commença par un survol de la capitale escorté de sept avions de chasse. Puis il y eut une grande réception devant 80 000 personnes sur la Place Rouge et Nikolayev en profita pour enfoncer le clou : « *Ce vol groupé dans l'espace est la preuve vivante de la supériorité du socialisme sur le capitalisme* » dit-il. On n'en attendait pas moins au pays des Soviets, mais il eut le curieux soutien du directeur de l'observatoire de Jodrell Bank, le Britannique Sir Bernard Lovell, qui déclara : « *Je pense que les Russes sont tellement en avance sur les techniques spatiales que la possibilité que l'Amérique les rattrape dans la décennie s'est éloignée* »[49]. Il se trompait ! Car si cette double mission eut un effet médiatique important, elle ne démontrait pas une avancée technologique majeure. En effet, si les deux vaisseaux se sont rapprochés, c'était uniquement à cause de la synchronisation du deuxième lancement et ensuite des lois de la mécanique céleste. Les deux jumeaux n'ont même pas pu tenter un vrai rendez-vous, car ils n'avaient aucune possibilité de piloter leur vaisseau. Pour réaliser un rendez-vous, il faut que deux vaisseaux, sur des orbites de départ différentes se rapprochent pour, en principe, s'amarrer. Un des deux vaisseaux est le poursuiteur et, par des changements successifs d'orbites, se retrouve au même endroit que le vaisseau poursuivi. La réalisation de cette manœuvre est indispensable si on veut aller sur la Lune. Et c'est en cela que le monde entier perçoit une avancée importante des Soviétiques. En fait, cette mission présentait d'autres avantages, finalement peut-être plus importants que le rapprochement des vaisseaux. Les ingénieurs de Korolev montraient leur capacité à lancer une fusée à une heure précise, à gérer deux vaisseaux simultanément et à rester encore plus longtemps en orbite.

La réponse américaine viendra de Kennedy lui-même, qui va quelque peu contredire les propos de Bernard Lovell. Le 12 septembre 1962, un mois après l'exploit soviétique, à l'université de Rice au Texas, il fit un nouveau discours sur sa vision de la conquête spatiale dans lequel il prononça une de ses phrases les plus célèbres :

« *Nous avons choisi d'aller sur la Lune dans cette décennie et de faire d'autres choses, pas parce qu'elles sont faciles, mais parce qu'elles sont*

---

[47] Archives British Pathé/Khruschev talks to Nikolayev in space.
[48] Archives British Pathé/Cosmonauts arrive in Moscow.
[49] TIME /Russia : The heavenly twins.

difficiles, car ces objectifs permettront d'organiser et mesurer le meilleur de nos énergies et de notre savoir-faire; parce que c'est le défi que nous acceptons de relever, celui que nous ne voulons pas repousser, celui que nous avons l'intention de gagner, et les autres aussi[50] ».

Mais le plus souvent, on oublie d'autres parties du discours où on trouve à la fois des réponses à l'arrogance soviétique, mais aussi très clairement un message de patience à destination des Américains à qui il explique que si les résultats ne sont pas encore très visibles, le travail en profondeur commence à porter ses fruits :

« *Au cours des 19 derniers mois, pas moins de 45 satellites ont été mis orbite. Environ 40 d'entre eux ont été fabriqués aux États-Unis d'Amérique et ils étaient beaucoup plus sophistiqués et ont fourni beaucoup plus de connaissances aux peuples du monde que ceux de l'Union Soviétique. Le vaisseau Mariner, qui est maintenant sur sa route vers Venus, est le plus sophistiqué des instruments dans l'histoire des sciences spatiales (...) Les satellites de navigation aident nos bateaux à se diriger. Les satellites Tiros nous donnent des prévisions sans précédent pour prévoir les ouragans et les tempêtes et feront la même chose pour les forêts et les icebergs. Nous avons eu des échecs, mais les autres aussi, même s'ils ne l'admettent pas, et qu'ils ne les rendent pas publics. Il est sûr que nous sommes derrière, et nous le serons encore quelque temps pour les vols habités. Mais nous n'avons pas l'intention de rester derrière et dans cette décennie nous comblerons notre retard et passerons devant* ». Puis, il continue en expliquant la nature des défis à surmonter :

« *Mais si je vous disais, mes chers compatriotes, que nous allons envoyer vers la Lune, à 300 000 km du centre de contrôle de Houston, une fusée géante de plus de 100 mètres de haut, la longueur de ce terrain de football, faite de nouveaux alliages, certains qui n'ont même pas encore été inventés, capables de résister à une chaleur et des efforts plusieurs fois supérieurs à tout ce qui a déjà été fait, assemblés entre eux avec une précision supérieure à la plus précise des montres, transportant tous les équipements nécessaires pour la propulsion, le guidage, le contrôle, les communications, l'alimentation et à la survie, pour une mission jamais encore tentée, vers un corps céleste inconnu et que nous ferons revenir en sécurité vers la Terre, rentrer dans l'atmosphère à une vitesse de plus de 40*

[50] John F. Kennedy/Presidential library & museum.

000 km/h, provoquant un échauffement d'environ la moitié de la température du Soleil ». La fusée lunaire était tirée par la locomotive Kennedy.

Concrètement, le programme Mercury prévoyait encore deux vols. Le suivant sera celui de Wally Schirra aux commandes de Sigma 7, le 3 octobre 1962. Cette mission sera qualifiée de parfaite et effacera les précédentes mésaventures de Carpenter. Enfin, le dernier vol fut celui de Leroy Gordon Cooper, dit Gordo, pour la dernière mission du 15 mai 1963. Mais il faillit se faire disqualifier, la veille de sa mission, par Walt Williams qui était à cette date le directeur des opérations du projet Mercury. Aux commandes d'un chasseur F-102 que les astronautes utilisaient pour s'entraîner, Cooper surgit à basse altitude, postcombustion allumée, au-dessus du centre spatial de Cap Canaveral et « tira » une chandelle à la verticale d'un pas de tir. Noir de colère, Walt Williams voulut le remplacer par sa doublure, Alan Shepard. Finalement, Cooper sauva sa place. Il expliqua dans un livre[51] que la veille de son vol, il avait découvert que l'équipe médicale avait percé un trou dans son scaphandre spatial pour rajouter un capteur de pression. Or, il était dans les règles sacrées de ne pas intervenir sur le scaphandre d'un astronaute la veille de son départ. Sous le coup de la colère, il se défoula aux commandes de son avion.

Ce vol fut intéressant à plus d'un titre. Tout d'abord, il était prévu d'une durée de plus de 30 heures (34 heures 20 minutes exactement). Ce qui signifie que le contrôle au sol devait s'organiser différemment, une seule équipe de contrôleurs avec un seul directeur de vol ne pouvaient assurer la totalité de la mission. Une deuxième équipe fut donc créée avec un nouveau directeur de vol, John Hodge.

Huit mois s'étaient écoulés depuis la précédente mission, car la capsule Mercury n'étant pas vraiment conçue pour rester aussi longtemps dans l'espace, il fallut y apporter des modifications et des allègements pour permettre à un homme d'y vivre plus d'une journée et d'y dormir. Tellement bien que le pouls particulièrement bas de Cooper inquiéta les médecins qui demandèrent à le réveiller par précaution. Il se réveilla et fut surpris de voir ses mains flotter librement, tout près du tableau de bord. Il passa ses pouces sous les sangles de son harnais pour bloquer ses bras, et se rendormit[52]. Le deuxième fait marquant fut la panne du système automatique de rentrée

[51]Cooper/Leap of Faith p. 44.
[52]Cooper/Leap of Faith p.57.

imposant à Cooper de faire sa rentrée atmosphérique totalement en manuel. Ce qu'il fit avec brio et il amerrit dans le Pacifique à moins de sept kilomètres du point prévu. Mercury avait pour but d'apprendre à manœuvrer un vaisseau spatial, le vol de Cooper démontrait que l'objectif était atteint. Walt Williams, qui avait voulu écarter Cooper, alla lui-même l'accueillir à Hawaii pour le féliciter et lui dit « *Gordo, tu étais le gars qu'il nous fallait pour cette mission* [53]». Au terme des six missions, la NASA commençait à avoir une sérieuse expérience de pilotage de vaisseaux spatiaux.

Pour les Russes la manche n'était pas tout à fait terminée. Après le vol de Cooper cela faisait presque un an que l'espace soviétique était silencieux. Ce silence fut rompu le 14 juin 1963 par le lancement de Vostok 5 avec à son bord Valery Bykovsky. Qu'allait-il y avoir de nouveau cette fois-là ? Deux jours après, Vostok 6 fut lancé pour faire un remake du double vol de Nicolayev et Popovitch, avec toutefois une différence : cette fois le second vaisseau était occupé par Valentina Tereskova, la première femme de l'espace[54]. Techniquement, cette mission n'apportait rien de plus, mais il s'agissait encore une fois de faire un coup de propagande. Ce coup montrait en réalité un certain piétinement.

Ainsi se terminait la première manche de la course à la Lune. Techniquement et médiatiquement elle était perdue par les Américains et se terminait sur un drame, non pas dans l'espace, mais à Dallas, lorsque le 22 novembre 1963, John Kennedy fut assassiné. Il est étonnant de constater que tous les acteurs de l'époque qui ont écrit sur cette période étaient très attachés à la réussite de l'objectif que Kennedy leur avait donné. Gene Kranz écrivit : « *Au centre de contrôle des missions et dans toute la NASA, dans nos cœurs nous décidions d'honorer la mémoire de John Kennedy en réalisant le défi qu'il nous avait lancé* [55]».

Six jours avant son assassinat, Kennedy avait souhaité faire une visite du centre spatial de Cap Canaveral. Il avait tenu à voir de près la fusée Saturn V et s'était intéressé à la charge utile qu'elle pouvait porter comparativement aux fusées des Soviétiques. Satisfait de constater qu'elle pouvait emporter une masse nettement plus importante, il recommanda à Robert Seamans, l'administrateur adjoint de la NASA, de bien insister sur ce point devant les journalistes[56].

---

[53]Cooper/Leap of Faith - p.73.
[54]Archives British Pathé/Khruschev talks with space woman.
[55]Kranz/Failure in not an option – p.122.
[56]Seamans/PROJECT APOLLO : The Tough Decisions.

Les Américains étaient encore derrière les Soviétiques, mais ils avaient peaufiné leurs techniques. De plus, Kennedy maintenant élevé au statut de légende, personne n'osera plus changer la ligne qu'il avait fixée, alors qu'en face, la ligne était loin d'être droite et la technologie pas aussi poussée que les premières réussites pouvaient le laisser supposer. Officiellement, on prétend que la Lune n'est pas un objectif. Ce qui est d'ailleurs vrai au départ. Korolev défendait l'idée d'un débarquement sur la Lune, mais il n'était pas vraiment suivi par les politiques, déroutés par les propositions concurrentes de Yangel ou Tchelomei. Korolev avait déjà mis en chantier le vaisseau Soyouz, véhicule multi-missions, vendu aux politiques comme un vaisseau orbital, mais conçu comme un vaisseau capable d'amener des hommes vers la Lune à l'image de la capsule Apollo américaine. Malheureusement pour Korolev, ce programme, qui aurait pu aboutir avant Apollo, fut passé au second plan par des décisions qui accentuèrent encore la dispersion des forces, dans le seul but de contrer les projets américains. En effet, les USA avaient annoncé entre-temps les objectifs de leur nouveau programme Gemini, destiné à maîtriser toutes les techniques qui seront nécessaires aux missions Apollo : mettre au point les rendez-vous, les amarrages, faire des sorties extravéhiculaires et atteindre des durées de mission de l'ordre de quatorze jours. Khrouchtchev tenait à battre les Américains de vitesse sur les premières spatiales qui s'annonçaient. Afin d'atteindre cet objectif, ordre fut donné de transformer les vaisseaux Vostok déjà construits pour les adapter à ces missions. Le résultat fut le vaisseau Voskhod capable, normalement, d'emporter deux passagers. Il s'agissait d'en lancer un rapidement avant le début des missions Gemini. Le vaisseau américain étant conçu pour deux personnes, pour faire un coup d'éclat et faire croire à une grande avance, les Russes décidèrent de mettre un équipage de trois personnes dans leur vaisseau Voskhod qui ne pouvait en contenir que deux ! Cette prouesse fut obtenue en gagnant de la place en supprimant les choses « inutiles », c'est-à-dire les sièges éjectables et les scaphandres ! L'effet propagande attendu était maximal, tout comme le risque pour les hommes. En cas de dépressurisation pendant la phase de rentrée, les cosmonautes n'avaient aucune chance de s'en sortir.

La première mission Voskhod fut lancée le 12 octobre 1964 avec un équipage de trois hommes dont, nouveauté également, un seul appartenait au corps des cosmonautes. Il s'agissait de Vladimir Komarov qui était pilote de l'armée de l'air soviétique. Et pour la première fois, les deux autres équipiers étaient des civils : Konstantin Feoktistov était ingénieur et Boris Yegorov, était médecin. La mission s'acheva dès le lendemain. Ils furent les premiers cosmonautes russes à revenir sur Terre avec leur vaisseau puisque Voskhod était désormais équipé d'une rétrofusée qui permettaient de freiner suffisamment le vaisseau à l'approche du sol. Comme d'habitude, ils reçurent un accueil triomphal à Moscou : l'escorte des avions de chasse, le Tupolev, le tapis rouge. Suivant le schéma habituel, ils se dirigèrent vers la tribune officielle où ils furent accueillis par... Léonid Brejnev, qui avait débarqué Khrouchtchev le jour même du retour des trois héros[57]. Ils eurent droit aux embrassades de rigueur et embrasser, à la Russe, Léonid Brejnev devait être une expérience presque aussi mémorable que de faire un vol spatial...

Les USA avaient annoncé le début de leur programme Gemini pour mars 1965. Les Russes avaient devancé les Américains sur un des objectifs de leur programme Gemini à savoir envoyer plus d'un homme en orbite. Il s'agira toutefois d'un coup isolé. Il faudra attendre janvier 1969 pour que l'URSS lance un autre équipage de trois personnes à bord de Soyouz 5.

Pour pousser leur avantage, les Soviétiques mirent les bouchées doubles afin d'être les premiers à réaliser une sortie extravéhiculaire. Le 18 mars 1965, ils lancent le vaisseau Voskhod 2 avec Pavel Belyayev pour commandant et Alexei Leonov comme copilote. Au cours de ce vol, Leonov devait sortir du vaisseau et évoluer librement dans le vide spatial, seulement retenu par un cordon ombilical. Il devint le premier homme à effectuer une marche spatiale qui dura 10 minutes. À leur retour, la propagande annoncera que la mission fut un grand succès sans problème. Belyayev et Leonov furent accueillis en héros à Moscou au cours d'une cérémonie dont le protocole était une reproduction des précédentes cérémonies[58]. Ils firent une conférence de presse à l'université Lomonossov de Moscou[59] et racontèrent eux-mêmes les conditions de leur aventure. C'est Belyayev qui fit un premier discours dans lequel il rappela les objectifs de la mission et mentionna que pendant la sortie le cœur de Leonov n'avait jamais battu à plus de 135 pulsations/minute. Puis ce fut au tour de Leonov de monter à la tribune et de prendre la parole. Il n'improvisait pas, il lisait un texte dans lequel il expliquait comment il était sorti du vaisseau et ce qu'il avait vu. Puis, tout à coup, il se dirigea vers un vieux tableau noir placé sur le côté de l'estrade pour donner des explications

[57]Archives British Pathé/New soviet leaders welcome cosmonauts to Moscow.
[58]Archives British Pathé/Russia's twin cosmonauts arrive in Moscow.
[59]INA/Quelques pas dans l'espace.

plus claires. Enfin, selon lui.

« *Quand je me suis trouvé dans le sas, j'ai été un peu ébloui par le Soleil.(...) J'ai cherché à prendre une autre position par rapport au soleil (...) Pendant un long moment je n'ai pas réussi à trouver la bonne position, en changeant de place je déplaçais légèrement le centre de* gravité *du Voskhod et celui-ci changeait à son tour très légèrement de trajectoire. J'avais non seulement à sortir du sas (...), mais j'avais encore à déclencher la caméra pour qu'elle puisse filmer ma sortie dans le cosmos*[60]. »

Devant son tableau, Leonov se mit à improviser et ses propos semblaient de plus en plus confus. Quelqu'un lui demanda de revenir à la tribune, où il reprit la lecture de son aventure et raconta son retour dans le vaisseau :

« *C'est quand je me suis trouvé au-dessus du Ienisseï qu'on me donna l'ordre de réintégrer le vaisseau. Rentrer dans le vaisseau fut moins aisé que d'en sortir, car je fus obligé de démonter la caméra. Tout fut réalisé dans le temps prescrit et je me suis retrouvé à bord (...) J'ai essayé de rentrer dans le sas, ce ne fut pas très simple, mais je me suis trouvé à l'intérieur, j'ai saisi le journal de bord et j'ai noté mes impressions. Cela a exigé des efforts physiques importants. Mes adieux avec le cosmos ont été un peu long que prévus.* »

Le compte rendu de Leonov est plutôt contradictoire : « *Tout fut réalisé dans le temps prescrit* », mais « *Mes adieux avec le cosmos ont été un peu plus long que prévu* » ! Et pour cause, cet homme ne dit pas la vérité. Il omet de dire qu'il est passé à deux doigts de la mort et qu'il faillit être le premier satellite humain de la Terre. La vérité sera connue bien plus tard quand, notamment, il la raconta en 2005 dans un livre coécrit avec David Scott[61] , un astronaute du programme Gemini et Apollo. Et les choses sont bien différentes du discours officiel.

La sortie du vaisseau se faisait par un sas gonflable qui formait un tunnel à l'extérieur du Voskhod. Le cosmonaute devait ouvrir la trappe qui donnait dans le sas, s'y engouffrer la tête la première, fermer la trappe, dépressuriser le sas, puis ouvrir la trappe externe pour sortir. Pour revenir, il suffisait de faire exactement le contraire. Mais alors qu'il s'apprêtait à rentrer dans le sas, il se rendit compte que, sous l'effet de la pression interne et du vide externe, son scaphandre avait considérablement gonflé et était devenu

---

[60]Traduction de Léon Zitrone dans INA/Quelques pas dans l'espace.
[61]Leonov/Two sides of the Moon – p.107.

extrêmement rigide. Leonov était devenu très gros, trop gros pour pouvoir s'engouffrer dans le sas pieds devant comme prévu. Il tenta la tête la première.

« *Même comme ça, je dus prudemment purger l'oxygène sous haute pression de mon scaphandre grâce à une valve placée dans une doublure. Je savais que cela pouvait m'exposer au risque d'asphyxie, mais je n'avais pas le choix. Si je ne réintégrais pas le vaisseau dans les quarante minutes, mon oxygène serait épuisé* ». Leonov ne recevait pas son oxygène par le cordon ombilical qui le reliait à la capsule, mais par une bouteille d'oxygène qu'il portait sur le dos, un peu semblable à celle d'un plongeur sous-marin.

Tout cela ne s'était donc pas passé de la façon « nominale » que sous-entendait Leonov dans son discours de Lemonossov. D'autant plus que la décompression qu'il s'infligea ne suffit pas à résoudre le problème, car, une fois dans le sas, la tête la première, il devait se retourner pour pouvoir fermer la trappe externe. Le tout dans ce tunnel étroit et avec sur le dos une bouteille d'oxygène encombrante.

« *Je pouvais sentir ma température augmenter dangereusement, un accès de chaleur remonta de mes pieds vers mes jambes et mes bras à cause de l'énorme effort physique que toutes ces manœuvres provoquèrent. Tout cela prit beaucoup plus de temps que prévu. Même alors que je m'étais*

Leonov expliquant sa sortie devant son tableau (INA/Quelques pas dans l'espace)

complètement extirpé du sas, je dus encore me retourner pour atteindre et fermer la trappe du sas. ». Une fois celle-ci fermée, Belyayev put rétablir la pression dans le sas et ouvrir la trappe du vaisseau ce qui permit à Leonov de reprendre sa place. Une heure et demie plus tard, le sas devenu inutile fut éjecté, opération qui communiqua un lent mouvement de rotation du vaisseau sur lui-même que les deux hommes durent endurer pendant encore 22 heures, jusqu'à leur retour sur Terre. Mais leurs déboires n'étaient pas terminés. La trappe du Voskhod qui avait été ouverte puis fermée pour laisser le passage à Leonov fuyait. La perte d'oxygène était automatiquement compensée par le système de survie. Mais il compensait trop. La pression d'oxygène devint alarmante, la moindre étincelle pouvait tout faire exploser. Enfin, il y eut une défaillance du système de rentrée automatique, qui les obligea à exécuter une manœuvre manuelle qui les fit atterrir à 1 500 km de l'endroit prévu. Une mission sans histoire.

Il était temps pour les Russes de marquer ces points, car au mois de mars 1965, les Américains étaient prêts à repartir à la conquête de l'espace, environ 22 mois après que Cooper ait conclu le programme Mercury. Entre-temps la NASA s'était réorganisée pour relever le nouveau défi des missions Gemini et Apollo. Le centre de contrôle de mission qui était jusqu'ici situé à Cap Canaveral fut déplacé à Houston dans un complexe dédié. Le centre de lancement du Cap était devenu le centre spatial Kennedy. Comme les missions prévues pour Gemini puis Apollo devaient durer deux semaines, de nouveaux contrôleurs furent recrutés et de nouvelles équipes créées. Désormais Kraft était à la tête de l'équipe rouge, Hodge de la noire, et Gene Kranz, qui faisait ses premières armes en tant que directeur de vol, prit la couleur blanche. Kranz et son équipe vont devenir légendaires, réunis derrière un signe de ralliement que la femme du nouveau directeur imagina. À chaque mission, elle confectionna pour son mari un gilet blanc qui devint aussi célèbre que celui qui le portait. Le gilet que Kranz arborait lors du sauvetage de la mission Apollo 13 est exposé au musée de l'air et de l'espace à Washington.

Tandis que Belyayev et Leonov recevaient leur accueil triomphal à Moscou, le 23 mars 1965, les États-Unis lancèrent la mission Gemini III avec pour équipage Gus Grissom et John Young. Grissom, l'homme dont la capsule Liberty Bell 7 coula. Il baptisa son nouveau vaisseau, avec humour, « Molly Brown », ou plus exactement « l'insubmersible Molly Brown » du nom de cette femme rescapée du naufrage du Titanic. Cet humour ne fut pas du goût des responsables de la NASA qui lui demandèrent s'il avait une autre proposition. Bien sûr dit-il, « *Titanic* »[62] ! Par la suite, pour les missions suivantes, les astronautes ne furent plus autorisés à baptiser leur vaisseau, le nom officiel suffirait : Gemini suivi du numéro de la mission. Grissom eut tout de même de la chance d'être choisi pour ce vol car, initialement, c'est Alan Shepard qui devait avoir sa place, avant de subir le même sort que Slayton. Le premier Américain dans l'espace fut déclaré médicalement inapte après la découverte d'un syndrome de Ménière. Le coéquipier de Grissom, John Young, était un petit nouveau du deuxième groupe d'astronautes. À la fin de sa carrière, il aura le CV le plus impressionnant de tous. Il revola lors la mission Gemini X, puis avec Apollo 10 il tournera autour de la Lune, il y marchera avec Apollo 16 et il sera le commandant de bord du premier et du sixième vol de la navette spatiale !

Gemini III est une sorte de remise en jambes destinée à tester les systèmes du nouveau vaisseau. La mission dura environ quatre heures et bien sûr, l'amerrissage retint l'attention de tous. Le vaisseau retomba à environ 111 km du point prévu, ce qui obligea les deux astronautes à attendre les secours. « *Nos techniques me permettaient d'ouvrir au moins une des deux trappes pour nous donner un peu d'air frais, mais je retardais cela de trente minutes. Je gardais toujours à l'esprit que je ne voulais pas que Molly Brown coule* » déclara Grissom[63]. Finalement les hommes-grenouilles arrivèrent, sécurisèrent la capsule et embarquèrent les hommes dans un hélicoptère qui se dirigea vers le porte-avions Intrepid. Lors de leur départ la veille, alors qu'ils marchaient vers leur fusée, les deux héros étaient vêtus de leur beau scaphandre blanc de chevaliers des temps modernes. À leur descente de l'hélicoptère les héros étaient... en peignoir ! C'est encore dans cette tenue héroïque, qu'ils répondront au coup de téléphone de félicitations que leur passera quelques minutes plus tard, Lyndon Johnson, en sa qualité de nouveau Président[64]. Circonstance bien différente du formalisme soviétique.

Gemini III revenu, Gemini IV retient toutes les attentions. L'objectif principal était un vol de quatre jours afin de tester les comportements des matériels et des hommes. Il y avait aussi un autre objectif, qualifié de secondaire, qui ne manqua pas d'attirer l'attention : démontrer les capacités

[62] LIFE/Lift off to a new era in space.
[63] LIFE/Lift off to a new era in space.
[64] Archives British Pathé/America makes double space history.

du vaisseau et de l'équipage à faire des manœuvres internes et externes. C'est-à-dire faire une sortie extravéhiculaire, ce que les Américains appelèrent une EVA (Extra Vehicular Activity). Initialement, il s'agissait simplement d'ouvrir la trappe du vaisseau et mettre la tête dehors, sans s'éloigner plus, une manœuvre qui devenait un peu ridicule après la marche de Leonov. Aussi, Il fut décidé de tenter une sortie complète. Cette décision, tardive dans le plan de marche, pris de cours l'équipage, James McDivitt et surtout Ed White, qui eurent très peu de temps pour s'entraîner. Gene Kranz dira : « *Aujourd'hui nous n'oserions plus prendre ce type de risque, mais à ce moment-là nous étions déterminés à au moins rattraper les Russes, sinon les dépasser.*[65] ». La nature réelle de cette sortie fut gardée assez secrète jusqu'au lancement, même pour les autres astronautes. David Scott était CAPCOM à la station de Carnavon en Australie. C'est dans l'avion qui l'y mène avec d'autres représentants de la NASA, qu'ils ouvrirent l'enveloppe qui contenait les dernières informations sur la mission et découvrirent qu'une sortie extravéhiculaire complète devait avoir lieu. « *Ed commença son entraînement en secret. La nuit, après que la plupart des personnels de la NASA aient quitté les installations d'entraînement.* [66] » écrivit David Scott. Les Soviétiques ont été les premiers à faire une sortie dans l'espace, mais ils ont involontairement permis aux Américains de gagner du temps en leur montrant qu'un homme pouvait manœuvrer dans le vide.

Gemini IV décolla le 3 juin 1965. C'est au cours de la troisième révolution que Ed White fit sa sortie suivant une technique complètement différente de celle de Leonov. D'abord, il n'y avait pas de sas. La cabine devait être dépressurisée et une des deux trappes devait être ouverte. Ensuite, White recevait son oxygène par un cordon ombilical relié au vaisseau et non pas d'une bouteille d'oxygène autonome. Enfin, pour se déplacer, il disposait d'une sorte de pistolet à air comprimé.

Encore à cette date les Américains n'emportaient pas de caméra de télévision et contrairement aux Russes, les images n'étaient pas retransmises en direct. Cependant, les photos et films 16 mm rapportés furent d'une qualité remarquable, sans précédent. Cette absence de télévision était une situation qui ne plaisait guère à Chris Kraft : « *Au fond de moi, je me fis la promesse qu'un jour nous aurions la télévision pour regarder cela en direct.(...) Nous devions cela au peuple américain pour leur donner un siège au premier rang*

---

[65]Kranz/Failure is not an option – p.136.
[66]Scott/Two sides of the moon – p125 et 127.

pour assister aux meilleures heures de leur pays.[67] »

White resta en suspension dans l'espace pendant vingt minutes. Il fallut beaucoup insister pour qu'il revienne dans le vaisseau au point que Kraft, passant outre les règles qu'il avait lui-même fixées, décida de s'adresser directement à McDivitt, sans passer par le CAPCOM, et lui dit « *Dites lui de rentrer !* ». Comme pour Leonov, le scaphandre de White était très gonflé, mais l'ouverture de la trappe restait suffisamment grande. Une fois à l'intérieur, il eut beaucoup de difficulté à la fermer et y réussit au prix de quelques efforts. Conformément au plan initial, cette trappe devait être rouverte plus tard pour jeter par-dessus bord l'équipement ayant servi pour la sortie, le cordon ombilical par exemple. Mais il fut décidé de ne pas tenter le diable et de laisser cette trappe fermée au cas où elle déciderait de se faire remarquer à nouveau lors de la fermeture.

Au total, cette mission dura quatre jours et une heure. En une mission, les Américains avaient techniquement rattrapé leur retard, en réalisant cette sortie spatiale et en approchant le record de durée d'une mission, encore détenu par Valery Bykovsky avec quatre jours et vingt-trois heures en juin 1963, lors du vol groupé Vostok 5 et Vostok 6.

Il fallut deux mois pour que ce record ne soit pulvérisé. Le 21 août, Gemini V décolla avec pour commandant Gordon Cooper et son copilote Pete Conrad. L'objectif principal était de réaliser une mission de huit jours. Elle dura exactement 7 jours et vingt-deux heures. Elle fut aussi particulière, car le vaisseau disposait dans ses entrailles d'une innovation technologique majeure : une pile à combustible. Cette source d'énergie était indispensable pour les vols de longue durée, car les batteries classiques étaient trop lourdes et insuffisamment puissantes. Cette pile à combustible était la centrale électrique du vaisseau. Elle fonctionnait comme une pile qui produisait de l'électricité tant qu'elle était alimentée par deux combustibles, de l'oxygène et de l'hydrogène. La réaction électro-chimique entre ces deux éléments produisait de l'électricité et de l'eau pour la consommation de l'équipage. Il faut toutefois noter, qu'à cause de cette nouveauté, la mission faillit être écourtée, car, pour que la pile fonctionne, une pression élevée devait être maintenue dans les réservoirs d'oxygène et d'hydrogène. Or, pratiquement depuis le début de la mission, la pression dans le réservoir d'oxygène ne

---

[67]Kraft/Flight – p.221.

cessait de baisser pour se stabiliser à 28% du minimum nécessaire[68]. Ou plutôt, du minimum qu'on pensait nécessaire. Car même à cette basse pression, la pile continua à fonctionner. Les ingénieurs de la société McDonnell qui fabriquait cette pile, travaillèrent simultanément pour vérifier que le vol pouvait continuer ainsi.

Après Gemini V et ses déboires, le public et la presse commencèrent à découvrir le rôle du centre de contrôle en vol de Houston, et réalisèrent que les astronautes seuls n'étaient pas suffisants pour assurer le succès des missions. Le 27 août 1965, Chris Kraft faisait la couverture du magazine Time. L'article était une véritable visite organisée du nouveau centre spatial de Houston :
« *En plus de la gestion des vaisseaux en vol et de l'entraînement des astronautes, le centre de Houston développe aussi des nouvelles techniques d'ingénierie et supervise les tests de chaque pièce, des transistors aux fermetures des scaphandres, aux piles à combustible. Dans un laboratoire, les équipements sont secoués au plus profond de leurs entrailles. Un complexe thermo-chimique teste les propulseurs des fusées. Dans le bâtiment des simulations et d'entraînement, un astronaute peut monter dans un vaisseau spatial et s'exercer à toutes les fonctions d'une mission, du lancement à la rentrée. Une centrifugeuse gérée par ordinateur sera bientôt disponible pour déterminer comment les équipages et leurs systèmes se comportent sous des forces d'accélération importantes. La plus grande chambre sous vide du monde, avec la forme arrondie d'un tonneau de bière en acier de 36 mètres, capable d'avaler un vaisseau lunaire Apollo entier, sera opérationnelle plus tard cette année [1965]. À la bordure du centre spatial, un terrain couvert de scories et de pierres ponces est utilisé comme aire d'entraînement pour simuler l'exploration d'un sol lunaire criblé de cratères. Le cœur opérationnel est le centre de contrôle des missions de Chris Kraft, un bâtiment de 7 millions de dollars bourré d'équipements électroniques pour une valeur de 100 millions de dollars. C'est une quantité d'armoires grises, de circuits fermés de télévision et de batteries d'ordinateurs, tous reliés entre eux par plus de 16 000 km de câbles et 2 millions de connexions. Le rez-de-chaussée abrite les ordinateurs IBM 7094 qui suivent la télémétrie des systèmes embarqués. Au premier étage, se tient la salle de contrôle principale, sans fenêtre, avec quatre rangées de vingt*

[68]Kraft/Flight – p.230.

consoles faisant face à une carte géante du monde sur laquelle est projetée la trajectoire des vaisseaux. Au-dessus, au second étage, il y a une seconde salle de contrôle qui permet au centre de lancer des simulations des futurs vols, alors même qu'un vol réel est en cours[69] ».

Cette avalanche de moyens techniques ne doit pas faire oublier que les véritables chefs d'orchestre sont les hommes qui gèrent ces moyens. Aucun ordinateur ne sera capable de faire les choix décisifs, dans des délais brefs où chaque erreur ou hésitation peut coûter la vie de l'équipage. Avec la création du centre spatial de Houston, les USA se sont donné un outil primordial, une alliance entre les moyens technologiques et la compétence des hommes, qui allait devenir la machine à conquérir la Lune.

Logiquement, après Gemini V aurait dû venir Gemini VI. Il y a des logiques qui doivent changer lorsque les choses ne fonctionnent pas comme on veut. L'objectif de la mission Gemini VI était de réaliser le premier rendez-vous spatial et le premier amarrage entre deux vaisseaux. Il fallait donc pouvoir disposer de deux vaisseaux en vol : le chasseur et la cible. Les plans prévoyaient de lancer une fusée de type Agena, de la mettre en orbite, puis de lancer la capsule Gemini VI qui devait manœuvrer pour effectuer le rendez-vous et s'amarrer à la fusée équipée de la partie femelle du système d'amarrage. Malheureusement, la mission tourna court rapidement. La fusée Agena fut tirée le 25 octobre 1965 et la capsule Gemini VI devait être lancée 90 minutes après. À son bord, Wally Schirra, le commandant de bord, et Tom Stafford, le copilote, attendaient le GO pour décoller. Mais il ne décolèrent pas et durent rentrer chez eux. La fusée Agena explosa quelque part en altitude et la mission fut annulée. Or, pour la NASA, la réussite d'un rendez-vous devenait de plus en plus importante. Attendre la disponibilité d'une nouvelle fusée Agena supposait de retarder Gemini VI et toutes les autres missions qui devaient suivre. Le problème fut habilement contourné. On lancerait d'abord Gemini VII dont l'objectif principal était de réaliser une mission de quatorze jours, et pendant ce délai, Gemini VI serait lancé à la poursuite de Gemini VII pour effectuer un rendez-vous. Frank Borman et Jim Lovell décollèrent à bord de Gemini VII le 4 décembre et commencèrent leur mission. Le 12 décembre, Schirra et Stafford se retrouvèrent à nouveau au sommet de leur fusée, prêt pour entamer leur « chasse ». Le compte à rebours arriva à zéro, le moteur fut mis à feu et la fusée... ne décolla pas. Les

---

[69]TIME/Conductor in a command post.

contrôleurs s'attendaient à voir les deux astronautes actionner leur siège éjectable, comme les règles de mission le commandaient en pareil cas, mais rien ne se passa. Schirra garda son sang froid et ne déclencha pas la périlleuse éjection. Il fit bien, car le moteur s'éteignit et la fusée n'explosa pas. Dans les heures qui suivirent, le problème fut identifié. Ou plutôt, les problèmes, car on en trouva deux. D'une part un câble de contrôle s'était détaché prématurément et d'autre part, plus étonnant, on retrouva dans le moteur un plastique de protection contre la poussière qui avait été oublié là [70]! Trois jours après, le 15 décembre, la fusée fut à nouveau prête, et décolla. Schirra et Stafford se lancèrent à la poursuite de Gemini VII et réalisèrent sans problème le premier rendez-vous de l'histoire spatiale. L'amarrage n'était pas envisageable puisque les deux capsules étaient équipées de systèmes mâles. Néanmoins, pendant environ cinq heures et demie, Gemini VI tourna autour de Gemini VII. Ils se positionneront même nez à nez à quelques dizaines de centimètres l'un de l'autre. Les deux équipages se photographièrent et se filmèrent mutuellement. Ces images montrèrent, pour la première fois, un vaisseau flottant dans l'espace sur fond de globe terrestre. Schirra et Stafford redescendirent sur Terre après une journée passée dans l'espace. Leur amerrissage fut le premier retransmis en direct à télévision. Quant à Borman et Lovell, ils revinrent le 18 décembre après avoir passé 13 jours et 18 heures dans l'espace, record absolu pour l'époque.

Avec le rendez-vous, les Américains venaient de dépasser largement les Russes. Mais sans amarrage, le carton n'était pas encore plein. C'est la mission qui fut attribuée à Gemini VIII. En fait, il s'agissait de faire ce qui était initialement prévu pour Gemini VI, c'est-à-dire courir après une fusée Agena préalablement placée en orbite et s'y amarrer. Une nouvelle sortie dans l'espace était également prévue. Le commandant de bord était Neil Armstrong et son copilote David Scott. La fusée Agena se plaça correctement en orbite et le feu vert fut donné pour le décollage de Gemini VIII, le 16 mars 1966. Lancée à quelque 28 000 km/h, la capsule rattrapa la fusée Agena et se plaça à quelques mètres. Armstrong s'aligna sur le réceptacle du système d'amarrage et doucement y glissa le nez de sa capsule. Six heures trente après le départ, Armstrong annonça « *FLIGHT, Nous sommes amarrés* ». Armstrong et Scott venaient de donner aux USA les derniers points qui leur

---

[70]Kraft/Flight - p 242.
Kranz/Failure is not an option – p.166.
TIME/The Moon in their grasp.

manquaient. Pour la première fois dans l'histoire des vols spatiaux, deux vaisseaux venaient de s'unir pour n'en former qu'un, pour le meilleur et pour le pire. Ce fut pour le pire. Quelques minutes après l'amarrage, alors que les deux hommes pensaient pouvoir se reposer, les deux vaisseaux commencèrent à tourner sur eux-mêmes. Armstrong tenta d'annuler cette rotation, mais en vain. Supposant que le problème venait de la fusée, il décida de s'en détacher. Juste avant, Scott eu le réflexe de déclencher la caméra 16 mm, qui était accrochée devant un des hublots. « *désamarrage, maintenant* » commanda Armstrong. Les images enregistrées par la caméra montrent très bien la rotation des vaisseaux avec la Terre qui défile en arrière-plan. Au moment du décrochage, Gemini continue son mouvement de rotation vers la gauche tandis que la fusée Agena bondit vers la droite[71]. Mais la séparation n'arrangea rien. Au contraire, la rotation accéléra et atteint un tour par seconde. À Houston, on n'était encore au courant de rien. Le drame se produisait dans une zone non couverte par le réseau de communication de la NASA, alors qu'ils venaient de quitter la zone de couverture de Madagascar et que la prochaine zone était celle d'un navire, le « Costal Sentry Quebec ». Scott aura quelques minutes pour faire comprendre au CAPCOM du navire leur situation. Il devenait urgent de trouver un moyen de rompre la rotation, la vision des astronautes commençait à se troubler et ils risquaient de s'évanouir. Ils supposèrent que leur problème provenait probablement d'un des petits propulseurs d'attitude qui leur permettait de s'orienter. Armstrong coupa leur alimentation en carburant. Mais cela ne suffit pas. En l'absence d'atmosphère pour freiner la rotation, elle pouvait continuer indéfiniment tant que rien ne viendrait la contrecarrer. Leur seule possibilité était d'activer le système de rentrée atmosphérique. En effet, celui-ci disposait d'une autre série de propulseurs dans le nez du vaisseau. Ils avaient pour rôle de stabiliser la capsule avant la rentrée. Et cela marcha, Armstrong reprit le contrôle, mais la mission devait désormais s'interrompre. Du fait de ce retour prématuré, au lieu d'amerrir en Atlantique comme prévu, ils tombèrent dans le Pacifique ouest, loin des équipes de secours. Les deux hommes les attendirent environ 30 minutes pendant lesquelles ils durent rester dans leur capsule, ballottée par les flots, ce que leurs estomacs d'astronautes, venant de faire une sérieuse séance de toupie, n'apprécièrent guère...[72].

---

[71]NASA/Classic NASA film : Gemini 8.
[72]Scott/two sides of the Moon – p.176

Les missions qui suivirent Gemini VIII avaient pour objectif de confirmer les acquis précédents. Le 3 juin 1966, Thomas Stafford et Eugene Cernan embarquèrent à bord de Gemini IX pour réaliser des manœuvres de rendez-vous et d'amarrages. La cible était un adaptateur (nommé ATDA pour Augmented Target Docking Adapter) spécialement conçu et lancé au préalable. Une fois rendus à proximité, Stafford et Cernan découvrirent que la coiffe qui protégeait le système d'accrochage ne s'était pas éjectée. Elle était constituée de deux panneaux rectangulaires qui étaient restés entr'ouverts, donnant aux astronautes un spectacle qu'ils comparèrent à la gueule d'un crocodile en colère. Dans un premier temps Stafford proposa de pousser les deux parties de la coiffe avec le nez de la capsule[73]. Kranz, qui officiait comme directeur de vol, leur refusa l'autorisation d'une telle manœuvre, notamment parce qu'ils risquaient d'endommager le compartiment des parachutes qui se trouvait dans le nez du vaisseau. Au sol, une réunion fut provoquée pour envisager les modalités d'une sortie pour aller débloquer cette coiffe. S'y trouvaient quelques responsables de la NASA comme Bob Giltuth, le directeur du centre de Houston, Chuck Mathews, le directeur du programme Gemini, les astronautes Jim Lovell et Buzz Aldrin, qui composaient l'équipage de réserve, et Gene Kranz, arrivé en retard parce que pas informé de cette réunion. Kraft dira : « *Cela tourna dans un débat intense avec l'astronaute de réserve, Buzz Aldrin, qui revendiquait de manière forte et pas très polie qu'il s'agissait d'un plan sûr et raisonnable*[74] ». Gene Kranz était fermement opposé à cette tentative. Il expliqua que les éléments de la coiffe risquaient de se détacher violemment comme quand on relâche d'un coup un ressort compressé[75]. Mais rien n'y fit, Mathews décida de tenter la sortie. Kranz lança : « *C'est une cascade dangereuse et pas nécessaire, nous allons tuer quelqu'un.*[76] ». Il sortit furieux, notamment après Kraft qui ne s'était pas opposé à cette décision et lui dit que c'était sa dernière mission. Curieux effectivement que Kraft n'ait rien dit puisque, dans son livre, il dira que tout le monde était opposé à cette sortie. Kranz avait raison, la sortie dans l'espace faillit tourner au désastre.

Le programme de la mission prévoyait bien une sortie, mais pas dans ces conditions. Il était même prévu que Cernan utilise un sac à dos, équipé de minipropulseurs lui permettant de se diriger dans l'espace de façon autonome.

---

[73]Cernan/The last man on the Moon - p.123.
[74]Kraft/Flight - p.259.
[75]Kranz/Failure is not an option - p.183.
[76]Kranz/Failure is not an option - p.184.

Cet engin, appelé AMU (Astronaut Maneuvering Unit), est l'ancêtre des fauteuils qui seront utilisés bien plus tard par les astronautes de la navette spatiale. A priori, c'est l'outil idéal pour aller débloquer la coiffe. Mais la NASA n'avait que vingt minutes d'expérience de marche spatiale et cet engin n'avait jamais été testé. Cernan sortit donc de la capsule au bout d'un cordon ombilical.

Il devait aller chercher l'AMU à l'arrière du vaisseau. Il n'arriva jamais à l'enfiler, car les sangles de velcro sensées lui donner un appui pour se stabiliser étaient mal conçues. Il essaya vainement pendant près de deux heures au prix d'efforts intenses. Son cœur atteint 180 pulsations par minute et son casque se couvrit de buée au point qu'il ne voyait plus rien. Depuis le cockpit, Statfford ordonna à Cernan de revenir. Il éprouva les pires difficultés pour rentrer à l'intérieur du vaisseau et verrouiller la trappe. Lorsqu'il put retirer son casque, il était écarlate au point que, malgré les risques, Borman lui aspergea le visage avec le pistolet à eau qui leur servait pour boire[77]. Finalement, l'impossibilité d'enfiler l'AMU évita à Cernan de s'approcher du crocodile qui aurait bien pu le dévorer.

Avec Gemini VIII et IX, en l'espace de trois mois, l'Histoire aurait pu basculer vers une autre Histoire. Si Armstrong n'avait pas réussi à stabiliser son vaisseau, il tournerait encore au-dessus de nos têtes et il ne serait pas devenu le premier homme sur la Lune. Si Gene Kranz avait finalement donné

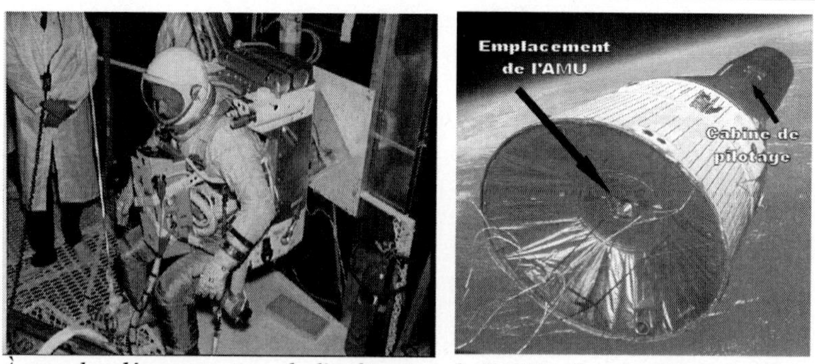

À gauche démonstration de l'utilisation de l'AMU. Sur la photo de droite la capsule Gemini VI est vue depuis Gemini VII, on voit l'emplacement de l'AMU très loin de la cabine du vaisseau et hors de sa vue.(NASA)

[77]Cernan/Last man on the Moon – p.144.

sa démission, il n'aurait pas dirigé le premier alunissage ni dirigé le sauvetage d'Apollo 13. Si l'excursion de déblocage de la coiffe s'était mal terminée, cette erreur de jugement aurait probablement compromis les ambitions lunaires des Américains et Cernan ne serait pas devenu le dernier homme sur la Lune. Le problème de Gemini VIII était purement technique comme on peut s'y attendre dans une telle aventure. Mais avec Gemini IX, au-delà du problème initial, la NASA avait montré un excès de confiance et une négligence dans la prise de décision. Cet état d'esprit, comme le disait Kranz, finira bel et bien par tuer quelqu'un...

Un mois après Gemini IX, le 18 juillet 1966, Gemini X décolla. John Young y faisait son second vol, cette fois en tant que commandant, accompagné par Michael Collins qui remplissait sa première mission. Au menu étaient inscrits deux rendez-vous et deux amarrages. D'abord avec un étage Agena lancé juste avant et ensuite avec l'étage Agena qu'Armstrong et Scott avaient dû abandonner prématurément en orbite. Collins fit deux sorties extravéhiculaires. La mission fut aussi l'occasion de battre le record d'altitude avec 753 km, qui sera ensuite battu deux mois plus tard par Pete Conrad et Richard Gordon à bord de Gemini XI. Enfin, le 11 novembre 1966 décolla Gemini XII, la dernière mission du programme. Au côté du commandant de bord, Jim Lovell, se trouvait Buzz Aldrin, bien que Bob Gilruth tenta de s'opposer à sa participation. Manifestement échaudé par l'attitude d'Aldrin lors de la fameuse réunion pendant Gemini IX, il demanda à Slayton de le remplacer. Mais Slayton finit par le convaincre qu'il fallait le garder[78]. Au cours de cette mission Aldrin porta la durée de sortie extravéhiculaire à 5 heures 30.

Avant de devenir astronaute, Aldrin était un pilote de chasse dans l'armée de l'air américaine. Après une campagne en Corée où il s'illustra en abattant deux MIG 15, il commença une thèse au célèbre MIT (Massachusetts Institue of Technology) sur un sujet qui deviendra sa passion : les techniques de rendez-vous spatial[79]. Cette thèse, publiée en janvier 1963, décrit complètement les principes qui seront mis en œuvre dans le programme Gemini, en préparation d'Apollo. Aldrin fut la personne qui théorisa les manœuvres de rendez-vous et qui, une fois intégré à la NASA, fut une des têtes pensantes de la mise en œuvre de ces théories, à tel point que l'astronaute Alan Bean dira de lui : « *Personne n'avait envie de se mettre*

---

[78]Slayton/DEKE – p.176.

[79]Aldrin/Line-of-sight guidance techniques for manned orbital rendez-vous.

à côté de lui dans les soirées parce qu'il voulait toujours parler de rendez-vous spatiaux »[80]

Gemini se terminait. Au cours des neuf missions habitées les Américains ont appris énormément de choses. Dix rendez-vous ont été réalisés, neuf amarrages et 12 heures et 22 minutes de sortie extravéhiculaire (dont 5h30 pour Buzz Aldrin). Les Américains gagnèrent la deuxième manche très largement, ils ont acquis une expérience importante alors que depuis la marche de Leonov, aucun Russe n'était retourné dans l'espace. En fait, ils étaient toujours en pleine concurrence fratricide. Mais il y a eu du changement à la tête du Kremlin. C'était désormais Brejnev qui avait les commandes. Ce qui ne voulait pas dire que les choses devenaient plus claires. Les Soviétiques ont toujours officiellement affirmé qu'envoyer des hommes vers la Lune ne les intéressait pas et qu'ils préféraient développer un programme de sondes d'exploration automatiques. Il est vrai qu'ils réussirent dans ce domaine à devancer les Américains : premières sondes à contourner la Lune, à transmettre des photos de la face cachée, à revenir sur Terre. Toutefois, à partir d'août 1964, les choses évoluèrent. Pas dans le discours officiel qui resta le même, mais des décisions furent prises. Korolev fut chargé du projet ayant pour objectif de poser un homme sur la Lune. Tchelomei fut chargé d'envoyer un équipage autour de la Lune. Avec cette décision formelle (il s'agit d'un décret), prise trois ans après l'initiative de Kennedy, l'URSS se lança dans deux programmes lunaires. Chacun développera sa fusée, la N1 pour Korolev, la Proton pour Tchelomei. Les ressources matérielles, financières et humaines furent éparpillées dans deux projets concurrents.

Côté américain, l'heure est à Apollo. En réalité, ce programme a commencé bien avant la fin de Gemini, dès 1961. Bien sûr une des premières questions fut « comment se poser sur la Lune ? ». Il y avait trois réponses possibles. La première pourrait être appelée la méthode Tintin puisque c'est celle qu'Hergé choisit dans sa bande dessinée « On a marché sur la Lune ». En réalité elle s'appelle « ascension directe ». C'est-à-dire une grosse fusée qui décolle de Terre, se dirige directement vers la Lune, s'y pose, redécolle et revient se poser sur Terre. Mais on calcula qu'une telle méthode nécessitait de construire une fusée énorme dont la construction dépasserait largement les

---

[80]Documentaire « Dans l'ombre de la Lune».

budgets et les délais. La seconde méthode est baptisée « Rendez-vous en orbite terrestre » ou EOR (pour Earth Orbit Rendez-vous). Elle consiste à assembler en orbite terrestre les composants d'un vaisseau qui ensuite partira pour la Lune pour s'y poser. L'EOR ne fut pas retenu, car il nécessitait plusieurs lancements de fusée. Enfin, la dernière méthode s'appelle « rendez-vous en orbite lunaire » ou LOR (pour Lunar Orbit Rendez-vous). Dans ce cas, il s'agit de décomposer le vaisseau spatial en trois parties. Un module de commande, un module de service accolé au précédent et un module lunaire. Le tout est envoyé en orbite autour de la Lune par une seule fusée. Seul le module lunaire se pose sur la Lune et en redécolle. Après quoi, il effectue un rendez-vous en orbite lunaire avec le module de commande. Ainsi la masse à descendre sur la Lune et à remonter est très faible. La NASA choisit cette méthode dès l'été 1962.

Dans leur projet, les Russes finirent par faire le même choix de principe, mais avec des différences notables dans la réalisation. Leur train lunaire, une fois propulsé vers la Lune par une fusée N1, devait être constitué de trois étages : un propulseur, appelé Block D, l'équivalent du module de commande et de service américain, désigné sous le nom de LOK[81], en fait un vaisseau Soyouz, et un module lunaire désigné sous le nom de LK[82]. Grâce au Block D, l'ensemble devait être placé en orbite lunaire. Puis, un des deux hommes d'équipage devait passer dans le module lunaire. Le transfert devait se faire en passant par l'extérieur, car il n'y avait pas de tunnel entre le LOK et LK. La descente propulsée s'engagerait à une altitude de 20km grâce au Block D. En cours de descente, il serait éjecté et c'est le propulseur du LK qui devait assurer la fin de la descente.

Au début 1967, la fusée Saturn IB, version légère de sa grande sœur Saturn V, avait réussi trois vols consécutifs et elle était donc qualifiée pour les premiers vols habités. Il s'agissait d'abord de mettre en orbite une capsule Apollo habitée en orbite terrestre. Tout va donc pour le mieux pour les Américains. Cela ne va pas durer.

Le 27 janvier 1967 une Saturn IB, avec sa capsule Apollo à son sommet, est sur le pas de tir 34. On y effectue une répétition du compte à rebours pour le lancement de la mission Apollo 1, programmé pour le 21 février.

---

[81]Lonniy Orbiltanie Korabl.

[82]Lonniy Kabina.

L'équipage, composé de Gus Grissom, Ed White et Roger Chaffee est enfermé dans la capsule et effectue le travail prévu pour le test. Soudainement, Chaffe s'écria « *Hey, nous avons un feu dans le cockpit* ». Ils tentèrent d'ouvrir la trappe. Mais il leur aurait fallu environ 90 secondes. Beaucoup trop et les trois hommes périrent. Contrairement aux trappes utilisées lors de Mercury, celles d'Apollo ne pouvaient pas s'éjecter au moyen de boulons explosifs. La mésaventure de Grissom, lorsque sa capsule coula à cause de l'explosion intempestive de ces boulons, avait dissuadé les ingénieurs d'utiliser un tel système. Grissom fut à nouveau victime de ces trappes. Non seulement leur système d'ouverture était compliqué, mais elles s'ouvraient vers l'intérieur. Or le feu se répandit très rapidement profitant de l'oxygène pur à haute pression qui remplissait la cabine. La température atteignit environ 500°C. D'intenses fumées furent produites par la combustion des matériaux. La pression à l'intérieur de la capsule fut telle qu'elle exerçait sur la trappe une force de l'intérieur vers l'extérieur trop forte pour qu'un homme puisse l'ouvrir. Cette pression fut tellement énorme qu'elle provoqua la rupture de la coque de la capsule. L'autopsie démontra que les trois victimes ne sont pas mortes brûlées, mais asphyxiées, en 18 secondes.

La commission d'enquête[83] qui fut créée détermina que l'incendie avait probablement pour origine un arc électrique, sans pouvoir précisément déterminer où et comment il s'était formé. Il fut démontré que les risques d'incendie dans une ambiance d'oxygène pur à haute pression avaient été complètement sous-estimés. L'air que nous respirons est composé de 78% d'azote et de 21% d'oxygène à une pression d'une atmosphère. La capsule Apollo a été conçue avant toute chose pour évoluer dans le vide spatial. La rigidité de sa coque avait été conçue de façon à supporter une différence de pression de l'intérieur vers l'extérieur à peu près égale à une demi-atmosphère. Au-delà, à l'image du scaphandre de Leonov, la capsule aurait gonflé et explosé. Donc en vol, la cabine était pressurisée avec de l'oxygène pur à une pression d'environ 40% de la pression atmosphérique. Mais dans le sens extérieur vers intérieur, la différence de pression ne pouvait excéder 14% de la pression atmosphérique. Pour cette raison, quand la cabine se trouvait au niveau du sol, la pression interne ne pouvait pas être maintenue à seulement 40%, sous peine d'être écrasée par l'air ambiant. Il fallait donc que l'oxygène pur soit maintenu à la pression d'une atmosphère. Or, on s'aperçut que les

[83]Apollo 204 review board.

matériaux utilisés, notamment le Velcro, avaient une résistance au feu acceptable à la pression de 40%, mais qu'elle se dégradait fortement avec une pression plus élevée [84], alimentant l'incendie et produisant des fumées toxiques.

Quelques années plus tard un article du magazine Life daté du 17 septembre 1971[85] révélait comment John Dietz, un ingénieur de la NASA, avait alerté North American, le constructeur de la capsule, au sujet des risques d'incendie. En effet, on avait découvert qu'une mousse, désignée sous la référence Urelane 577-1, largement utilisée à l'intérieur de la capsule, pouvait s'enflammer spontanément à des températures de l'ordre de 150°C. Quinze jours avant la répétition du compte à rebours, Dietz envoya une note à North American réclamant une intervention obligatoire. Cette intervention ne fut pas classée comme prioritaire, mais routinière et elle devait se faire le 31 janvier, soit trois jours après la catastrophe. Quelques jours avant, sans avoir connaissance de la répétition, Dietz envoya à sa hiérarchie une autre note d'alerte, qui ne fut pas transmise à Cap Canaveral et qui resta sur le bureau de son chef...

Ce drame révéla toute une série d'autres problèmes graves. Quelques jours après la tragédie, Kranz réunit les équipes des contrôleurs et des représentants des constructeurs des vaisseaux. Ses propos résumaient assez bien la situation : « *Nous avons été trop enthousiastes et naïfs sur le calendrier et nous n'avons pas prêté attention à tous les problèmes que nous voyons chaque jour dans notre travail. Chaque partie du programme avait des problèmes et nous-mêmes aussi. Les simulateurs ne marchaient pas. Le contrôle de mission était virtuellement derrière chaque chose et les procédures de vol et de test changeaient quotidiennement. Rien de ce que nous faisions n'était pérenne. Pas un de nous ne s'est levé et a dit « bon sang, stop » (...). Nous sommes responsables ! Nous n'étions pas prêts ! Nous n'avons pas fait notre job ! Nous avons lancé les dés en espérant que les choses se mettraient en place d'elles-mêmes le jour du lancement quand, au fond de nous, nous savions que cela tiendrait du miracle* [86].»

Grissom lui-même s'était plaint plusieurs fois de dysfonctionnements. À la suite de problèmes avec un simulateur, en guise de protestation, il avait

---

[84]Kraft/Flight – p.273.
[85]LIFE/The capsule fire flares up again.
[86]Kranz/Failure is not an option – p.204.

accroché un citron à l'entrée. Dans une interview[87], John Young raconta que Grissom lui avait parlé des problèmes graves de câblage, mais qu'il pensait que s'il se plaignait il serait viré !

Pendant près de 21 mois les vols habités furent suspendus, temps nécessaire à la NASA pour une grande reprise en main des techniques, une analyse et une amélioration des méthodes de travail et de conduite de projet. La trappe de la capsule fut notamment modifiée pour s'ouvrir vers l'extérieur, en quelques secondes. Un mélange d'oxygène et d'azote fut utilisé tant que la fusée était sur son pas de tir et pendant la phase d'ascension. Les procédures de contrôle de qualité furent revues et améliorées. On introduisit même une méthode « affective » pour inciter les techniciens qui construisaient les vaisseaux à la plus grande attention. Jacques Tiziou, un journaliste français très bien introduit à la NASA, en témoignait ainsi : « *Avant, ils savaient que la vie des astronautes était dans leurs mains. Maintenant, ils savent vraiment ce que ces mots veulent dire. Affichés de façon parfaitement visible sur chaque bâti d'assemblage, les photos des astronautes qui voleront à bord du vaisseau en construction leur remettent en permanence à l'esprit les éventuelles conséquences d'un rivet défectueux.*[88] »

Enfin les missions furent redéfinies par type d'objectif et désignées par une lettre.
C : test habité du module de commande et de service en orbite terrestre.
D : test du CSM et du LM en orbite terrestre.
E : placement du CSM sur une orbite haute et rentrée atmosphérique à la vitesse lunaire de retour (11km/s).
F : mission de répétition générale vers la Lune avec CSM et LM
G : premier alunissage
On ne devait passer d'une lettre à la suivante que lorsque les objectifs étaient atteints de façon satisfaisante. C'était la règle qui n'attendait que d'être transgressée.

Le retard que l'incendie impose aux Américains arrange bien les affaires des Soviétiques qui voient là l'occasion de rattraper le leur. Sauf que, cette année 1967 est une année noire pour l'astronautique. La grande faucheuse se

[87]Documentaire « Dans l'ombre de la Lune ».
[88] iziou/À l'assaut de la Lune – p.148.

retourne maintenant vers l'URSS. Pour rattraper leur retard, les Soviétiques avaient lancé plusieurs programmes simultanément : survol de la Lune, débarquement et manœuvre en orbite terrestre. Il leur fallait être capables de faire des rendez-vous, des amarrages et des sorties extravéhiculaires, un peu plus élaborées que celle de Leonov. Ils disposaient de leur nouvelle capsule Soyouz dont les lancements non habités jusqu'à fin 1966 ont été des échecs. Qu'importe, l'anniversaire de la naissance de Lénine est le 22 avril et le pouvoir politique imposa qu'une mission avec rendez-vous soit réalisée à cette occasion. Le 23 avril, Vladimir Kamarov décolle à bord de Soyouz 1. Il doit être rejoint le lendemain par Soyouz 2 avec, à son bord Valery Bykovsky, Yevgeny Khrunov et Aleksei Yeleseyev. Mais ils ne décolleront pas, car dès le début de sa mission Kamarov a de nombreux problèmes. Ordre lui est donné de rentrer. À cause d'un panneau solaire qui ne s'était pas ouvert, la procédure automatique ne fonctionna pas, Kamarov dut enclencher la méthode manuelle. Pendant la descente, les parachutes ne s'ouvrirent pas correctement et le vaisseau s'écrasa violemment au sol. Komarov fut le premier mort en mission spatiale. De chaque côté du rideau de fer, les mêmes erreurs ont conduit aux mêmes conséquences.

Ces déboires commencèrent à être très ennuyeux pour les Russes, car ils avaient absolument besoin de maîtriser les techniques de manœuvre dans l'espace et même une de plus que les Américains, car il n'y a pas de tunnel entre le module de commande et le module lunaire conçus par Korolev. Il fallait donc également s'entraîner à réaliser le transfert d'équipage d'un vaisseau à l'autre par l'extérieur. L'accident de Komarov ayant provoqué une suspension des vols habités, les cosmonautes russes, à l'instar des Américains, sont cloués au sol. C'est donc avec des vaisseaux non habités, pilotés depuis la Terre, que l'URSS réalisera son premier amarrage, le 30 octobre 1967. Il faudra attendre octobre 1968 pour qu'ils reprennent le chemin de l'espace. Entre-temps, ils subiront un autre coup dur. Le 27 mars 1968, Youri Gagarine se tua à bord d'un avion de chasse MIG 15. Après le décès de Korolev en janvier 1966, c'est la deuxième grande figure de l'aérospatiale soviétique qui disparaît alors que l'oncle Sam se réveille et annonce la reprise des vols habités.

En attendant la nouvelle version du module de commande et la reprise des vols habités, on ne chôme pas à la NASA. Apollo 2 à 6 furent des vols inhabités destinés à qualifier le lanceur Saturn V, tester la rentrée atmosphérique de la capsule, notamment son bouclier thermique, ainsi que la première version du LM. Le 11 octobre 1968, une Saturn IB lança Apollo 7 avec, à son bord Wally Schirra, Donn Eisele et Walter Cunningham qui formèrent le premier équipage à trois des Américains. Techniquement, cette mission de 10 jours se déroula de façon parfaite. Pour la première fois, une caméra de télévision était présente dans la capsule et les trois hommes devaient assurer une retransmission quotidienne. C'est plutôt du côté de l'ambiance entre les astronautes et le contrôle de mission que les choses se gâtèrent. À l'origine du problème, Schirra a un rhume qui le met de mauvaise humeur qu'il transmet (le rhume et l'humeur) à ses deux coéquipiers. Les relations deviennent très tendues, Schirra refusant même d'assurer les retransmissions pour la télévision. Mais ce n'était pas le plus grave. Pour le retour sur Terre, les trois hommes ne voulurent pas porter leur casque prétextant que la pression interne de leur scaphandre additionnée à leur rhume risquait de leur rompre les tympans. Le directeur de vol, qui n'était autre que Chris Kraft dut céder, mais demanda à Slayton de ne plus sélectionner ces hommes pour une prochaine mission. Pour Schirra, ce n'était pas très important, car il avait annoncé son départ de la NASA avant le décollage. Ainsi, des sept hommes qui constituèrent le premier groupe d'astronautes américains, seuls Slayton et Shepard étaient toujours à la NASA, mais cloués au sol par leur problème médical.

Derrière ces caprices d'astronautes, il ne faut pas oublier que cette mission était d'une importance cruciale. En cas d'échec, l'Amérique allait accumuler encore du retard. En cas de succès, et ce fut le cas, la NASA allait pouvoir mettre en application les changements de plan qu'elle avait décidés l'été précédent. Apollo 7 était la mission C. Donc logiquement, Apollo 8 aurait dû être la mission D, c'est-à-dire un test en orbite terrestre du CSM et du LM avec un équipage. La NASA décida de perturber quelque peu la séquence des objectifs et ce pour deux de raisons. Tout d'abord le lancement d'Apollo 8 était prévu pour la fin 1968, mais il apparu que le LM ne serait pas prêt, pour des questions de maîtrise du poids. Attendre qu'il soit prêt conduisait probablement à ne plus être en mesure de se poser sur la Lune avant la fin de la décennie. La deuxième raison était russe ! Les renseignements en provenance d'URSS montraient qu'il y avait un risque qu'ils envoient un vaisseau habité autour de la Lune avant la fin de l'année. Même s'il s'agissait d'un coup d'éclat, aux limites de la sécurité et chanceux, cela risquait d'anéantir tous les efforts des Américains devant l'opinion mondiale. Aussi fut-il décidé de reporter la mission D et de réaliser avec Apollo 8 une mission hybride, non prévue dans la liste des objectifs : mettre un équipage en orbite autour de la Lune, uniquement avec le module de commande et de service et sans LM, puisqu'il n'était pas encore disponible.

Les Américains avaient-ils raison de s'inquiéter ? Oui et non. En octobre 1968, tandis qu'Apollo 7 tourne autour de la Terre, les Russes n'ont toujours pas réalisé de rendez-vous et d'amarrage avec un équipage. Juste après le retour d'Apollo 7, le 26 octobre, Georgi Beregovoy, décolla à bord de Soyouz 3 à la poursuite de Soyouz 2, lancé précédemment sans équipage. Le rendez-vous fut correctement effectué, mais Beregovoy ne put parvenir à s'amarrer. Donc, a priori, ils étaient encore loin d'aller se poser sur la Lune, mais cela influençait peu l'autre projet, celui consistant à faire un simple survol. Dans ce cas, il « suffisait » de mettre un vaisseau sur une orbite terrestre très elliptique et les manœuvres de rendez-vous n'étaient pas utiles. C'est-à-dire, une orbite de libre retour avec un périgée très près de la Terre et un apogée un peu au-delà de l'orbite lunaire. En synchronisant le départ avec la position de la Lune, le vaisseau passe à proximité, la contourne et revient automatiquement vers la Terre. Il suffit juste de disposer d'une fusée suffisamment puissante pour injecter le vaisseau sur une telle trajectoire. Encore faut-il que cette fusée décolle, place la capsule sur la bonne orbite, qu'elle ne se dépressurise pas, qu'elle ne s'écrase pas au retour. Et tous ces problèmes, les Soviétiques les ont connus avec des sondes automatiques, Zond, chargées de tester une telle mission sans homme. Fin 1968, ils savaient qu'Apollo 8 était prévu pour le 21 décembre 1968 et aucune de leurs tentatives automatiques n'avait pleinement réussi. Pour devancer les Américains, leur dernière fenêtre de tir, celle qui permettrait la synchronisation, s'ouvrait le 7 décembre. Mais il leur fallait une mission automatique réussie pour prendre le risque de mettre des hommes dans le vaisseau. Le 10 novembre, dans le but de faire une répétition générale, ils lancèrent Zond 6, en fait un Soyouz sans équipage. Le vaisseau contenait de petits animaux qui reviendront bien sur Terre... mais morts ! Victimes d'abord d'une dépressurisation de la cabine puis de son écrasement au sol, les parachutes n'ayant pas fonctionné[89]. Dans ces conditions, difficile de lancer une mission habitée. Les évènements qui suivirent restent un peu mystérieux. D'après certaines sources[90], le 10 décembre, les satellites-espions américains

[89]Baland/De spoutnik à la Lune – p.256.
[90]Baland/De spoutnik à la Lune - p. 257.

auraient photographié une fusée Proton prête à décoller sur son pas de tir. Jusqu'au 14 décembre, aucune reconnaissance ne fut possible à cause de la mauvaise météo et quand la situation s'améliora, la fusée n'était plus sur le pas de tir et n'avait pourtant pas été lancée. Cependant, cette thèse n'est pas validée par d'autres sources[91] qui parlent plutôt de rumeurs, bien qu'elles confirment que les cosmonautes désignés pour la mission exercèrent des pressions au plus haut niveau pour tenter l'aventure.

Quoi qu'il en soit, les Soviétiques n'ont pas décollé, contrairement aux Américains, le 21 décembre. Leur mission ne consistait pas simplement à survoler la Lune, mais bien à s'y mettre en orbite, opération nettement plus difficile et risquée. Frank Borman, Jim Lovell et Bill Anders prirent place au sommet d'une fusée Saturn V, dont c'était le premier vol habité. Elle était composée de trois étages. Dans le dernier, un compartiment était prévu pour le LM, mais cette fois il n'était pas présent, et au-dessus le module de commande. Après largage des deux premiers étages, le troisième fut mis en orbite terrestre. Après deux heures et cinquante minutes, le moteur de ce troisième étage fut à nouveau mis à feu afin de propulser la capsule et ses trois hommes sur une trajectoire lunaire. Puis le CSM se détacha du reste du troisième étage et continua sa route seul. Dès lors, chaque instant fut une première, un record : celui de la plus grande vitesse jamais atteinte par un homme avec 38 959 km/h, ou encore celui de la plus grande distance à la Terre. Apollo 8 fut un épisode de l'Histoire de l'Humanité aussi important que les premiers pas sur la Lune. Car, le 23 décembre 1968 à 15H18 (TU), pour la première fois des hommes sortaient du champ gravitationnel de la Terre pour tomber dans celui d'un autre astre. Ils n'appartenaient plus à la Terre. Tant que les astronautes tournaient autour de la Terre à quelques centaines de kilomètres, cela équivalait au cabotage des premiers marins. Mais maintenant ils naviguaient face au grand large, tels Christophe Colomb, Jacques Cartier ou Fernand de Magellan.

La capsule fut d'abord placée sur une trajectoire de libre retour. C'est-à-dire que sans autre action, elle reviendrait vers la Terre après avoir contourné la Lune. Comme on voulait la satelliser, il fallait allumer le moteur principal afin de freiner, changer de trajectoire et se placer en orbite lunaire. En cas de dysfonctionnement, le vaisseau serait parti sur une trajectoire de non-retour

[91] Harvey/Soviet and Russian space exploration – p.190 et Siddiqi/The soviet space race with Apollo – p.666.

ou bien il aurait percuté la Lune. Pour faire monter le suspense, cet allumage devait avoir lieu du côté caché de la Lune, hors de contact de la Terre. Après trente-deux minutes de silence, le compte à rebours lancé à Houston atteignit zéro, signifiant qu'Apollo 8 devait sortir de l'ombre de la Lune. Comme prévu, les écrans de contrôle se remplirent à nouveau de la télémétrie du vaisseau et quelques secondes plus tard, la voix de Jim Lovell provoqua une explosion de joie dans la salle de contrôle et la salle d'observation. Ils étaient les premiers à avoir vu la face cachée de la Lune et les premiers à admirer un lever de Terre. Les trois hommes passèrent le réveillon de Noël en orbite lunaire et profitèrent de la circonstance pour faire la lecture d'un passage de la Genèse. Jim Lovell fit une observation capitale qu'il communiqua immédiatement au monde : « *Houston, Apollo 8, soyez informé que le père Noël existe* ». Durant les dix orbites qu'ils firent autour de la Lune, ils prirent de nombreuses photos et firent des repérages pour les missions qui allaient suivre. Puis un nouvel allumage du moteur eut lieu afin de placer Apollo 8 sur une trajectoire de retour. Apollo 8 venait d'ouvrir le chemin vers la Lune.

Trois mois plus tard, le 3 mars 1969, une nouvelle fusée Saturn V décolla avec pour équipage James McDivitt, David Scott, Russel Schweickart et un passager supplémentaire : un module lunaire. Cette fois, tout le matériel de débarquement lunaire était envoyé dans l'espace. Il s'agissait de la mission D, initialement reportée, qui consistait à tester le LM en orbite terrestre. À son bord, McDivitt et Schweickart effectuèrent des manœuvres de séparation et d'amarrages avec le CSM dans lequel Scott était resté seul. Les moteurs des deux étages du LM furent testés. Après l'affaire du Molly Brown de Grissom, la NASA avait interdit aux astronautes de baptiser leur vaisseau. Du fait de la présence désormais de deux vaisseaux, la tradition fut reprise de façon à ce que chacun ait son propre indicatif. L'équipage d'Apollo 9 avait choisi Gumdrop (boule de gomme) pour le module de commande et Spider (araignée) pour le LM.

Deux mois plus tard, le 18 mai, la mission Apollo 10 s'élança vers la Lune. Thomas Stafford, John Young et Eugene Cernan amenèrent leur CSM (Charlie Brown) et leur LM (Snoopy) en orbite autour de la Lune. Ils répétèrent toutes les phases précédant un alunissage. Le LM descendit jusqu'à 15 kilomètres d'altitude, jusqu'au point où devrait commencer la descente pour se poser. Le LM d'Apollo 10 ne pouvait pas tenter l'alunissage, car, d'une part, il s'agissait du LM numéro 4 qui n'était pas encore au point pour un alunissage et, d'autre part, l'équipage n'était pas entraîné pour se poser ou pour exécuter les différentes opérations une fois sur la Lune. À bord de Snoopy, Tom Stafford et Eugene Cernan durent se contenter de voir la Lune de près avant de larguer l'étage de descente, allumer le moteur de remontée et retourner vers Charlie Brown. Apollo 10 avait emprunté le chemin tracé par Apollo 8, l'avait goudronné et en avait fait une autoroute sur laquelle Apollo 11 n'avait plus qu'à se laisser guider.

Au retour d'Apollo 10, il semblait que l'objectif de Kennedy allait être atteint et que les Américains seraient les premiers sur la Lune. Sauf s'ils se faisaient coiffer sur le poteau par les Russes qui n'avaient pas perdu l'espoir de damer le pion à l'Amérique, en dépit du fait qu'ils n'avaient toujours pas réussi à mettre au point leur fusée N1 qui n'avait connu que des échecs, et que le bilan de la Proton n'était guère plus favorable. Malgré cela, le 3 juillet à 23H18 (heure de Moscou), une fusée N1 décolla avec l'objectif de mettre une capsule automatique en orbite lunaire. Quelques secondes après l'allumage des moteurs, elle explosa dévastant le pas de tir. L'explosion sera estimée à l'équivalent de 250 tonnes de TNT[92] . Qu'à cela ne tienne, le 13 juillet, une fusée Proton lança une sonde automatique, baptisée Luna 15, avec pour objectif de se poser sur la Lune, prélever des échantillons et revenir sur Terre.

Il y allait avoir du monde sur le chemin de la Lune, car le 16 juillet 1969, Apollo 11 décolle et quatre jours plus tard, le 20, Neil Armstrong et Buzz Aldrin se trouvent en position pour tenter l'alunissage, porteurs de toute l'expérience acquise depuis le vol de Shepard et des treize missions qui suivirent.

[92]Siddiqi/The soviet space race with Apollo – p.691.

Chapitre cinq

La bataille pour la Lune

Nous avons littéralement livré une bataille de douze minutes pour arriver à la surface.
Gene Kranz (directeur de vol)

Au centre de contrôle, l'attention est complètement suspendue aux commentaires des deux astronautes et aux rapports de télémétrie. La manœuvre en cours est un sérieux coup de frein nécessaire pour que le LM passe de la vitesse d'environ 6 000 km/h à 0 et de l'altitude de 15km à 0. Le tout sur une distance horizontale d'environ 492 km et sur une durée de 12 minutes. Si, passé ce délai, Eagle n'est pas posé, les choses risquent de mal tourner. Dix ans après, Armstrong déclarera : « *La partie la plus difficile d'Apollo 11 fut la descente finale vers la surface lunaire. Il y avait très peu de marge, tous les systèmes fonctionnaient au maximum de leur capacité, il y avait beaucoup d'inconnues et cette manœuvre particulière n'avait jamais été réalisée par aucun autre vaisseau spatial. Par conséquent, c'était le plus difficile. En tant que pilote c'était aussi le plus grand défi qui s'offrait à moi. Tout pilote aime faire un atterrissage en douceur, la partie la plus intéressante du vol est toujours l'atterrissage*[93] ».

La descente doit comporter quatre grandes phases. La première commence à partir de l'allumage du moteur alors que les astronautes voyagent toujours les pieds devant et la face tournée vers la Lune et ne voient donc pas où ils vont. Au début de la deuxième phase, le LM doit pivoter autour de son axe de poussée de telle sorte que désormais les deux hommes auront le visage tourné vers le ciel. Ils ne verront toujours pas où ils vont, car le LM sera encore en position presque horizontale et ce jusqu'au début de la troisième phase, appelée « porte haute ».

---

[93]INA/Les dossiers de l'écran.

Le LM commencera alors à pivoter vers la position verticale et les deux pilotes pourront voir devant eux le terrain où ils vont se poser.

La « porte basse » marquera le début de la quatrième phase. Le LM n'aura quasiment plus de vitesse horizontale et il descendra verticalement pour se poser. Toutes ces opérations vont être gérées par le pilote automatique, c'est-à-dire l'ordinateur de bord, et en principe, aucune intervention humaine n'est nécessaire.

Pendant les 12 minutes qui suivront, le monde entier sera en suspension à l'écoute des voix qui viennent de la Lune. À « l'écoute » est vraiment le bon terme, car, rappelons-le, il n'y a pas d'image de télévision retransmise en direct depuis le LM. Peu de temps avant le début de la descente, Aldrin a bien

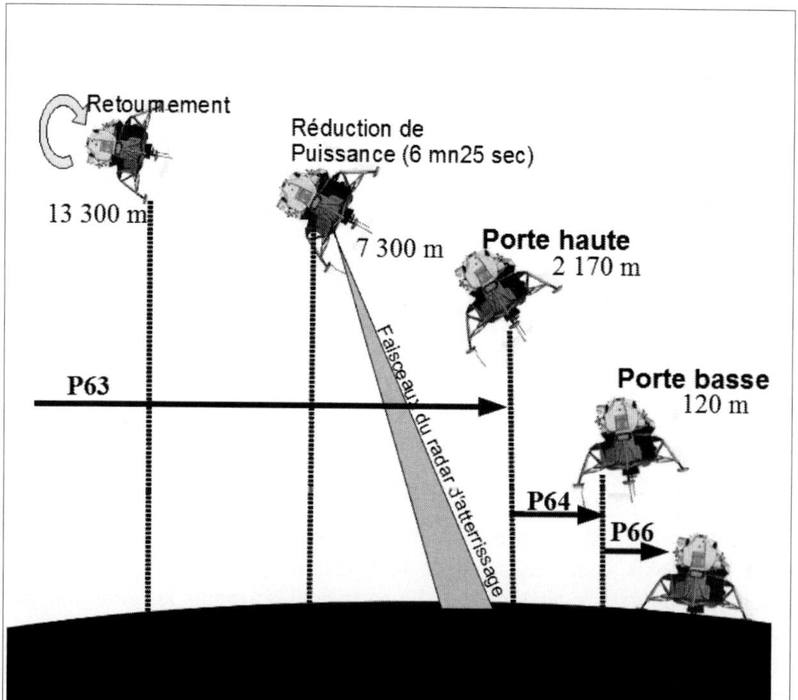

La dernière partie de l'alunissage tel qu'il s'est déroulé. P63, P64 et P66 sont les programmes exécutés lors des différentes phases .

déclenché une caméra, mais elle enregistre sur pellicule 16mm et son contenu ne sera disponible qu'au retour sur Terre. Cette caméra est chargée avec une cartouche pouvant filmer pendant 15mn à raison de 6 images par secondes.

Toutes les chaînes de télévision sont frustrées de cette absence d'images. Pour combler le vide, les chaînes américaines, CBS et ABC, ont prévu de diffuser un film d'animation synchronisé sur le début de la descente. En incrustation sur les images seront affichés les paramètres de vol comme la vitesse, l'altitude, la distance à parcourir et le temps restant avant l'alunissage. Détail important, il ne s'agit pas de valeurs en provenance de la télémétrie envoyée par Eagle mais d'une simulation construite à partir du plan de vol. Depuis les studios, les commentaires sont assurés par Franck Reynolds sur ABC et, sur CBS, par le présentateur vedette, Walter Cronkite, accompagné de l'ex-astronaute de Mercury et Gemini, Wally Schirra qui, pour l'occasion, officie en tant que consultant. En France, sur la première chaîne de l'ORTF, c'est Jean-Pierre Chapel et Michel Anfrol qui commentent depuis Paris. Ils sont assis à leur bureau sur lequel trônent des maquettes du module de commande et du LM. En arrière-plan, une image géante représente un lever de Terre vu depuis l'orbite lunaire. Ils sont assistés par Raymond Girard qui assure la traduction simultanée et par Jacques Sallebert qui commente depuis Houston. À proximité des deux présentateurs se tiennent des consultants, spécialistes des questions aérospatiales : le physicien Jean-Pierre Causse, le général Aubineau ainsi que Clotaire Wood, le représentant de la NASA en Europe. L'ORTF n'a pas choisi de diffuser un film d'animation en continu, comme leurs collègues américains. Pendant la descente, seules quelques secondes du film diffusé par ABC seront vues par les téléspectateurs français. Comme en France, les commentateurs de la télévision italienne, la RAI, ne diffuseront pas de film d'animation. Mais à Rome on a fait les choses en grand pour animer la soirée, en présence d'un public de plusieurs dizaines d'invités et en duplex avec plusieurs autres grandes villes italiennes. Les présentateurs sont installés comme des contrôleurs de vol, assis devant des consoles censées imiter celle de Houston et c'est Tito Stagno qui joue le rôle du directeur de vol. Derrière eux, sur deux écrans géants, sont retransmises des images en direct de la salle de contrôle Apollo. Une organisation qui fait très sérieux...

Dès la prise d'antenne, Jean-Pierre Chapel explique les conditions de cette retransmission : *« Je vous rappelle simplement un point. Ce soir, nous n'aurons pas d'images. Nous n'en avons pas eu de la séparation, nous n'en aurons pas de l'alunissage. Il n'y a pas de caméra prévue, et même si la caméra du LM fonctionnait, cette image arriverait sur Madrid et nous n'aurions pas d'image car il n'y a pas de relais entre Madrid et Houston. Par contre, je vous rappelle à nouveau que nous aurons des images des premiers pas sur la Lune.* » Puis il ajoute un détail qui aurait pu priver la France de la retransmission de la marche lunaire : « *Savez-vous d'ailleurs que les gens les plus inquiets quant à cette retransmission de cette nuit, ce sont les gens d'EDF. En effet, ils nous ont demandé de les prévenir le plus rapidement possible de l'heure à laquelle aura lieu la retransmission, car la consommation de courant, à ce moment-là, passera dans des proportions considérablement plus fortes. Ils savent, par exemple, que pour une simple émission comme le 14 juillet, la retransmission en direct, la disparition de consommation au moment de la coupure de l'antenne a été de 600 000 Kilowatts, c'est-à-dire exactement la production de la centrale de Porcheville. Or, si cette nuit, à 3 heures du matin, vous ouvrez tous votre poste pour regarder les émissions du premier homme sur la Lune, si, en même temps, vous allumez la lumière chez vous, il faut que les centraux d'EDF soient prêts à fournir immédiatement du courant. Voilà un des aspects curieux de cette émission de cette nuit*[94]. »

« *Allumage. 10%* » confirme Aldrin signalant que la poussée du propulseur est, dans un premier temps réglée à 10% de sa puissance maximale afin d'équilibrer le centre de gravité du vaisseau. La descente historique commence. Douze secondes après l'allumage, TELCOM annonce que les communications sont à nouveau perdues. Pendant ce temps, Aldrin surveille le changement de puissance du moteur qui doit se produire 26 secondes après le début de la descente. : « *24, 25, 26, Augmentation de la puissance. Ça à l'air bon* » commente-t-il.

Effectivement, la puissance du moteur augmente jusqu'à 100% (exactement 98,2%), mais à Terre on ne recevra pas cette information immédiatement, les communications étant toujours coupées. Duke contacte Collins à bord de Columbia pour qu'il relaie ses recommandations vers Eagle. Il demande de changer d'antenne et de basculer les communications sur l'antenne omnidirectionnelle située à l'arrière de l'appareil.

---

[94]INA/Apollo XI: Alunissage.

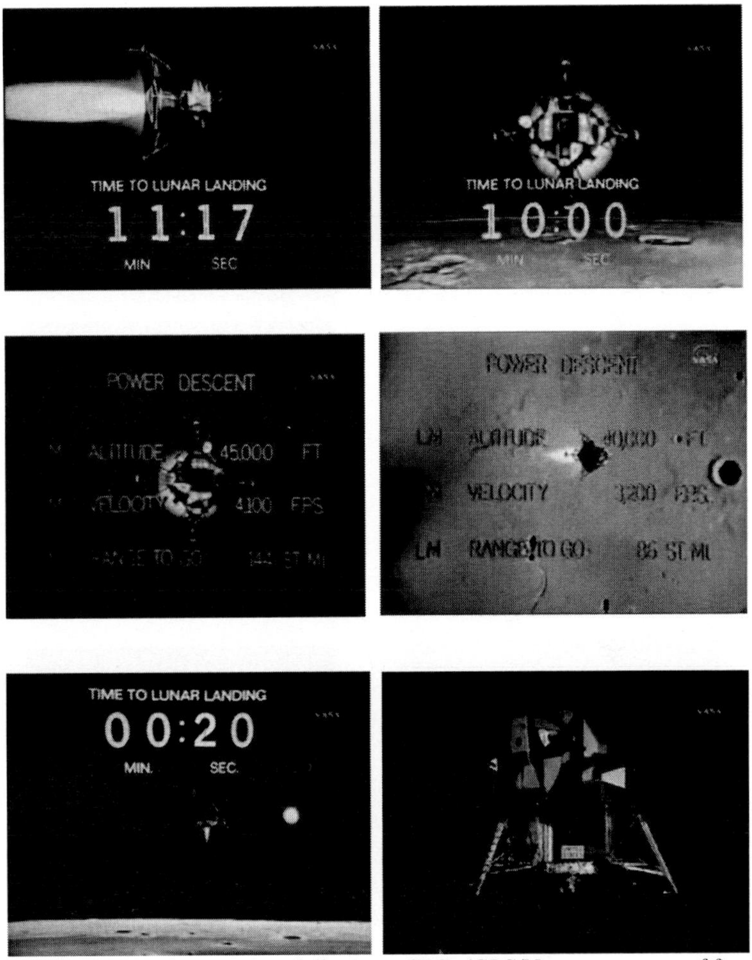

Extraits du film d'animation diffusé sur CBS. (CBS/News coverage of first Moon landing)

La retransmission de la descente sur la première chaîne de la télévision française. (INA)

Aldrin reçoit bien la recommandation via Collins, mais il choisit de rester sur l'antenne directionnelle et de changer de mode en l'orientant manuellement. Ce qui rétablit la liaison.

Duke : « *Eagle. Nous vous recevons maintenant. Ça a l'air bon.* »

C'est alors que Steve Bales intervient : « *FLIGHT, GUIDANCE. Nous avons une vitesse résiduelle de 20 pieds par seconde probablement due à une erreur en amont de la trajectoire.* »

« Une vitesse résiduelle d'environ 20 pieds due à une erreur en amont » acquitte Kranz comprenant que Bales constate que les calculs issus des données envoyées par le réseau de poursuite, indiquent que le vaisseau est soumis à une vitesse radiale résiduelle, c'est-à-dire horizontale par rapport à sa trajectoire de descente, de l'ordre de 21 km/h. D'après lui, il s'agirait d'une erreur préexistante avant l'insertion dans la descente et pas une erreur de navigation de l'ordinateur. Ce qui signifie que le LM dérive légèrement et qu'il se posera en aval du site prévu situé au centre d'une ellipse d'environ 20 km de long et 5,5 km de large[95] qui représente la marge d'erreur possible. Avec cette vitesse radiale, on a déjà atteint la moitié de cette marge. Si on veut résumer rapidement Apollo 11, on peut dire que la mission consiste à viser, depuis la Terre, une piste d'alunissage de 20 km de long, sur la Lune, à 400 000 km. Pour faire une comparaison, cela revient à viser une pièce de 1 euro depuis une distance de 400 mètres.

Si la vitesse de dérive reste stable, cela signifiera qu'elle existait déjà avant la descente et qu'on se posera bien dans l'ellipse. Si elle augmente, cela signifiera qu'il y a une erreur du système de navigation (PNGS) et Bales devra demander un abandon. Pour le savoir, il faut attendre d'autres mesures, sous réserve que les communications passent, car celles-ci sont à nouveau coupées, puis reviennent quelques secondes après. Kranz interroge à nouveau Bales :

Kranz : « *Comment ça va, GUIDANCE ?* »

Bales : « *[la vitesse] résiduelle est toujours de 20 pieds par secondes. Ça a l'air bon.* »

Kranz : « *Pas de changement, c'est ce que vous dites* ? »

Bales : « O*ui, c'est en amont. Je le sais.* »

Donc l'écart de vitesse est stable et d'après Bales le système de navigation n'est pas en cause. Plus tard, diverses hypothèses seront avancées

[95] Hansen/The first men on the moon – p.224.

pour justifier cet écart de vitesse. Kranz supposera que lors du désamarrage du LM et du CSM, le tunnel n'avait pas été complètement dépressurisé. Lors de la séparation, le résidu de pression dans le tunnel a donné une impulsion non prévue au LM[96]. Celle que mesure maintenant Bales.

À bord du LM, on ne sait encore rien de tout cela. Armstrong signale à Aldrin que la descente a commencé depuis deux minutes et que tout lui semble aller bien. De son côté, Aldrin surveille les deux systèmes navigation c'est-à-dire le système principal (PNGS) et le système secondaire (AGS), normalement utilisé en cas d'abandon, mais dont il est intéressant de comparer les valeurs.

Les deux systèmes sont d'accord, ce qui satisfait Aldrin. Sur CBS, le chronomètre, qui s'avérera faux, car la simulation ne tient pas compte de l'écart de vitesse signalé par Bales, ni des évènements qui vont suivre, indique qu'il reste dix minutes avant l'atterrissage. Walter Cronkite n'est pas très bavard, laissant ses téléspectateurs anglophones, écouter par eux-mêmes

Houston, pendant la descente

À gauche : *Le moteur d'Eagle vient d'être allumé. D. Slayton (au premier plan) et C.Duke reçoivent alors beaucoup de parasites dans leur casque.*

À droite : *Les paramètres de trajectoires s'affichent sur les écrans géants devant les hommes de la tranchée.*

[96]Kranz/Failure is not an option – p.282.

les propos d'Aldrin et Duke. Très ému de se trouver là, à commenter cet événement, il dit : « *Mince alors... à 10 minutes d'un atterrissage sur la Lune* ». Sur les chaînes européennes, les commentateurs sont plus bavards. En France, les journalistes se partagent la parole et annoncent de temps en temps l'altitude du LM. En Italie, le commentateur, Tito Stagno, malgré l'organisation autour de lui, est seul à commenter et cherche à traduire tous les paramètres énoncés par Aldrin. Mais empêtré dans l'anglais, les altitudes en pieds et le jargon, sa traduction est de plus en plus approximative.

Armstrong s'interroge sur le radar de rendez-vous. Celui-ci est toujours en fonction alors qu'il devrait être éteint et qu'il est d'ailleurs inutile. Son rôle est de repérer la position du module de commande lors d'un rendez-vous. Après l'insertion sur l'orbite de descente (DOI) Aldrin l'a utilisé pour évaluer la trajectoire du LM par rapport à du CSM. Mais maintenant il ne sert plus à rien et il est dans le mode AUTO c'est-à-dire que son antenne est pointée automatiquement par le radar lui-même.

Armstrong : « O*K, Tu veux te débarrasser de ce radar* ? »

Aldrin : « O*ui.* »

Armstrong : « *En mode SLEW ?* »

Aldrin : « *SLEW.* »

En fait, Aldrin ne veut pas arrêter le radar de rendez-vous, il veut le passer dans un mode appelé SLEW dans lequel il reste activé, mais l'antenne doit être pointée manuellement. Dans quelques minutes ce choix va avoir des conséquences graves qui auraient pu faire échouer la mission.

À Terre, les calculs de FIDO, alias Jay Greene, montrent un écart d'altitude avec la normale. C'est la conséquence de l'écart de vitesse déjà constaté. Kranz interroge à nouveau Bales sur sa situation :

Kranz : « *De votre côté, GUIDANCE ?* »

Bales répond d'une voix extrêmement rapide qui contraste beaucoup avec la voix posée de Greene, ce qui semble montrer sa concentration extrême et sa tension.

Bales : « *Cela se maintient à 18 pieds par seconde. Je crois qu'on va y arriver.* »

Cela fait bientôt trois minutes que la descente a commencé et la manœuvre de retournement approche. Armstrong profite une dernière fois de sa position « face vers le sol » pour réaliser un pointage de repère au sol. Son repère est le cratère Maskelyne-Ouest et il constate qu'ils sont passés en avance.

Armstrong : « *OK, nous sommes passés en avance au point 3 minutes. Nous sommes long.* »
Aldrin : *« Le taux de descente a l'air vraiment bon. L'altitude est correcte. »*
Armstrong : « *Notre point de contrôle nous montre que nous sommes un peu long.* »
Duke (sur le circuit du directeur de vol) : « *Il pense qu'il est un peu long.* »
Kranz : « *C'est vrai. Je crois que nous confirmons.* »
Bales : « *Nous confirmons.* »
Armstrong *: « Bien reçu, long de 3 secondes environ. »*

Donc désormais tout le monde est au courant, le LM se posera plus loin que prévu et probablement sur un terrain moins favorable. Dans la même phrase Armstrong annonce qu'il enclenche la rotation.
Armstrong : « *... Retournement... OK, Vérifie la force du signal.* »

Avec la rotation du LM, l'antenne radio ne va plus pointer vers la Terre et Armstrong demande à Aldrin de la régler de manière à maintenir le meilleur signal possible. Cependant, Armstrong va commettre une petite erreur. Pour opérer le retournement, il doit positionner une vitesse angulaire de rotation grâce à un commutateur. Au lieu de choisir 25 degrés par seconde, il sélectionne seulement 5, ce qui rend la manœuvre un peu lente et erratique. Conscient de son erreur, il repositionne le taux de rotation sur la bonne valeur. Désormais, les deux hommes voyagent toujours les pieds devant, mais face vers le ciel. Au fur et à mesure que le LM va se redresser vers la position verticale, ils vont de mieux en mieux voir devant eux et le radar d'atterrissage va pouvoir entrer en action. Son antenne étant située sous le LM, ses quatre faisceaux étaient jusque-là pratiquement horizontaux. Dans quelques secondes, ils vont pouvoir balayer la surface et renvoyer des informations sur la vitesse et l'altitude d'Eagle beaucoup plus précises que le système de navigation.

Alors même que le retournement est en cours et que quatre minutes se sont écoulées depuis le début de la descente, Kranz bat le rappel pour son premier point de décision GO/NO GO.
Kranz : « *RETRO ?* »
Deiterich : « *Go* »
Kranz : « *FIDO ?* »
Greene : « *Go* »
Kranz : « *GUIDANCE ?* »
Bales hurle en réponse un « GO ! » franc et massif qui amuse Kranz au point

de légèrement le déconcentrer : « *Tous les contrôleurs étaient « GO » spécialement Bales. Son « GO ! » résonna clairement dans la salle comme une cymbale. Aujourd'hui, il n'avait pas besoin du circuit vocal. Je riais doucement alors que je continuais à balayer les contrôleurs* [97] ». Sur l'enregistrement ce rire est très perceptible. »
Kranz : « *CONTROL ?* »
Carlton : « *Go* »
Kranz : « *TELCOM* ? »
Puddy : « *Go* »
Kranz : « *GNC ?* »
Willoughby : « *Go* »
Kranz : « *EECOM ?* »
Aaron : « *Go* »
Kranz : « *SURGEON* ? »
Zieglschmid : « *Go* »
Kranz : « *CAPCOM, nous sommes GO pour continuer la descente.* »

Duke retransmet immédiatement la décision aux deux astronautes. De son côté, Kranz demande à ses contrôleurs de surveiller la réception des données envoyées par le radar, qui devrait être imminente. Vingt secondes plus tard :
Bales : « *Radar, FLIGHT, ça à l'air bon, 2 000 pieds.* » [environ 600 mètres]
Bales indique qu'il reçoit les données du radar. Il informe Kranz qu'il y a un écart de 2 000 pieds entre les altitudes indiquées par le système de navigation et le radar. Dans le LM, les astronautes ont les mêmes informations, mais vont faire une lecture légèrement différente.
Aldrin : « *OK, nous avons un bon verrouillage.* »
Armstrong : « *Nous avons un verrouillage ?* »
Aldrin : « *Oui, voyant d'altitude éteint. DELTA-H moins 2 900.* »

Buzz signale que le radar commence à envoyer des données d'altitude en continu (dans ce cas un voyant dédié s'éteint) et qu'il peut maintenant lui aussi les comparer aux valeurs produites par le système de navigation. La différence (DELTA-H) entre les deux est de 2 900 pieds, soit 880 mètres. Cette différence n'est pas anormale, le système de navigation est en principe moins précis, car il doit évaluer l'altitude en considérant une surface « moyenne » de la Lune tandis que le radar tient compte de la topographie du

[97] Kranz/Failure is not an option – p.287.

terrain qui défile sous le LM. Ce qui est important c'est qu'au fil de la descente les deux valeurs convergent.

Jusqu'ici, Aldrin avait plutôt le regard dirigé vers l'intérieur et les instruments, maintenant il jette un coup d'œil dehors et dit : « *Nous avons la Terre devant notre hublot* ».

« *Houston, vous surveillez notre DELTA-H* » s'assure le commandant alors que, 5 minutes et 17 secondes viennent de s'écouler depuis le début de la descente et que l'ordinateur signale une alarme. La voix d'Armstrong tombe à nouveau dans les écouteurs : « *Alarme de programme* » dit-il froidement. « *Ca à l'air bon pour nous, à vous* » semble répondre Duke. Mais en fait, il a un temps de retard, c'est à l'interrogation précédente sur le DELTA-H qu'il répond. Quatre secondes passent : « *C'est une 12-0-2* » complète Armstrong. Au sol, la même alarme se reflète dans les lunettes de Steve Bales qui reçoit cette annonce de plein fouet, car c'est l'ordinateur qui l'envoie, et l'ordinateur c'est lui. Après les problèmes de trajectoire, voilà un nouveau problème majeur, un casus belli décoché par l'informatique embarquée. Dans la tranchée, c'est la guerre.

Sept secondes après l'annonce du commandant d'Apollo, sur le circuit du directeur de vol, on entend Charlie Duke qui dit : « *Hey, on a déjà eu ça* »! Mais, comment ça « on a déjà eu ça »? N'est-ce pas la première tentative d'alunissage ? La NASA aurait-elle déjà tenté de se poser sur la Lune ? En fait, oui, et même de nombreuses fois... en simulation.

Monsieur Dick Koos, chef de la simulation, après votre accident de voiture, l'histoire ne dit pas quand vous êtes arrivé au centre de contrôle, mais espérons que vous êtes déjà là pour assister à votre heure de gloire...

Chapitre six

Simuler la Lune

Lorsque l'homme se libère de la gravitation terrestre, c'est pour subir les contraintes de l'apesanteur.
Maurice George Dantec (écrivain)

Qu'est-ce que les astronautes font le moins durant leur vie professionnelle ? Voler dans l'espace. Le reste du temps, c'est-à-dire pratiquement en permanence, ils s'entraînent. Mais ils ne sont pas les seuls, car les équipes au sol, le contrôle de mission, s'entraînent aussi.

Dès le début des vols spatiaux, la NASA se préoccupa de donner à ses équipes, astronautes et personnels au sol, des moyens de simulation des diverses situations qu'ils devraient gérer dans leurs missions. La difficulté pour mettre en œuvre des simulations réalistes était proportionnelle à la complexité des missions. Pour le projet Mercury, les points les plus critiques étaient la phase d'ascension et la rentrée dans l'atmosphère. Pour simuler cela, on avait installé une maquette de capsule au bout du bras d'une centrifugeuse. D'autres simulateurs (Mercury Procedures Simulator) permettaient de s'entraîner au contrôle de trajectoire et d'attitude. Avec Gemini, de nouveaux simulateurs avaient fait leur apparition pour l'apprentissage des techniques de rendez-vous, d'amarrage et de sortie extravéhiculaire. Pour rendre les entraînements les plus précis possible, une visualisation de l'espace extérieur était désormais disponible. Par exemple, le ciel étoilé pouvait être projeté devant les hublots du simulateur pour s'exercer à la navigation spatiale.

Ce qui caractérise un voyage dans l'espace, c'est l'apesanteur, ou pour le moins, la faible gravité. Pour reproduire l'état d'apesanteur, la NASA disposait d'un avion KC-135, version modifiée d'un Boeing 707. Aujourd'hui encore, on utilise ces avions dits « zéro-g » . Le principe consiste à lui faire exécuter une parabole. Lorsqu'il arrive au sommet, il plonge suivant un angle précis et tout ce qui est à l'intérieur se trouve en apesanteur pendant le temps de la descente qui ne dure que quelques secondes. À l'opposé de ce simulateur d'apesanteur sensé annihiler le poids d'un homme, les astronautes suivaient des séances sur centrifugeuse pour leur faire subir de forts facteurs de charge pouvant monter jusqu'à 16g, c'est-à-dire seize fois fois la gravité terrestre, seize fois leur poids. Ici le but était de les soumettre aux conditions difficiles du décollage ou de la rentrée atmosphérique.

Apollo bénéficia de toute l'expérience de simulation de Mercury et Gemini en y ajoutant un niveau de complexité. Il n'était pas suffisant de simuler une gravité zéro pour s'entraîner à marcher sur la Lune, où il existe bien une gravité, mais seulement égale au sixième de celle de la Terre. Afin que les astronautes puissent répéter tous les gestes qu'ils auront à réaliser une fois sur place, la NASA avait mis au point un simulateur de gravité partielle (Partial Gravity Simulator) dont le principe était de soulager un homme du cinq sixième de son poids. L'encombrement de l'engin ne permettait pas de répéter correctement les opérations spécifiques à une marche lunaire comme sortir du LM, descendre son échelle, ramasser des échantillons, déballer et installer les équipements scientifiques. Ces répétitions durent se faire à la gravité terrestre dans le « Lunar Topographical Simulation Area », une zone de simulation topographique lunaire. Un de ces simulateurs était installé à

La centrifugeuse du centre spatial de Houston. Son bras mesurait 30 mètres de long (NASA).

Houston et un autre en Floride, au Kennedy Space Center. Au milieu de la zone trônait une maquette grandeur nature du LM et les astronautes pouvaient s'exercer à en sortir, descendre l'échelle, ramasser des échantillons, déballer et installer les équipements scientifiques. On pouvait ainsi mettre au point les bonnes méthodes pour chaque activité. Armstrong et Aldrin ont effectué 30 sessions de telles simulations[98]. Il existait un deuxième type de simulateur de marche en gravité réduite, encore moins pratique, puisque le sujet y était maintenu en position horizontale et marchait sur un mur. Il était surtout dédié à l'étude des réactions du corps lors d'activités physiques en faible gravité.

Pour l'ensemble du programme Apollo, divers types de simulateurs de vols avaient été inventés. Certains même volaient. Au centre de recherche de la NASA à Langley, les ingénieurs avaient créé un simulateur pour les derniers mètres de l'alunissage. Un engin, sensé représenter le module lunaire, était suspendu sous un immense portique. Un système de câbles soulageait la machine des cinq sixièmes de son poids. Le sixième restant pouvait être contrôlé par un pilote à l'aide de petits moteurs. Cependant, le simulateur en vol de module lunaire le plus réaliste et aussi le plus dangereux était le LLTV, Lunar Landing Training Vehicule. Il était constitué d'une structure tubulaire qui maintenait un réacteur en position verticale et d'un poste de pilotage dans laquelle prenait place le pilote. Cet appareil avait pour rôle de reproduire les sensations qu'auraient les pilotes s'ils devaient prendre le contrôle manuel du LM pendant la descente finale. Armstrong dira :

« *À ma connaissance, tous les pilotes pensaient qu'il s'agissait [le LLTV] d'une partie extrêmement importante de leur préparation pour tenter un alunissage (...) [le LLTV] était plus difficile à piloter que le module lunaire, plus compliqué et sujet à des problèmes comme le vent, des rafales, des turbulences, des choses que vous n'avez pas sur la Lune. Les systèmes étaient plus saccadés ou moins fluides que le vrai module lunaire, tant pour la propulsion que pour le contrôle d'attitude. Le module lunaire fut une surprise agréable*[99] ». Le LLTV était donc effectivement délicat à piloter et Armstrong faillit en faire les frais, le 6 mai 1968, lorsqu'il en perdit le contrôle et dut s'éjecter in extremis.

---

[98] Apollo Program Summary report.
[99] Armstrong/NASA oral history.

Le simulateur de vol du module lunaire (LLRV) photographié en 1966 au Dryden Flight Research Center (NASA).

Les autres simulateurs étaient nettement moins dangereux puisqu'ils ne volaient pas réellement. Leur environnement était reproduit par des ordinateurs. Bien sûr, cela n'avait rien à voir avec les capacités des simulateurs actuels, mais cela suffisait pour reproduire les différentes phases des missions. Il y avait le simulateur de procédures pour le module de commande (Command Module Procedure Simulator), installé à Houston, pour l'entraînement aux procédures de rendez-vous. Symétriquement, il y a avait le simulateur de procédures pour le module lunaire (Lunar Module Procedures Simulator). Il y avait aussi les simulateurs principaux qui permettaient, en plus, de s'entraîner pour les autres phases des missions. Il s'agissait du simulateur du module de commande (Command Module Simulator, CMS), dont un exemplaire était installé à Houston et deux autres à Kennedy Space Center. De même, un exemplaire du simulateur de module lunaire (Lunar Module Simulator, LMS) était installé à Houston et l'autre en Floride. Collins passait la majeure partie de son temps d'entraînement dans les simulateurs du module de commande. Il n'avait pas besoin de maîtriser le LM.

En revanche, Armstrong et Aldrin devaient étudier à la fois le module de commande et le module lunaire. Compte tenu de la nature des opérations qui les attendaient, c'est sur les simulateurs de LM que porta l'essentiel de leurs efforts. Armstrong y passa 317 heures et Aldrin 28 heures de plus[100].

[100]Hansen/First man – p.378.

Le LMS était utile aux équipages, mais il était aussi intégré dans l'entraînement des contrôleurs de vol, et plus particulièrement l'équipe blanche qui avait la lourde responsabilité de diriger l'alunissage. Lorsque le CMS, le LMS et le centre de contrôle étaient impliqués dans une simulation c'était jusqu'à dix ordinateurs qui étaient mis à contribution[101].

Cette armada d'ordinateurs était au service des « entraîneurs » qui avaient pour travail de concocter des scénarios afin de tester les capacités des contrôleurs et des astronautes à faire face à toutes sortes de situations et à prendre les bonnes décisions. Le responsable de cette équipe de « simulateurs », pour la phase de descente, était Dick Koos. Son titre était superviseur de simulation (SIMSUP). Ces séances de simulations n'étaient pas des parties de plaisir. Koos s'était donné pour mission de secouer ces contrôleurs qui, avant de le connaître, pensaient être au point. La désillusion fut grande. Kranz racontera ainsi la séance du 10 juin 1969 : « *La première session était un échauffement. À peine quelques secondes après le début de la descente, il semblait que tous les contrôleurs avaient des problèmes. Les circuits de communications étaient encombrés par les instructions des contrôleurs retransmises par Charlie Duke à l'équipage. (...) La quatrième session se termina par un crash (...) Lors de la session suivante, Koos délivra le coup de grâce (...) L'ordinateur principal du LM tomba en panne alors que je travaillais sur un problème électrique (...) Il semblait que quoique nous fassions, nous n'étions pas assez rapides. (...) Les deux sessions suivantes furent un ratage complet. Je me sentais comme un directeur de vol débutant*[102] ».

De leur côté, les astronautes dans le simulateur du LM avaient aussi leurs ennuis. Au cours d'une de ces simulations, un problème apparut et Aldrin demanda à Armstrong de déclencher l'abandon. Mais il ne le fit pas et écrasa le LM à la surface de la Lune. Aldrin était très mécontent, car il considérait que l'équipage devait démontrer ses compétences dans toutes les circonstances. Le soir même, l'évènement provoqua une altercation entre les deux hommes. Elle fut racontée par Collins : « *Ce soir là, Buzz était en colère et me retint tard dans la nuit se plaignant de cela [le crash]. Je ne discernais pas s'il était inquiet pour sa propre sécurité en vol, Neil commettrait-il à nouveau cette erreur, ou bien était-il simplement embarrassé de s'être crashé devant une salle pleine d'experts du contrôle de mission.*

[101] Apollo experience - Simulation of manned space flight for crew training.
[102] Kranz/Failure is not an option – p.265.

En haut, entraînement de B.Aldrin dans un avion zéro-g.
En bas à gauche, entraînement de l'astronaute Alan Bean avec le simulateur de gravité partielle.
En bas à droite, simulateur de marche en gravité réduite en 1963 (NASA).

En haut, Armstrong et Aldrin s'entraînent en vue de leur EVA.
En bas à droite, Neil Armstrong test l'échelle du module lunaire.
En bas à gauche, entraînement de Neil Armstrong dans la chambre à vide du centre de spatial de Houston (NASA)

Peu importe, Buzz donnait de la voix et, au fur et à mesure que la bouteille de scotch se vidait, ses plaintes devinrent de plus en plus bruyantes et directes. Soudain, Neil apparut en pyjama, les cheveux ébouriffés, mécontent, et entra dans la rixe. Poliment, je m'excusais et rampais vers mon lit ne souhaitant pas m'immiscer dans un clash de technique ou de personnalité[103] ».

Donc il n'y eut pas d'autre témoin à l'explication. Plus tard, Armstrong expliquera qu'il avait voulu tester les contrôleurs de vol, pour voir comment ils réagiraient dans cette situation. Pour bien comprendre la « philosophie » d'Armstrong sur ce point, il faut se rappeler que, comme tous les astronautes du programme Apollo, il était spécialisé sur un secteur bien particulier des technologies mises en œuvre. Sa spécialité était justement la simulation. Il dira : « *Les gens qui ne sont pas impliqués dans le développement des simulateurs pendant leur carrière, en général, essayent juste de gagner [pendant la simulation]. Ils tentent tout le temps d'agir parfaitement et éliminent les problèmes de simulateur. Je faisais le contraire. Je faisais tout pour encourager les problèmes de simulateur, car cela permettait ainsi d'analyser et d'apprendre* ». Plus précisément sur le crash : « *Ce dont je me rappelle, c'est que la trajectoire de descente sur laquelle nous étions pendant la simulation et les informations dont nous disposions devenaient sérieusement dégradée et je pensais que c'était un bon moment pour tester le*

Le simulateur de mission du module lunaire (LMS) en 1968

[103]Collins/Carrying the fire - p.346.

contrôle de mission. OK, les gars, voyons ce que vous pouvez faire avec ça. Je savais que je pouvais abandonner à tout moment, et probablement avec succès, mais nous aurions perdu la mission et le reste de la simulation. Il y avait là une chance de tester le centre de contrôle. (...) [Buzz] avait une perception différente des simulations. Il n'aimait pas s'écraser dans une simulation, alors que je pensais qu'il s'agissait d'une expérience pédagogique pour nous tous. Pas seulement pour l'équipage, mais aussi pour le personnel du centre de contrôle. Nous étions dedans tous ensemble.[104] »

Armstrong considérait que les contrôleurs au sol devaient être totalement impliqués, comme s'ils étaient à bord du LM, comme s'ils étaient le quatrième membre d'équipage de la mission Apollo.

Le différent n'eut pas d'autres suites comme le dira Collins : « *Le lendemain matin au petit déjeuner, rien n'apparut changé, troublé, énervé aussi je considérais qu'il y avait eu une franche et bénéfique discussion. Ce fut le seul éclat de ce type dans tout notre entraînement*[105]. »

Ces simulations d'alunissage coordonnées entre équipage et contrôle de mission avaient commencé huit semaines avant le décollage de la fusée Apollo 11 et se terminèrent le 5 juillet, soit 11 jours avant. Cette dernière journée aller se révéler complètement déterminante pour le succès de la mission. La dernière session de travail s'engagea sur une sorte de malentendu implicite. Kranz considérait que cette session finale devait conduire à un alunissage selon un scénario nominal ou presque, en tout cas sans grande difficulté et sans abandon, une formalité, car il se considérait prêt. Koos pensait différemment.

Dans le simulateur du LM, c'est l'équipage de réserve d'Apollo 12, David Cott et Jim Irwin, qui avait pris place. Armstrong et Aldrin étaient déjà partis pour Kennedy Space Center pour leur préparation finale. Par conséquent, ils ne connurent pas le résultat de cette dernière journée, détail important. Koos demanda à ses équipiers de charger le scénario numéro 26 dans les ordinateurs qui pilotaient la simulation. Sans le savoir, il mettait le doigt là où ça allait faire mal. Sans le savoir, il allait donner à cette équipe blanche une des clés majeures de sa future réussite.

---

[104]Hansen/First man – p.380.
[105]Collins/Carrying the fire – p.347.

La descente commença. Quelques minutes, après une alarme se déclencha. Une alarme de programme, code 1201. C'était pour Steve Bales, car c'est l'ordinateur du LM qui signalait un dépassement de capacité, bien que tout semblait fonctionner correctement. Bales interrogea Jack Garman qui se trouvait dans la salle de soutien. Garman est un spécialiste du logiciel de l'ordinateur du LM, il a travaillé directement avec les concepteurs de la programmation de l'ordinateur. Mais lui non plus ne voit rien d'anormal. Bales ne sait pas quoi faire, il ne dispose d'aucune règle au sujet des alarmes de l'ordinateur. Désemparé, et appliquant un principe de précaution, il appelle Kranz et lâche le mot : ABORT. Abandon, le mot tant redouté, celui que personne ne souhaite entendre, même en simulation, et encore moins dans la dernière. Kranz confirma l'abandon que Duke relaya à l'équipage. Immédiatement, l'étage de descente fut largué et le moteur de montée allumé pour rejoindre le module de commande. Ainsi se termina la dernière simulation. Kranz était furieux. Persuadé d'avoir bien agi, il ne comprenait pas pourquoi Koos leur avait envoyé un scénario qui devait se terminer par un abandon. « ... *J'étais vraiment prêt à tuer Koos à ce moment-là, j'étais complètement fou. Nous sommes allés au débriefing et tout ce que je voulais, c'était l'attraper au pot qui suivait et lui dire : ce n'est pas de cette manière que nous sommes supposés nous entraîner. Au débriefing, nous pensions avoir tout fait correctement.*[106] » dira Kranz.

Il se trompait, car ce scénario pouvait aller jusqu'au bout. C'est ce que Dick Koos expliqua à l'équipe blanche pendant ce débriefing. Cette alarme n'était pas une condition pour abandonner, car l'ordinateur fonctionnait toujours normalement. Kranz se rappelle ainsi le sermon de Koos :

« *Non, vous n'avez pas fait les choses correctement. Vous n'auriez pas dû abandonner sur ces alarmes de l'ordinateur. Ce que vous auriez dû faire, c'est regarder toutes les fonctions. Est-ce que le guidage fonctionne toujours ? Est-ce que la navigation fonctionne toujours ? Est-ce que les moteurs fonctionnent toujours ? Et vous auriez dû ignorer ces alarmes. C'est seulement si quelque chose d'autre n'allait pas que vous auriez pu commencer à penser à abandonner.*[107]»

Bales avait fait une erreur de jugement et on s'aperçut à cette occasion que personne n'avait étudié les alarmes de l'ordinateur. Kranz demanda à

---

[106]Kranz/Nasa oral history.
[107]Kranz/Nasa oral history.

Bales et Garman de travailler encore sur ces alarmes. « *Je me moquais du temps que cela allait lui [Bales] prendre. S'il devait travailler toutes les nuits ou toutes les semaines ou tous les jours jusqu'au lancement, il allait devoir comprendre ces alarmes de programme.* » dira Kranz. Et Garman de compléter : « *Nous l'avons fait. J'en ai toujours la copie. C'est écrit à la main, sous un morceau de plastique, nous avons listé chacune des alarmes de l'ordinateur et je l'ai collé sous la vitre de la console*[108] ».

Suite à ce travail, Bales rajouta une nouvelle règle de mission :
Règle 5-90 : Item 11, « Il sera mis fin à la descente propulsée pour les alarmes de programme du système primaire de guidage suivantes : 105, 214, 402, 430, 607, 1103, 1107, 1204, 1206, 1302, 1501 et 1502 ».

Dans cette liste, n'apparaissait donc pas la fameuse alarme 1201, ni la 1202, celle-là même qui, pendant la vraie descente, s'affiche devant les yeux de Bales, qui doit maintenant la traiter rapidement, car cela fait déjà 10 secondes qu'Armstrong à lancé son appel. Sur le circuit de liaison avec son équipe de soutien, il interroge Garman : « 12-0-2, q*u'est-ce que c'est* ? » dit-il. Cette fois, Jack n'est pas désarmé. Il consulte la fiche qu'il a placée sous le verre de sa console. En face du code 1202, il a noté « EXEC O.F » qui signifie « EXECUTIVE OVERFLOW » c'est-à-dire « Dépassement de capacité ». C'est une alarme très proche de celle qui fut expérimentée pendant la simulation. À droite, il a noté un commentaire directement issu de la leçon de Koos : « Watch for other cues », « vérifier s'il y a d'autres indices ». Il n'en voit pas et répond à Bales :
« *C'est un dépassement de capacité. Si ça ne se reproduit pas, on est bien. Si ça ne se reproduit pas nous sommes GO pour continuer.* »
Cela fait déjà 21 secondes que l'alarme est tombée et Armstrong s'impatiente :
Armstrong : « *Donnez-nous une lecture pour l'alarme 1202.* »
Encore 3 secondes s'écoulent et Bales donne son verdict à Kranz.
Bales : « *Nous sommes GO sur cette alarme, FLIGHT.* »
Kranz : « *Nous sommes GO sur cette alarme ?* »
Duke a saisi l'échange et instantanément répercute vers l'équipage :
Duke : « *Nous sommes GO sur cette alarme.* »
Simultanément Bales termine son diagnostic pour Kranz :
Bales : « *Si ça ne se reproduit pas, nous sommes GO.* »

---

[108]Garman/NASA oral history.

Dans la dernière rangée de la salle de contrôle, Chris Kraft se lève pour voir qui a répondu aussi vite et voit Bales dans sa « tranchée ». Il se tourne vers Gilruth et Low, qui se trouvent à ses côtés, et leur demande « *Est-ce que quelqu'un d'entre nous n'a jamais été aussi jeune ?* ». Gilruth lui répond « *Pas moi, mais je devine que vous deux l'étiez*[109] ».

Entre l'annonce de l'alarme et la réponse de Duke, il s'est passé exactement 27 secondes pendant lesquelles toute la mission aurait pu basculer. Que se serait-il passé si Koos n'avait pas jugé utile de tester son scénario numéro 26 ? Aurait-on abandonné comme pendant la simulation ? Ce n'est pas sûr, car lors d'une simulation, si on se trompe, on apprend et on recommence. Dans la réalité, déclencher l'abandon de la descente n'est pas sans risque pour les passagers du LM et le poids de la décision n'est pas le même. Si Bales avait dit ABORT, Neil Armstrong ne serait pas devenu le premier homme à marcher sur la Lune. Les délais pour mettre en place une nouvelle mission auraient peut-être redonné du poil de la bête aux Russes pour tenter « un coup ».

Mais si Bales avait dit ABORT, Armstrong aurait-il suivi ? Ce n'est pas sûr. Avant le départ, pendant les séances de travail avec les astronautes, Gene Kranz avait tenté de savoir jusqu'où il avait décidé d'aller : « *Je savais qu'Armstrong n'en disait jamais trop, mais j'espérais qu'il soit plus bavard sur la stratégie des règles de mission. Il ne le fut pas. Cela nous prit du temps pour nous habituer à son silence. Alors que nous révisions les règles, Neil souriait ou hochait la tête. Je pensais qu'il avait défini ses propres règles pour l'alunissage. Je voulais juste savoir lesquelles. Mon sentiment profond était qu'il irait jusqu'au bout, acceptant tous les risques aussi longtemps qu'il y aurait une chance de se poser. Je croyais que nous étions bien en phase puisque j'avais les mêmes règles. Je laisserai l'équipage continuer aussi longtemps qu'il y aurait une chance.*[110] » Armstrong lui répondra bien plus tard : « *Mon sentiment était qu'aussi longtemps que tout allait bien et semblait correct, que le moteur fonctionnait bien, que j'avais le contrôle et que nous ne nous mettions pas dans une position anormale ou que quelque chose n'avait pas l'air à sa place, j'étais favorable à continuer quelles que soient les plaintes de l'ordinateur* [111]». Il semble donc, que dans ce cas précis, Armstrong n'aurait probablement pas suivi un ordre d'abandon.

---

[109]Kraft/Flight – p.321.
[110]Kranz/Failure is not an option – p.262.
[111]Armstrong/NASA oral history.

Lorsqu'un problème est introduit durant une simulation, on ne se soucie pas d'où il vient. On imagine qu'il se produit, peu importe la cause, l'idée c'est de savoir y réagir. C'était bien le cas avec l'alarme 1201 du 5 juillet. Le scénario avait simplement décrété un dépassement de capacité de l'ordinateur. Dans la réalité, il y a bien une raison pour qu'une alarme se déclenche et, en l'occurrence, pour signaler un dépassement de capacité. Bien sûr, le coupable idéal est l'ordinateur lui-même, puisque c'est lui qui se plaint. D'ailleurs, pendant les interminables 27 secondes qui ont été nécessaires à la résolution du problème, Armstrong demande à Aldrin s'il avait une idée de l'origine de l'alarme et celui-ci répond qu'il pense que c'est dans la programmation profonde de l'ordinateur. Un proverbe chinois dit : Quand le doigt montre la Lune, l'imbécile regarde le doigt. En matière d'informatique, pour élucider un problème, il faut souvent s'intéresser au doigt accusateur. Tout semblait accuser cet ordinateur et pourtant c'est le contraire. C'est lui qui a été victime d'une erreur humaine qui s'est glissée dans le scénario réel. Grâce à sa conception avant-gardiste pour l'époque, il a su faire face aux conséquences de cette erreur. Il est donc temps de s'intéresser de près à cet ordinateur, régulièrement cité depuis le début de cette aventure, car il est indubitablement le cinquième membre de l'équipage.

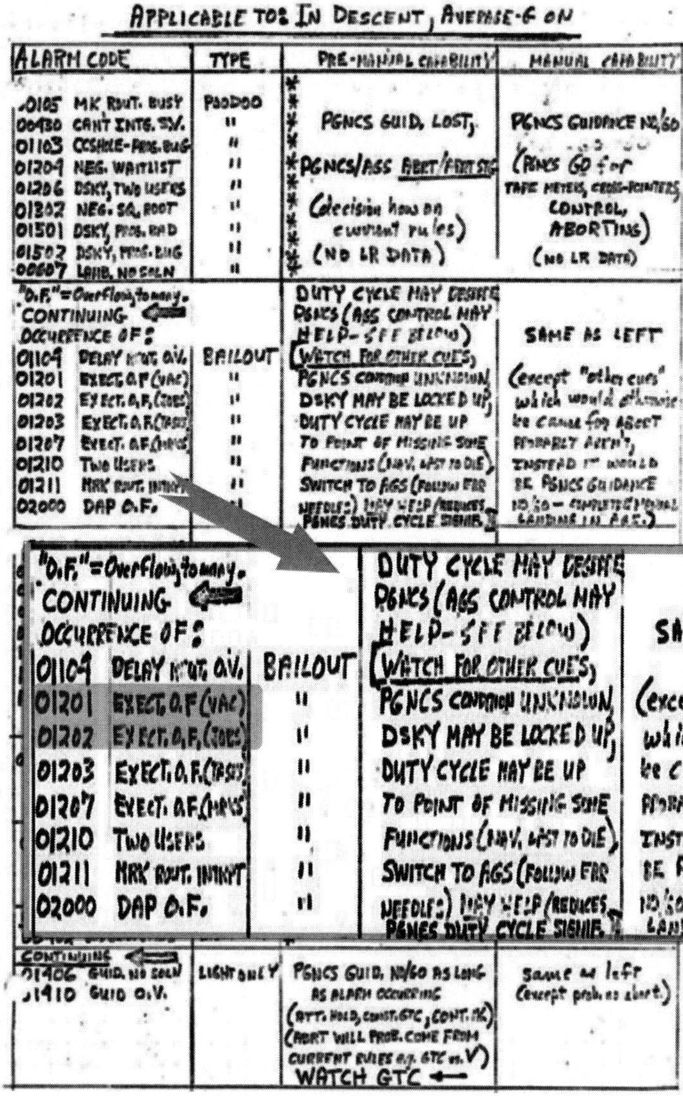

L'aide-mémoire que Jack Garman avait placé sur son pupitre

Chapitre sept

L'ordinateur d'Apollo. Le ver était dans la pomme

Si l'automobile avait suivi le même développement que les ordinateurs, une Rolls-Royce coûterait aujourd'hui 500 francs et ferait du 700 km/h.
Robert Cringely (journaliste)

En ces temps-là, les ordinateurs étaient à l'informatique ce que les dinosaures sont aux espèces vivantes : gros et pas commodes. C'est d'ailleurs une constante en informatique. Un ordinateur est toujours le dinosaure des futurs ordinateurs. L'ordinateur portable dernier cri que vous avez sur vos genoux ou le dernier smartphone de votre voisin dans le train ou la tablette ultra moderne dont vous nargue votre collègue de bureau sont d'ores et déjà des espèces en voie de disparition. Vous pouvez leur dire et en même temps leur apprendre que toutes ces superbes machines que nous manipulons à longueur de journée ont des gènes en commun avec l'ordinateur du LM, comme nous, avec les chimpanzés. Mais le LM vivait au temps du Jurassique informatique, quand le moindre ordinateur remplissait une immense salle. Par conséquent, comment a-t-on pu mettre un ordinosaure dans le module lunaire et comment a-t-il pu amener des hommes vers la Lune ?

Avant de revenir vers l'ordinateur du LM, il est important de comprendre l'ambiance informatique, et plus particulièrement à la NASA, au début des années 60. Commençons par rappeler quelques notions simples d'informatique. Ce qui reste à peu près constant dans la brève généalogie des ordinateurs est leur architecture générale. Un ordinateur c'est un processeur qui exécute les programmes, de la mémoire vive dite aussi mémoire RAM (Random Access Memory) ou encore mémoire volatile et des moyens de stockage permanents. C'est aussi des interfaces homme-machine, clavier, souris, écrans. De nos jours, la plupart des gens côtoient des ordinateurs et sont accoutumés aux unités de mesure qui permettent d'estimer la puissance des machines de façon à les comparer entre elles, et éventuellement, avec leurs ancêtres.

La puissance d'un processeur s'évalue souvent à partir de la fréquence de son horloge que l'on exprime en Hertz. Plus exactement, cette fréquence indique le nombre de cycles par seconde sachant qu'une instruction basique est traitée en un cycle. Un processeur qui aurait une fréquence de 1 Hz, exécuterait une instruction par seconde. De nos jours, la vitesse courante des processeurs est de l'ordre de 3 gigahertz (Ghz) ce qui correspond à 3 milliards d'instructions par seconde[112]. Cependant, il faut noter que la puissance réelle d'un ordinateur ne dépend pas uniquement de ce paramètre, mais de bien d'autres, liés à l'architecture globale de la machine. La fréquence d'horloge est un indicateur très général qui permet de situer des processeurs d'une même génération et dans l'évolution des technologies au travers des âges. Pour cette raison, la vitesse d'exécution de certaines opérations, comme des multiplications, sont de meilleures références.

L'information de base que traite un processeur est le bit, d'une valeur 0 ou 1. Tout programme, quel que soit le langage avec lequel il a été écrit, finit toujours codé sous forme de 0 et de 1 pour pouvoir être exécuté par le processeur. Celui-ci regroupe les bits pour former des mots qui contiennent des instructions ou les données associées. Pour pouvoir lire ces mots, ils doivent avoir été copiés dans la mémoire centrale, qui est une mémoire RAM. L'unité de mesure de cette mémoire est l'octet, qui équivaut à un caractère codé sur 8 bits. Le standard de taille des mémoires en 2011 tourne autour de 4 Giga octets (Go), soit 4 milliards de caractères, mais on peut trouver, en général sur des machines professionnelles, des configurations de plusieurs dizaines de Giga-octets[113].

L'inconvénient d'une mémoire effaçable est que les informations qu'elle contient disparaissent dès qu'on éteint la machine. Il est donc nécessaire de disposer de mémoires permanentes sur lesquelles les programmes résident en

---

[112]Ceci est toutefois un peu théorique, car il peut exister des instructions qui nécessitent plus d'un cycle pour s'exécuter. Dans ce cas le nombre d'instructions par seconde est égal à la fréquence d'horloge divisée par le nombre moyen de cycles par instruction.

[113]Le millier d'octets (1Ko) vaut 1024 octets et non pas 1000.

attendant d'être chargés en mémoire centrale pour être exécutés. Aujourd'hui, nous utilisons des disques de stockage, dits disques durs, dont le principe remonte à la fin des années 50. On superpose quelques plateaux magnétiques circulaires entre lesquels se trouvent des têtes de lecture/écriture et on fait tourner l'ensemble. Pour lire une information il faut attendre qu'elle passe devant une tête de lecture, soit au maximum le temps d'un tour. Plus le disque tourne vite, plus on accède rapidement à une information. La vitesse standard actuellement est de 7 200 tours/minute. L'autre paramètre est bien sûr la quantité de données que l'on peut y enregistrer, également mesurées en octets. L'ordre de grandeur est bien supérieur à la mémoire RAM. Des disques durs de 1 ou 2 Téra-octets (mille milliards) sont très courants désormais dans des configurations domestiques.

Lorsque John Kennedy lança son incroyable pari, la situation des ordinateurs était bien moins confortable. On sortait tout juste de la décennie des années 50 qui avait commencé par la mise sur le marché d'un ordinateur baptisé UNIVAC 1 (Universal Automatic Computer), créé par la société Eckert-Mauchly Computer Corporation. Sa fréquence d'horloge était de 2,25 MHZ, c'est-à-dire 1 000 fois moins que les ordinateurs de la première décennie du 21e siècle. L'UNIVAC 1 exécutait 465 multiplications par seconde alors qu'aujourd'hui l'ordre de grandeur est autour du milliard. Ses circuits logiques étaient composés de quelque 5 000 tubes à vide [114]. L'ensemble tenait dans une surface d'environ 15 m2 ! (uniquement le processeur). Cet ordinateur pouvait stocker 5 625 caractères dans sa mémoire principale de type ligne de délai à mercure[115] et environ un million sur bande magnétique. IBM lança une machine concurrente, l'IBM 701, qui était quatre fois et demie plus puissante que l'UNIVAC et qui possédait une mémoire construite sur la base de tubes Williams. Il y en avait 72 pouvant stocker au total 9 216 octets[116]. Chacun de ces tubes mesurait 7,5 cm de diamètre !

Ces deux types de mémoire étaient volatiles. Des solutions commencèrent à apparaître pour le stockage permanent grâce à l'introduction de supports magnétiques. Ce fut tout d'abord les mémoires à tambour (drum memory). Il s'agissait d'un tambour dont la surface était couverte d'un matériau magnétisable et qui tournait autour de son axe. Des têtes de

---

[114] Ceruzzi/Modern computing – p.28,29,34.

[115] Le principe de la ligne de délai consistait à stocker quelques bits sous la forme d'ondes acoustiques dans des colonnes de mercure.

[116] Cerussi/Modern computing - p 36.
IBM archives [1].

lecture/écriture étaient disposées tout autour. La capacité de stockage pouvait atteindre pratiquement 250 Ko.

En 1957, IBM lança la première unité de stockage à disque rotatif[117], l'ancêtre de ce que nous appelons aujourd'hui le disque dur. Il était composé d'un empilage de 50 plateaux de 60 cm de diamètre qui tournaient à une vitesse de 1200 tours par minute. Sa capacité était de 5 millions de caractères (5 Mo) [118]! Ces unités présentaient un défaut majeur connu sous le nom « d'atterrissage des têtes ». Afin de pouvoir lire ou écrire sur un disque, ces têtes flottaient très près de sa surface sur un coussin d'air. Au moindre incident, un arrêt brutal par exemple, les têtes pouvaient se poser sur la surface qui tourne à grande vitesse la détruisant irrémédiablement.

Ces mémoires avaient deux autres inconvénients. Les temps d'accès étaient lents et elles étaient peu fiables. Vers la fin des années 50, un autre type de mémoire permanente, fonctionnant sur un principe complètement différent, sans pièce mobile, fit son apparition : les mémoires à tores de ferrite (core memory). Les tores étaient des petits anneaux, de forme torique, constitués d'une matière magnétique qui avait la propriété de pouvoir être magnétisée suivant une polarité nord-sud ou sud-nord et de conserver cet état. Les anneaux étaient organisés en matrice et chacun était traversé par trois câbles électriques. Deux servaient à inverser la polarité et le dernier à sélectionner un anneau qui pouvait ainsi stocker un 1 ou un 0 suivant le sens de sa polarité. Donc chaque anneau stockait un bit. Cette technologie allait être utilisée au moins jusqu'à la fin des années 70 et très largement dans le programme spatial, au sol et dans l'espace.

À l'aube des années 60, la grande innovation fut le remplacement des tubes à vide par des transistors. Cette technologie n'était pas tout à fait nouvelle, car le transistor avait été inventé en 1948, mais réellement introduit dans les composants informatiques 10 ans plus tard à l'image de la gamme de machine IBM 7090. Avec elle, IBM put répondre aux premiers appels d'offre de la NASA, en lui fournissant les outils numériques nécessaires pour faire face aux formidables défis que soulevaient les vols spatiaux. Cette collaboration permettra à IBM d'entrer dans l'histoire de l'astronautique et contribua grandement à en faire la superpuissance informatique qu'elle devint.

[117]Disk Storage Unit model 305.
[118]Ceruzzi/Modern computing – p.69.

Malgré ces innovations, la surface des salles informatique se comptait toujours en dizaine de mètres carrés, voire centaines. Pour être fonctionnelle, l'unité centrale, c'est-à-dire le processeur et sa mémoire, devait être connectée à un ensemble de périphériques lui permettant de communiquer avec les hommes. C'est-à-dire avaler des programmes et des données, les stocker et restituer des résultats. Dans ces salles, les déroulements, rembobinages et rotations saccadées des bandes, au gré des lectures et écritures réclamées par les programmes qui s'exécutaient, trahissaient l'activité de l'ordinateur. Au milieu de tout cela trônaient les lecteurs de cartes perforées, machines incontournables en ces temps puisque les terminaux informatiques dotés d'un écran et d'un clavier connectés à l'ordinateur n'existaient pas. Il s'agissait de l'unique moyen pour injecter un programme dans l'ordinateur et lancer son exécution. Chaque carte correspondait à une ligne du programme de 80 caractères maximum. Le programmeur devait donc perforer tous ses programmes, dont certains pouvaient contenir des centaines ou des milliers de lignes. En général, il les transcrivait sur des formulaires spéciaux. Des opératrices de saisie se chargeaient de l'opération proprement dite de perforation au moyen de perforatrices, sortes de très grosses machines à écrire très bruyantes. Une fois le paquet de cartes prêt, il était apporté dans la salle des machines et lu à grande vitesse par les lecteurs de cartes. Plusieurs heures après, le programmeur pouvait récupérer le résultat sous forme d'un listing. En principe, lors du premier passage, il pouvait y lire un message du type « Erreur de syntaxe » lui signalant une erreur dans les instructions de son programme. Il devait rechercher l'erreur, remplacer la carte par une autre corrigée, renvoyer son paquet vers les lecteurs de cartes et, quelques heures plus tard... constater une autre erreur plus loin dans le paquet. Il recommençait patiemment jusqu'à ce que son programme puisse s'exécuter comme il le souhaitait. Les systèmes à cartes perforées sont restés en vigueur pendant très longtemps. On en trouvait encore au début des années 80. Tous les programmes liés à la conquête de la Lune depuis Mercury à Apollo sont, à un moment ou un autre, passés par des cartes perforées. C'était la réalité quand Kennedy « choisit d'aller sur la Lune » et les ingénieurs de la NASA et des divers contractants allaient devoir faire avec et inventer ce qui leur manquait.

Au début du programme Mercury, le centre de contrôle des missions habitées était basé à Cap Canaveral, en Floride, sur le site même de lancement des fusées. Il s'appelait Mercury Control center (MCC). Les ordinateurs se trouvaient près de Washington, à Greenbelt, au centre spatial

Goddard. Ce centre était le point de réception de toutes les données télémétriques en provenance des vaisseaux spatiaux ainsi que des stations de poursuite. Le rôle des ordinateurs de Goddard consistait à faire, en temps réel, des calculs de trajectoires, d'établir des prédictions sur leurs évolutions et les comparer avec les trajectoires idéales prévues. Ces calculs étaient exécutés par deux ordinateurs IBM 7090 qui fonctionnaient en parallèle pour assurer une redondance en cas de problème sur l'un d'eux. Un autre ordinateur, un IBM 709, de la gamme précédente du constructeur, était installé dans la station de poursuite aux îles Bermudes pour assurer la continuité en cas de problème sur les deux machines de Goddard ou bien d'une rupture de communication avec le centre de contrôle de mission. Car, en effet, tous les résultats des calculs devaient être envoyés, en temps réel, vers le centre de contrôle en Floride. Les calculs des ordinateurs de Goddard permettaient d'anticiper la position d'un vaisseau en fonction des paramètres de trajectoire à un moment donné. Ceci était très utile au directeur de vol par exemple, pendant le lancement d'une fusée, car, suivant la tournure que prenait la trajectoire, il pouvait décider un abandon ou bien confirmer la mise en orbite. Les mêmes données permettaient de mettre à jour les cartes de suivi de trajectoire qui s'affichaient sur un écran géant devant les pupitres des contrôleurs et pouvaient également être imprimées. Par conséquent, ces traceurs et ces imprimantes étaient des périphériques déportés de quelque 1500 km des ordinateurs du centre Goddard. On touche ici à une des particularités techniques qui avait pesé dans le choix d'IBM comme fournisseur. Auparavant, les opérations dites d'entrées/sorties étaient directement effectuées par le processeur central qui devait gérer lui-même toute lecture ou écriture sur un périphérique, tel qu'un dérouleur de bande ou un lecteur de cartes ou un disque de données ou encore une imprimante. L'accès à ces unités était particulièrement lent. Le processeur devait attendre la réponse pendant un temps qui, au regard de son cycle d'exécution interne, était extrêmement long et durant lequel il ne faisait rien d'autre. La réponse à ce problème fut d'adjoindre au processeur central un ou plusieurs coprocesseurs d'entrées/sorties (IBM 1410). Il s'agissait en fait d'ordinateurs spécialisés de plus petite taille. Si le processeur central voulait faire une opération d'entrée/sortie, il déléguait la tâche à un co-processeur pendant qu'il vaquait à d'autres occupations. Cette aptitude était capitale pour le type de travail demandé aux ordinateurs de Goddard car ils recevaient en permanence des informations en entrée en provenance des stations de poursuites réparties autour du globe.

Une opératrice en train de perforer une carte d'un programme. La carte est blanche, en bas à droite de l'image et défile vers la gauche. (NASA)

Gros plan sur une carte en cours de perforation. (NASA)

De surcroît, il fallait piloter les périphériques qui se trouvaient au Cap (traceurs, imprimantes). Pour satisfaire cette configuration, IBM avait spécialement conçu un autre type d'unité, un IBM 7281[119], qui avait pour fonction de faire transiter les protocoles de gestion des périphériques sur une ligne de télécommunication. Cette liaison, en fait une ligne téléphonique dédiée, entre Washington et Cap Canaveral avait un débit de 1 000 bits par seconde. Ce débit doit être comparé à ceux que nous connaissons aujourd'hui. Chaque particulier dispose à son domicile d'une liaison Internet débitant à au moins 2 millions de bits par seconde (2 Mb/s) soit 2 000 fois plus que la liaison Goddard-MCC sur laquelle transitaient des données vitales pour la sécurité des astronautes. Dans le milieu professionnel, des débits d'un milliard de bits par seconde (1Gb/s) sont actuellement le standard.

Il s'agissait probablement du premier système informatique distribué c'est-à-dire dont les constituants ne sont plus physiquement centralisés en un point, mais répartis géographiquement sur de grandes distances. Mercury, et la collaboration avec IBM, furent à l'origine d'autres innovations notamment dans la conception des systèmes d'exploitation.

Ces systèmes sont l'intelligence des ordinateurs, regroupant l'ensemble des fonctionnalités et la manière dont les ressources sont gérées. Le système d'exploitation est responsable de l'allocation du processeur aux tâches, de la gestion de leur priorité, de la gestion de la mémoire centrale et de la mémoire virtuelle. Plus le système d'exploitation est bien conçu, plus l'ordinateur est globalement puissant puisqu'il pourra traiter les travaux plus rapidement. De nos jours, nous connaissons les systèmes Linux, Windows ou MacOS mais il y en a eu bien d'autres (MVS, MULTICS, VMS, VM...). Ils sont désormais très sophistiqués et savent gérer de multiples utilisateurs simultanément et de multiples périphériques. Dans les années 50, l'intelligence des ordinateurs ne volait pas très haut. L'exécution des programmes était séquentielle. Un seul monopolisait le processeur jusqu'à la fin de son exécution quoi qu'il fasse. Un opérateur humain était nécessaire pour ordonnancer les programmes entre eux en fonction de leur profil. Il était, par exemple, préférable de faire passer quelques programmes dont le temps prévu d'exécution était très court, avant un programme dont on s'attendait à plusieurs heures d'exécution. Au début des années 60, la situation avait évolué avec l'introduction du principe de traitement par lot (batch). Cela consistait à soumettre plusieurs programmes dans un même paquet de cartes en les séparant par des ordres de contrôles

[119]Mercury Program summary.

(JCL, Job Control Language chez IBM) qui définissaient le profil du programme qui suivait. Mais cette situation ne pouvait pas satisfaire la NASA qui avait besoin de traitement en temps réel. Des informations en provenance des stations de poursuite ou bien du vaisseau spatial lui-même devaient pouvoir déclencher automatiquement des programmes, sans aucune intervention humaine. Pour cette raison, IBM développa le « Mercury Monitor », extension de son système d'exploitation capable d'interrompre un programme en cours, sauvegarder son état et en démarrer un autre d'une priorité plus grande puis de reprendre le premier plus tard à l'endroit où il l'avait arrêté. Ces facultés de gestion des interruptions et des priorités sont devenues des fonctionnalités de base de tous les systèmes d'exploitation sérieux.

Avant même la fin du programme Mercury, la NASA s'était engagée dans la création du Centre Spatial des Vols Habités (Manned Spacecraft Center, MSC) qui regrouperait en un même lieu le centre de contrôle des missions et l'informatique de soutien. Le lieu choisi fut Houston au Texas. Le projet prévoyait la création de deux salles de contrôles identiques et du complexe de calcul temps réel, le RTCC (Real-Time Computer Complex) dans le même bâtiment, le numéro 30. Ce complexe reprendrait les fonctions de Goddard avec des capacités accrues puisqu'il s'agissait de traiter les données en provenance de deux vaisseaux spatiaux, de la fusée lors du décollage, du réseau de poursuite autour du globe et de les formater pour affichage sur les écrans de la salle de contrôle. Pour équiper le RTCC, la NASA lança un appel d'offres auquel dix-huit sociétés répondirent. Chris Kraft faisait partie de la commission d'évaluation des dossiers. Son rôle n'était pas de faire des recommandations, mais de présenter les dossiers à l'administrateur de la NASA, James Webb. Néanmoins, celui-ci lui demanda, officieusement, l'avis de Kraft, car il s'agissait de « son » centre de contrôle. Kraft répondit sans hésiter : IBM[120]. Le contrat fut attribué en octobre 1962 à IBM. Aux termes de ce contrat, IBM devait concevoir, développer et faire fonctionner le RTCC. La compagnie devait fournir les configurations matériels mais aussi logiciels avec les systèmes d'exploitation et les environnements de programmation ainsi que les ressources humaines nécessaires. À la fin du programme Gemini, 608 personnels d'IBM travaillaient directement sur le projet[121].

---

[120]Kraft/Flight – p.192.
[121]IBM RTCC GEMINI final report – summary.

Le RTCC fut doté de cinq ordinateurs IBM 7094-II identiques, derniers-nés de la gamme du constructeur. Chacun était équipé d'une mémoire centrale de 288 kilo-octets, c'est-à-dire 7 000 fois moins que le moins bien doté des ordinateurs d'aujourd'hui ! Il disposait néanmoins d'une mémoire auxiliaire « gigantesque » d'une capacité de 2,25 Méga-octets. Ces unités de mémoire (IBM 2361) étaient les premières qu'IBM livrait à un client. Elles contenaient 20 millions de tores de ferrite [122] ! Il n'y avait aucun disque de stockage. Tout passait par des dérouleurs de bandes magnétiques sur lesquelles étaient chargés les programmes à partir des lecteurs de cartes.

Les communications avec l'extérieur, c'est-à-dire avec le réseau de poursuite et avec la salle de contrôle des missions, étaient assurées par une unité IBM 7281. Le processeur était parmi les plus puissants. Il avait une fréquence d'horloge de 0,7 Mhz[123], valeur inférieure à celle de l'UNIVAC 1 parce que la technologie avait changé. Pendant un seul cycle d'horloge, le 7094-II pouvait exécuter des instructions plus complexes lui permettant de traiter environ 170 000 multiplications par seconde[124]. Deux cents fois plus que le premier UNIVAC. Chacun des 7094 pouvait être assigné à un rôle particulier.

Le « Mission Operational Computer » était l'ordinateur critique qui était dédié à la gestion en temps réel d'une mission en cours. Il était doublé par le « Dynamic Standby Computer » capable de prendre à sa charge une mission en moins de cinq minutes [125] en cas de défaillance du précédent. Le « Dynamic Simulation Computer » était l'ordinateur assigné pour les séances de simulation. Dans ce cas, il endossait le rôle du « Mission Operational Computer ». Le « Dynamic Network Data Generator » était utilisé pour les tests des programmes du « Mission Operational Computer ». Le « Job Shop Computer, » qui ne travaillait pas en temps réel, servait pour le développement des programmes. Enfin, le « Ground Support Simulation Computer » permettait de mettre en œuvre des simulations en temps réel.

Les versions commerciales du 7094 étaient livrées avec le nouveau système d'exploitation IBSYS. Mais celui-ci ne suffisait pas aux besoins « temps réel » de la NASA. Aussi le « Mercury Monitor » fut repris et amélioré et prit le nom de « Executive Control Program » ou simplement « Executive ».

---

[122] IBM archives [2].
[123] 7094-II system support for numerical analysis – p.60.
[124] 7094-II system support for numerical analysis – p.60.
[125] IBM RTCC GEMINI final report – summary – p.37.

La salle informatique du RTCC dans les années 60. (NASA)

Une partie de la salle informatique du RTCC. On y voit la rangée de dérouleurs de bandes et tout à fait au fond, la bandothèque.(NASA)

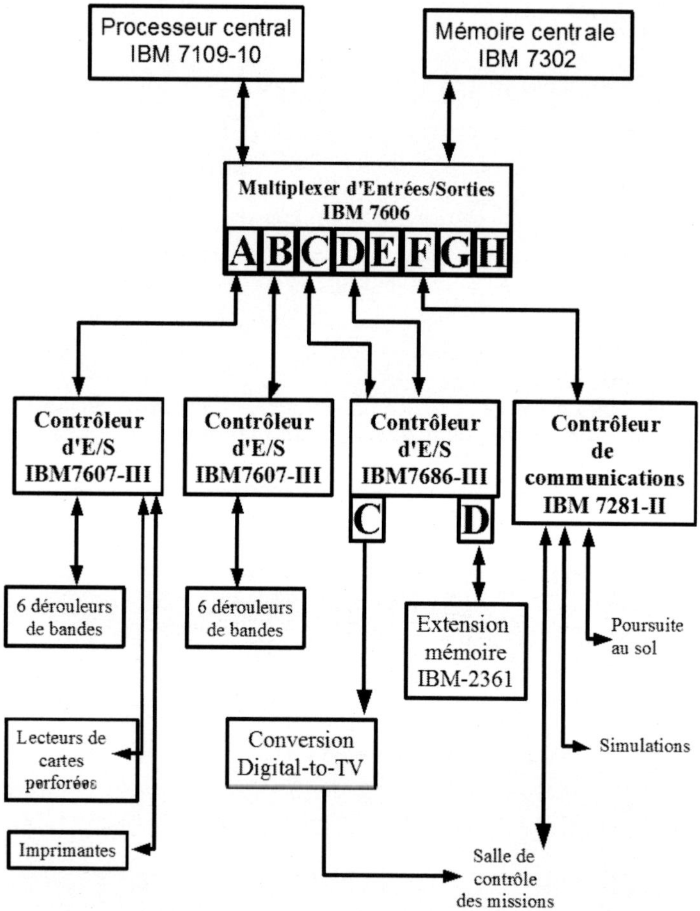

Configuration d'un IBM 7094 au RTCC. (d'après Project Gemini final report)

Il s'agissait du noyau du système d'exploitation qui reprenait et adaptait la gestion des priorités, du stockage, la gestion des erreurs et surtout le contrôle des multiples sous-systèmes du programme de gestion des missions (Mission Operational Program System), qui était le cœur du RTCC.

Depuis les années 80 environ, les systèmes d'exploitation des ordinateurs sont capables de gérer des connexions interactives, en temps partagé, depuis des terminaux informatiques. Plusieurs utilisateurs peuvent ainsi, simultanément, éditer les fichiers contenant leurs programmes, les exécuter ou les mettre en file d'attente et consulter les résultats directement à l'écran. Bref, interagir avec l'ordinateur avec l'illusion d'être seuls. Bien que le premier système de ce type (CTSS) soit apparu en 1963, les contrôleurs de la NASA n'en bénéficiaient pas. Notamment parce qu'entre la salle de contrôle et les salles de soutien annexes, c'étaient des dizaines de terminaux qu'il aurait fallu connecter, et rien n'était capable de le faire. Pourtant, sur les photos et films d'archives qui montrent la salle de contrôle des missions, on peut voir tous les contrôleurs penchés sur des écrans. Il ne s'agissait pas de terminaux informatiques connectés à l'ordinateur de mission qui les gérait en temps partagé, mais... d'écrans de télévision. Les contrôleurs voyaient des alignements de nombres et leur légende, qui n'étaient pas des images directement générées par l'ordinateur de mission. Celui-ci se contentait d'envoyer les nombres dynamiques, ceux qui variaient, sur des écrans

Gros plan sur un des dérouleurs. (NASA)

cathodiques qu'il gérait. L'image affichée sur ces écrans était mixée, par une caméra de télévision, avec une diapositive de format 35mm sur laquelle étaient inscrites toutes les informations statiques, légendes ou courbes. L'image ainsi formée était envoyée sur un canal vidéo. Un contrôleur pouvait changer d'affichage en sélectionnant un canal au moyen d'un clavier. Au cours d'une mission il y avait environ 600 affichages préformatés[126]. Tout cela n'était pas très pratique pour les contrôleurs qui ne pouvaient lancer aucune tâche, aucun calcul. Ils avaient toutefois un outil complémentaire : la règle à calcul[127] ! Le RTCC rentra en fonction progressivement. Pendant les missions Gemini I et II, non habitées, et Gemini III, celle de Grissom et Young en mars 1965, le RTCC fut utilisé comme système de secours du centre de Goddard. À partir des missions suivantes, les rôles furent inversés et les ordinateurs du RTCC furent en première ligne. C'est avec le début des missions Apollo que le centre fut complètement autonome. Assez vite, il apparut que les 7094 n'auraient pas la puissance pour faire face aux missions Apollo, plus complexes. Progressivement, ils furent remplacés par une des dernières merveilles d'IBM un IBM 360/75, appartenant à une nouvelle gamme qui allait faire le succès d'IBM et dont l'architecture a évolué jusqu'à nos jours sous le nom S/390 ou Zserie. La configuration informatique ainsi mise en place par la NASA était la plus puissante du milieu des années 60. Cependant, la NASA est une organisation un peu particulière dont la raison d'être est d'envoyer des vaisseaux dans l'espace. Aussi ne fallut-il pas longtemps pour qu'apparaisse la nécessité d'installer des ordinateurs dans ces vaisseaux. Lors des missions Mercury, il n'y avait pas d'ordinateur à bord des capsules. Tous les calculs étaient réalisés par les ordinateurs au sol. Les missions étaient relativement simples. Les caractéristiques de l'orbite étaient complètement déterminées par le point d'injection résultant de la propulsion de la fusée. Ensuite, l'astronaute n'avait aucun moyen d'en changer avant de redescendre. Pour faire retomber l'engin vers le sol, la rétrofusée devait être allumée à un instant précis, calculé par les ordinateurs au sol. Avec Gemini, les choses devinrent plus compliquées notamment à cause des rendez-vous. La NASA ne disposait pas de communications permanentes avec le vaisseau. Il y avait des « trous » entre les stations de poursuite, ne permettant pas

---

[126] Apollo experience - Real time display system.
Saturn V flight manual – p.96.
Garman/NASA oral history.
Gemini final report summary.

[127] Garman/NASA oral history.

d'opérer le guidage en temps réel depuis le sol pour ces manœuvres. Ainsi, c'est avec la mission Gemini IV, le 23 mars 1965, que fut envoyé pour la première fois un ordinateur dans l'espace. Cette machine était capable de secourir le système de guidage de la fusée Titan lors de l'ascension, de faire les calculs de trajectoire pour les rendez-vous, d'amener le vaisseau chasseur tout près de la cible et, enfin, d'assurer la rentrée atmosphérique en réalisant les calculs nécessaires. Cet ordinateur fut à l'origine du premier rendez-vous (Gemini VI/VII) et du premier amarrage (Gemini VIII).

C'est IBM qui obtint le contrat de fabrication de cet ordinateur en avril 1962. Il pesait environ 27 kilos et tenait dans un volume de 48 cm x 36 cm x 32cm (55 litres). Sa fréquence d'horloge était d'environ 7 Khz[128], soit 100 fois moins qu'un 7094 du RTCC. Il pouvait exécuter 2 300 multiplications par seconde et sa mémoire, à tores de ferrite, pouvait stocker environ 20 kilo-octets[129] ! Cela ne suffisait pas pour contenir tous les programmes nécessaires pour une mission entière. On ajouta donc un dérouleur de bandes ! Il s'agissait, en quelque sorte, de faire comme dans une salle machine au sol c'est-à-dire de charger des programmes en mémoire, à partir d'un périphérique, pendant la mission en remplaçant ceux qui n'étaient plus utiles (ceux qui étaient impliqués dans la phase de lancement par exemple). Bien sûr, il fallut qu'IBM développe un matériel spécial appelé Auxiliary Tape Memory (mémoire auxiliaire sur bande) d'une capacité de stockage supplémentaire d'environ 140 kilo-octets[130]. Ce dispositif fut utilisé pour la première fois lors de la mission Gemini VIII, celle qui faillit très mal se terminer quand le vaisseau se mit à tourner sur lui-même comme une toupie. Après avoir repris le contrôle, les deux astronautes, Armstrong et Scott, durent annuler la mission et préparer la rentrée atmosphérique. David Scott se rappellera : « *Il [l'ordinateur] pouvait seulement stocker environ 160 000 bits et sa mémoire était déjà saturée avec toutes les données dont il avait besoin pour les manœuvres complexes du rendez-vous. Les données du rendez-vous devaient être effacées afin que les programmes pour la rentrée puissent être avalés depuis un autre dispositif embarqué, une innovation appelée Auxillary Tape Memory ou ATM. Cette miniversion de cette sorte de bande utilisée alors sur les gros ordinateurs était, en fait, un disque externe*[131]. *Une fois que*

---

[128]IBM archives [3].
[129]Tomayko/Computer in spaceflight : the NASA experience.
[130]Tomayko/Computer in spaceflight : the NASA experience.
[131]C'est une image, il s'agissait bien d'une bande magnétique.

j'eus activé et connecté l'ATM à l'ordinateur, il chargea le logiciel, prêt à recevoir les détails précis de notre trajectoire de rentrée, que je lui entrais au moyen d'un petit clavier[132] ».

La logique voudrait que l'ordinateur de bord d'Apollo soit un héritage de celui de Gemini. Et bien, pas du tout, la conception de l'ordinateur d'Apollo est antérieure à celle de Gemini. En effet, c'est en août 1961 que la NASA passa le contrat pour l'étude et la construction du système de navigation et de guidage. Deux mois après le discours de Kennedy au sénat et un mois avant celui de Rice. En réalité, les réflexions sur le programme Apollo avaient commencé bien avant l'initiative du Président et c'est pourquoi la NASA put ainsi passer très rapidement son premier contrat du programme Apollo. Il n'y eut pas d'appel d'offres. Ce ne fut pas un constructeur informatique qui fut choisi, pas même IBM. Ce ne fut pas non plus un des constructeurs des vaisseaux spatiaux puisque les contrats n'étaient pas encore attribués. C'est seulement le 29 novembre 1961 que North American fut chargé de construire le module de commande et de service et, un an plus tard, Grumman reçut la construction du module lunaire[133]. Le choix se porta sur une université. Pas n'importe laquelle, le MIT, ou plus exactement, le Laboratoire d'Instrumentation (LI) du MIT. Ce laboratoire avait déjà une bonne expérience dans ce domaine. Il avait notamment travaillé sur un tel système pour une sonde martienne et, surtout, avait développé le système de guidage des missiles Polaris. Le Laboratoire d'Instrumentation était dirigé par Charles Stark Draper, surnommé Doc par ses collègues, qui reste une figure intimement liée au programme Apollo. Cependant, en août 1961, la tâche du LI n'était pas très claire puisqu'on ne savait pas encore avec quels engins on irait vers la Lune, ni comment on s'y poserait. On ne connaissait même pas la méthode qui serait choisie entre un vol direct, un rendez-vous en orbite terrestre ou un rendez-vous en orbite lunaire. En revanche, il semblait évident aux ingénieurs du MIT et de la NASA, que le centre nerveux de ce système de navigation serait un ordinateur. Aussi, des prototypes commencèrent à être construits et ce fameux ordinateur prit le nom de « Apollo Guidance Computer » (AGC).

Il fallut attendre juin 1962 pour que la NASA prenne une décision importante pour toute la structure du projet : le choix de la méthode du

[132]Scott/Two sides of the moon – p.173.
[133]Hoag/The History of Apollo Onboard Guidance,Navigation, and Control.

rendez-vous en orbite lunaire. Décision pleine de conséquences puisque, désormais, ce n'était plus un ordinateur qu'il fallait fournir, mais deux : un dans le vaisseau mère qui restera en orbite lunaire et l'autre dans le module lunaire qui se posera. Pour corser l'affaire, il y avait aussi deux constructeurs et heureusement, pour simplifier la tâche des ingénieurs, il fut décidé que le même ordinateur équiperait le CSM et le LM. Un petit détail qui, quelques années plus tard, sauva la vie des astronautes d'Apollo 13 lorsqu'ils durent utiliser l'ordinateur du LM en remplacement de celui du module de commande dans lequel tous les circuits électriques avaient dû être éteints. Globalement cet ordinateur était appelé AGC (Apollo Guidance Computer), mais la version du LM était aussi appelée LGC (Lunar Guidance Computer), car l'environnement et la programmation étaient légèrement différents.

Mais qu'allait-on demander de si extraordinaire à cet ordinateur ou plutôt ces ordinateurs, puisqu'il y en avait désormais deux ? Rien de moins que d'être au centre du système de navigation, de guidage et de contrôle, donc être au centre de tout. La navigation consiste à faire les mesures et les calculs nécessaires pour répondre aux questions : « où suis-je, à quelle vitesse je me déplace, où serais-je si je ne change rien, et comment me rendre en un autre point ? » Le guidage consiste à agir sur les commandes de pilotage pour se déplacer vers un autre point, conformément aux calculs de navigation ». Le contrôle consiste à maintenir l'attitude du vaisseau, c'est-à-dire son orientation et sa rotation, dans les différentes phases d'un vol[134]. En résumé, l'AGC était tout simplement un pilote automatique à qui on allait demander de poser le module lunaire sur la Lune. Lorsqu'au début de la descente finale (PDI), Armstrong annonce « allumage », c'est l'ordinateur qui pilote, exécutant un programme (P63), lancé quelques minutes auparavant, qui a calculé l'instant précis de l'allumage du moteur pour freiner la descente et se poser à l'endroit prévu. Ce qui 'était complètement impossible à réaliser de façon complètement manuelle. Non pas que la dextérité des astronautes soit en cause, mais la quantité de carburant dans l'étage de descente était tellement limitée que la trajectoire et la poussée des moteurs devaient être parfaitement optimisées sous peine de se retrouver à sec avant d'avoir atteint le sol. Les compétences précises qu'il fallait allouer à cette machine firent d'ailleurs débat entre les concepteurs du MIT, le contrôle de mission et les astronautes. L'ordinateur devait-il gérer la navigation et le guidage de façon

[134]Apollo navigation, guidance and control system – A progress report.

autonome pendant toute la mission, ou ces fonctions seraient-elles assurées au sol et transmises au vaisseau ? Dans ce cas, l'AGC serait réduit au rôle de moyen de secours. Il fut tout de même assez clair dès le départ que l'ordinateur devrait être capable d'autonomie en cas de rupture de communication avec la Terre, mais aussi lors des manœuvres exécutées du côté de la face cachée de la Lune (DOI par exemple). Cette autonomie permettait également de se prémunir d'une tentative de brouillage des communications par les Soviétiques, car, rappelons-le, nous étions en pleine guerre froide et en pleine course à la Lune. Il était aussi question que l'ordinateur puisse gérer des phases de la mission de façon complètement automatique, ce qui ne plaisait guère aux astronautes qui exprimaient ainsi leurs réflexes de pilotes d'avions. Charles Draper avait très tôt imaginé qu'il y avait un risque avec les astronautes : voudraient-ils ou pourraient-ils gérer un système aussi complexe et différent de ce dont ils avaient l'habitude ? Fin août 1961, à peine le contrat en poche, Draper suggéra qu'un scientifique soit formé comme astronaute[135]. Il pensait que, compte tenu de la complexité du système qui s'annonçait, il serait plus facile de former un scientifique à devenir astronaute plutôt que le contraire. Certainement avait-il déjà une idée en tête, qu'il ne tarda pas à exprimer, non sans culot. Le 21 novembre 1961, il adressa une lettre à Robert Seamans, administrateur délégué de la NASA, dans laquelle il proposa tout simplement sa candidature comme astronaute dans les termes suivants : « … *Je voudrais formellement me porter volontaire pour servir comme membre d'équipage pour les missions Apollo vers la Lune (...). Je réalise pleinement mes limites en tant que pilote d'essai, mais je sens que mes qualifications dans les domaines scientifiques et d'ingénierie pourraient être considérées comme une expérience digne d'intérêt...* ». Un peu plus loin, Draper fusille son argumentation : « *Je réalise que mon âge de 60 ans est un facteur négatif dans la considération de ma requête...* ». Comme on pouvait s'y attendre la requête de Draper ne fut pas acceptée. Quatre ans plus tard, en avril 1965, lors de la sélection du quatrième groupe d'astronautes, l'idée de faire participer des scientifiques aux missions Apollo avait fait son chemin. Six scientifiques devinrent astronautes. Harrisson « Jack » Schmitt, le géologue du groupe, fut l'avant-dernier homme à quitter le sol lunaire lors de la mission Apollo 17. Pour la NASA, il était certainement plus intéressant d'envoyer sur la Lune un géologue plutôt que le plus brillant des concepteurs de système de navigation.

[135]The Apollo spacraft – A chronology.

Après avoir réalisé trois prototypes, AGC1, AGC2 et AGC3, au fur et à mesure que les spécifications et les contraintes furent connues, les concepteurs se rendirent compte qu'ils ne pourraient pas atteindre les objectifs en utilisant les technologies classiques à base de composants électroniques « discrets », c'est-à-dire ne réalisant qu'une seule fonction, comme les transistors qu'ils avaient utilisés jusque-là. Le volume que les constructeurs du CSM et du LM avaient réservé à cet ordinateur était une des contraintes principales : 1 pied-cube soit 28 dcm3 ! De quoi faire rire tous les ordinateurs du RTCC qui se pavanaient dans une immense salle informatique. Eldon C. Hall, le responsable de la conception de cet ordinateur dira plus tard : « *Si les concepteurs avaient connu alors [en août 1961] ce qu'ils surent plus tard, ou bien si toutes les spécifications avaient été disponibles, comme on s'y attendrait aujourd'hui, ils auraient probablement conclu qu'il n'y avait pas de solution avec les technologies du début des années soixante*[136].»

Ils les trouvèrent ces solutions avec une bonne dose d'innovation et d'audace. Alors même que tous les nouveaux ordinateurs du monde fonctionnaient à base d'électronique « discrète », les ingénieurs du MIT décidèrent d'utiliser, pour le quatrième prototype, l'AGC4, une technologie révolutionnaire, les circuits intégrés, aussi appelés puces électroniques. C'était une invention qui datait de 1958, faite par Jack S. Kilby qui travaillait chez Texas Instruments[137]. Les puces n'avaient jamais fait leurs preuves, encore moins dans le domaine spatial très exigeant, surtout pour des vols habités. La facture avait aussi de quoi faire douter. En 1959, un circuit intégré simple coûtait 1 000$. Mais ce prix s'effondra très vite. Fin 1961, il était tombé à environ 120$ et fin 1962 aux alentours de 30$[138]. Le développement commercial des puces était très lent. Les commandes de la NASA, pour la construction des prototypes représentèrent 60% du marché américain à partir de 1963[139]. Les puces permettaient de considérablement réduire le volume, le poids et la consommation des circuits logiques, mais soumettaient aussi le projet à des aléas : « *En 1962, quand les concepteurs de l'ordinateur d'Apollo ont pris la décision d'utiliser les circuits intégrés, les risques étaient monumentaux*[140] » dira Eldon Hall. Le 16 novembre 1962, Draper adressa une lettre à Charles Frick, le responsable du projet Apollo à la NASA, pour

[136]The Apollo guidance computer- designer 's view.
[137]Kilby reçu le prix Nobel de physique en 2000 pour cette invention.
[138]Hall/Integrated Circuits in the Apollo Guidance Computer.
[139]Tomayko/Computer in spaceflight : the NASA experience.
[140]Hall/Journey to the Moon - p.1.

lui proposer le changement de technologie, tout en minimisant quelque peu les dangers : « *Nous reconnaissons qu'il y a un risque calculé à faire un large usage de ces composants [les circuits intégrés] aujourd'hui. Cependant les avantages sont importants et les risques faibles. Nous recommandons fortement que cet engagement soit pris maintenant*[141] ». Une réponse positive arriva très vite, le 6 décembre suivant. Dès le début 1963, le prototype AGC4 intégrant les circuits intégrés fut disponible et conduit à la première version opérationnelle, l'AGC BLOCK I. Il s'agissait d'une version intermédiaire, pour le module de commande uniquement, pour les vols préliminaires d'essais non habités et pour le premier vol habité, Apollo 7. Puis, la deuxième version, l'AGC BLOCK II, fut mise en chantier. Elle reprenait les fonctions du BLOCK I, les améliorait et en ajoutait de nouvelles. Ce qu'on allait demander à un si petit ordinateur, construit sur la base de composants électroniques pour lesquels on n'avait aucune référence de confiance, était tout simplement étonnant.

L'AGC devait dialoguer avec un certain nombre d'équipements qui lui communiquaient les informations dont il avait besoin. En retour, il pouvait agir sur d'autres équipements pour conduire le vaisseau. En somme, il faisait ce que tout ordinateur fait couramment : il pilotait des périphériques, mais d'un genre un peu particulier.

Tout d'abord, il était couplé à une centrale inertielle[142] dont le rôle était de capter tous les mouvements de l'appareil grâce à des accéléromètres et des gyroscopes. Si on donne à l'ordinateur sa position de départ, ses programmes sont ensuite capables de la mettre à jour en temps réel en fonction des valeurs d'accélération et des mouvements angulaires communiqués par la centrale. Comme celle-ci n'est pas parfaite, ses informations dérivent et il faut régulièrement refaire le point pour recaler la position. La méthode utilisait un deuxième périphérique, le sextant, comme sur un bateau, pour évaluer l'angle entre un point de repère tel que la Terre, le Soleil ou la Lune et une étoile choisie parmi une liste prédéterminée. L'astronaute commençait par sélectionner son repère et son étoile et communiquait son choix à l'ordinateur. Puis, en regardant dans le sextant, sorte de paire de jumelles plantée dans le tableau de bord[143], il orientait le vaisseau pour viser son repère au moyen d'un manche à balai situé à sa droite. Après quoi il agissait sur le miroir du sextant,

[141]Hall/Journay to the Moon – p.185.
[142]IMU: Inertial Measurement Unit.
[143]Dans le LM le sextant est différent. C'est un télescope monoculaire.

avec un autre manche situé à sa gauche, pour superposer l'image de son repère avec l'image de l'étoile qu'il avait choisi. Lorsqu'il était satisfait de sa visée, il appuyait sur une touche de son clavier de navigation pour le signaler à l'ordinateur qui enregistrait l'angle et n'avait plus qu'à faire ses calculs savants. Voici donc une opération qui mettait en jeu un autre périphérique, le clavier. En fait, dans le module de commande, il y en avait deux. L'un près du sextant et l'autre groupé avec l'écran d'affichage. Rien à voir avec les écrans que nous connaissons aujourd'hui. On ne pouvait y afficher que des nombres sur 5 lignes composées d'un maximum de 5 chiffres seulement, formés de segments électro-luminescents.

L'AGC était également connecté au système de communication radio, car il commandait l'antenne orientable de façon à ce qu'elle soit toujours précisément orientée vers la Terre. Par ces communications, outre les échanges vocaux, passaient des données de télémétrie, aussi bien dans le sens espace-Terre que dans l'autre sens. Dans le LM, l'ordinateur pouvait gérer les informations en provenance du radar de rendez-vous dont le but était de verrouiller son antenne sur le signal émis par le transpondeur du CSM. L'équipage pouvait toutefois choisir trois modes de fonctionnement de ce radar, et ce choix aura une importance capitale dans le déroulement du scénario du premier alunissage. Dans le premier mode (AUTO TRACK) le radar orientait lui-même l'antenne de façon autonome. Dans le deuxième (SLEW), ce sont les astronautes qui devaient la positionner manuellement. Dans ces deux modes, l'ordinateur se contentait de mettre à jour les informations représentant la distance et l'angle sur lequel le signal du module de commande était repéré. En revanche, dans le troisième mode (LGC), l'ordinateur pouvait orienter l'antenne et le logiciel de navigation était alimenté par les données du radar et faisait les calculs de trajectoire. En principe, un tel radar n'est utile que lorsqu'on veut faire un rendez-vous et il devrait être éteint pendant l'alunissage.

Le LM disposait également dans ses équipements d'un radar de descente qui balayait la surface de la Lune avec trois faisceaux. Leur écho permettait de calculer l'altitude et la vitesse du vaisseau. L'ordinateur pouvait les comparer avec ses propres données issues du système de navigation et signaler les différences (DELTAH). Enfin, puisque l'ordinateur était également le pilote automatique, il pouvait contrôler la poussée des propulseurs principaux ainsi que des petits propulseurs d'attitude, lui autorisant toutes les manœuvres possibles. Les astronautes disposaient aussi d'un mode semi-automatique, appelé « maintien d'attitude » (Attitude Hold), qu'ils pouvaient activer au moyen d'un manche situé à leur droite. Il leur permettait d'engager une rotation du LM sur un de ses trois axes, roulis, tangage et lacet. L'ordre était géré par l'ordinateur qui commandait les impulsions nécessaires vers les petits propulseurs d'attitude répartis autour de la structure. Si le manche était remis dans sa position neutre, l'ordinateur reprenait le contrôle et maintenait la nouvelle attitude. En cas de problème, en déplaçant le manche jusqu'à son extrême limite, il était aussi possible de contourner l'ordinateur et de commander directement les propulseurs[144]. Sur la poignée du manche il y avait aussi une gâchette qui servait à ouvrir le micro de l'astronaute. Ce manche était appelé ACA (Attitude Controller Assembly). Sur la gauche des pilotes, un autre manche, en forme de T, (TTCA=Thrust Translation Controller Assembly) permettait de contrôler les mouvements de translation soit au moyen des propulseurs d'attitude soit au moyen du propulseur principal. Tout près du TTCA, sur sa droite, il y avait un interrupteur poussoir qui, sur simple pression vers le haut ou vers le bas (principe du clic), permettait de faire varier le taux de descente par incrément d'un pied par seconde. Appelé ROD (rate of descent), il déclenchait le programme P66[145].

Ce système de pilotage sans liaison mécanique directe entre les commandes et les gouvernes (ici les divers moteurs) est appelé « commandes de vol électriques » (fly-by-wire en anglais). Il s'agissait du premier du genre et aujourd'hui la plupart des avions modernes de ligne ou de combat en sont équipés. Il le doivent à l'ordinateur d'Apollo. En 1972, un avion expérimental F-8C Crusader de la NASA, fut équipé du premier système de commande électrique. Son cerveau était... un AGC[146].

Dans le LM, il y avait aussi un autre périphérique pas très ordinaire, quoique non directement connecté à l'ordinateur : un hublot ! C'était celui du commandant sur lequel une ligne graduée était gravée. Il s'agissait d'un système de visée du point d'atterrissage ou LPD (Landing Point Designator). Pour évaluer l'endroit où le pilote automatique prévoyait de se poser, il suffisait que le copilote interroge l'AGC qui répondait par une valeur angulaire. Le commandant n'avait plus qu'à viser le point situé derrière cette valeur sur les graduations de son hublot. Il pouvait également redésigner le

---

[144]Apollo news reference – Lunar module reference.
[145]Eyles/Tales from the lunar module guidance computer.
[146] omayko/Computers take flight.

point d'atterrissage soit en annonçant une valeur angulaire au copilote qui la rentrait dans l'ordinateur, soit en manipulant son manche de contrôle d'attitude[147].

Pour toutes ces fonctions, il fallut développer les logiciels qui pilotaient les « périphériques » et exécutaient les calculs. Mais le logiciel de l'AGC n'était pas simplement une implémentation d'un système de navigation, de guidage et de contrôle, c'était également un véritable système d'exploitation, et probablement le plus avancé de son temps. Il n'était pas envisageable que cet ordinateur exécute les tâches les unes après les autres. Plusieurs tâches devaient pouvoir s'exécuter simultanément. Au début des années 60, les systèmes à temps partagé commençaient à apparaître. Cela consistait à découper le temps en toutes petites tranches. Le rôle du système d'exploitation consistait à allouer le processeur à un programme pendant une de ces tranches de temps puis à passer à un autre et ainsi de suite de façon cyclique.

Pour un programme donné, le temps d'attente entre deux passages sur le processeur est fonction du nombre de programmes qui veulent s'exécuter simultanément. Or, cela n'était pas compatible avec les contraintes temps réel d'un ordinateur comme l'AGC qui devait en permanence calculer sa position et sa vitesse, recevoir des informations des radars ou de la télémétrie, agir sur les propulseurs etc. Si le pilote décidait de passer en pilotage manuel, ses ordres devaient s'exécuter en priorité sous peine de retarder la transmission vers les propulseurs, ce qui aurait pu être catastrophique. Face à cette situation, les ingénieurs du M.I.T, et en particulier Hal Lanning, conçurent un système d'exploitation, baptisé « Executive », qui, comme un chef d'orchestre, avait pour mission d'ordonnancer les tâches en fonction de leur priorité. Une tâche considérée comme prioritaire pouvait ainsi s'exécuter, quitte à suspendre une autre moins prioritaire si le processeur était trop chargé, évitant ainsi des temps de réponse trop longs ou carrément un plantage pour dépassement de capacité (Executive overflow). Pour ce qui est de la puissance, à l'étroit dans son pied-cube, l'AGC pouvait exécuter environ 21 000 multiplications par seconde[148]. Soit huit fois moins qu'un 7094-II du RTCC, alors qu'il devait faire les mêmes calculs de navigation et de guidage.

Pour accueillir et exécuter ces logiciels, il fallait un processeur suffisamment puissant, mais aussi un moyen de stocker les programmes.

---

[147]Flight test of the LM landing point designator.

[148]Hall/Case history of the Apollo Guidance Computer – p.19.

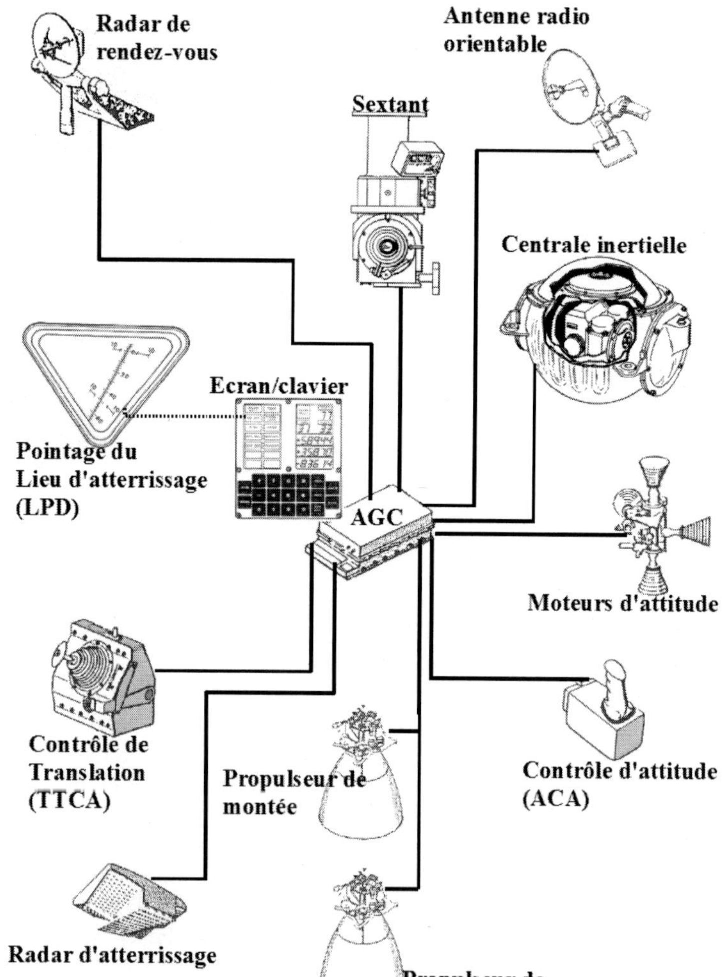

Les principaux « périphériques » de l'ordinateur du LM

```
ASSEMBLE REVISION 131 OF AGC PROGRAM LUMINARY BY NASA 2021:

  BURN, BABY, BURN -- MASTER IGNITION ROUTINE

                                  36,2024                            BANK
  REF     3   LAST      40        36,2000                            SETLOC
                                  36,2024                            BANK
  REF     3   LAST     655        E7,1455                            EBANK=
  REF     3   LAST      40 TO      40:          2        20*         COUNT*
       THE MASTER IGNITION ROUTINE IS DESIGNED FOR USE BY T
  IT PERFORMS ALL FUNCTIONS IMMEDIATELY ASSOCIATED WITH AP
  BETWEEN THE PRE-IGNITION TIME CHECK -- ARE WE WITHIN 45
  PROGRAMS THROTTLE UP.

       VARIATIONS AMONG PROGRAMS ARE ACCOMODATED BY MEANS O
  WAITLIST, FOR PINBALL) AND TCF INSTRUCTIONS.   USERS PLA
  (OF P61TABLE FOR P61LM, FOR EXAMPLE) IN ERASABLE REGISTE
  WHICH TO OBTAIN OR EXECUTE THE PROPER TABLE ENTRY.    THE
  THROUGH BANKJUMP IF NECESSARY.    THERE IS NO RETURN.

       THE MASTER IGNITION ROUTINE WAS CONCEIVED AND EXECUT

                                                  HONI SOIT QUI MAL Y PENSE

IG-35      CAF      5SEC
           TC       TWIDDLE
           ADRES    TIG-30            **********************************
                                      TABLES FOR THE IGNITION ROUTINE
           TC       PHASCHNG          **********************************
           OCT      40154
                                                  NOLI SE TANGERE
           CS       BLANKDEX
           TS       DISPDEX         01512 0   P12TABLE VN       0674
                                  1 2327 1             TCF      ULLGNOT
           INDEX    WHICH         1 2616 0             TCF      COMFAIL3
           CS       6             1 3066 0             TCF      GOCUTOFF
           EXTEND                 1 5261 0             TCF      TASKOVER
           BZMF     TASKOVER      1 2150 0             TCF      P12SPOT
           CAF      4.9SEC          00000 1            DEC      0
           TC       TWIDDLE                            EBANK    WHICH
           ADRES    TIG-30.1        03746 1            2CADR    SERVEXIT
                                    64067 1
           CAF      PRIO17        1 2402 1             TCF      DISPCHNG
           TC       NOVAC         1 2567 0             TCF      WAITABIT
           EBANK    TTOGO         1 2525 0             TCF      P12IGN
           2CADR    P41BLANK

           TCF      TASKOVER

                                    01450 1   P40TABLE VN       0640
41BLANK    TC       BANKCALL      1 2327 1             TCF      ULLGNOT
           CADR     CLEANDSP      1 2620 0             TCF      COMFAIL
           TCF      ENDOFJOB      1 3053 0             TCF      GOPOST
                                  1 5261 0             TCF      TASKOVER
IG-30.1    CAF      PRIO17
```

Extrait du programme LUMINARY. Ici il s'agit de gros plans sur le sous-programme BURNBABY qui gère l'allumage du moteur au début de la descente propulsée. L'expression « burn baby burn » sur la deuxième ligne fait probablement allusion au slogan des émeutes raciales dans le quartier de Watts à Los Angeles au milieu des années 60. La phrase en français « Honi soit qui mal y pense » est un commentaire original des ingénieurs du MIT (Adler et Eyles). NASA/MIT Luminary source listing.

Il s'agissait d'une mémoire à tore de ferrite « classique » comme décrite plus haut, qui stockait un bit par anneau. La capacité de la mémoire était donc fortement liée à son volume. Or, c'est ce dont on manquait le plus. Aussi la mémoire effaçable fut-elle limitée à 4 096 octets. « L'Executive » et les autres programmes devaient s'en contenter. Il fallait également que les programmes soient stockés quelque part. Bien sûr, il n'y avait pas de disque dur ni même de dérouleur de bande ou de lecteur de cartes perforées. La mémoire à tore de ferrite vue précédemment ne pouvait convenir, car sa densité était trop faible. On avait calculé que, compte tenu des contraintes de volume, un tel type de mémoire n'aurait pas pu dépasser 18 kilo-octets, ce qui était insuffisant[149]. Malgré tout, on utilisa bien une mémoire à tore de ferrite, mais fonctionnant sur un principe différent permettant de stocker 64 bits, soit huit octets, dans un seul anneau. Le principe consistait à littéralement tisser de fins câbles électriques le long d'une rangée d'anneaux. Ces câbles traversaient les anneaux ou les contournaient. En magnétisant un anneau donné, un courant électrique était induit dans les câbles qui le traversaient ce qui permettait de lire la valeur 1. Les câbles qui ne traversaient pas l'anneau restaient à la valeur 0[150]. L'architecture du processeur de l'AGC lui permettait de lire 16 bits d'un coup, ce que l'on appelle un mot. En passant 16 câbles dans la ligne d'anneaux et en sélectionnant un d'entre eux, on pouvait lire la valeur d'un mot. Dans la mémoire de l'AGC c'était en fait 4 fois 16 câbles qui parcouraient une ligne permettant de stocker quatre mots, soit 64 bits par anneau. Pour sélectionner individuellement les anneaux, une autre série de câbles devait les traverser suivant un schéma bien précis[151]. Ce type de mémoire fut appelé « mémoire à cordes » (rope core), car la juxtaposition de ces multiples câbles faisait ressembler l'ensemble à des cordes.

Cette densité, forte pour l'époque, fut un critère déterminant pour le choix de cette technologie, mais il y avait encore un avantage. Cette mémoire était complètement insensible à tout type de rayonnements électromagnétiques puisque la valeur des bits dépendait uniquement du parcours des câbles qui traversaient ou pas les anneaux. Pour l'altérer, il aurait fallu y porter atteinte physiquement. Cependant, il y avait un revers à la médaille. La mémoire à corde était très compliquée à fabriquer puisqu'il fallait traduire les programmes qu'elle devait stocker en un schéma de câblage qu'il fallait ensuite tisser. Ce travail était réalisé par la société

[149]The MIT role in project Apollo. p.274 § 8.4.1.
[150]General design of characteristics of the apolo guidance computer. p.29.
[151]General design of characteristics of the apolo guidance computer. p.28.

Raython, par des femmes qui avaient été surnommées «les petites vieilles dames ». Le temps d'usinage étant assez long, tous les programmes destinés à une mission devaient être figés environ six mois avant pour avoir ensuite le temps de tricoter la mémoire. En cas d'erreur, la correction était particulièrement difficile. Ces contraintes ne l'emportèrent pas sur les avantages et la version BLOCK II de l'AGC put atteindre 73 728 octets de mémoire de stockage (72Ko). Il suffit de regarder le moindre des programmes de votre ordinateur pour se rendre compte qu'il dépasse très largement cette taille et qu'il n'est pour autant pas capable de diriger deux vaisseaux vers la Lune, en poser un, le faire redécoller et ramener l'équipage vers la Terre en traversant l'enfer avant de se jeter dans l'océan. Les ingénieurs du MIT l'ont fait, car en ces temps-là, les programmeurs écrivaient les programmes en langage machine, c'est-à-dire directement avec les instructions du processeur, en les optimisant au maximum.

Ils l'ont certes fait, mais les choses auraient pu moins bien se dérouler, car au début de la conception de l'AGC, l'effort nécessaire pour la réalisation du logiciel avait été complètement sous-estimé. Circonstance aggravante, dans le flou des spécifications du début, les programmeurs faisaient un peu ce qu'ils voulaient. « *Cela m'étonne toujours, comment j'ai pu programmer quelque chose qui n'avait pas de spécifications et qui allait être critique pour le succès du programme Apollo ? Je n'en reviens toujours pas, mais c'était comme çà, on les a définis au fur et à mesure qu'on avançait*[152] » dira Alex Kosmala un des programmeurs du MIT. La NASA finit par réaliser que cette petite histoire d'ordinateur risquait de mettre en péril la grande Histoire qui disait qu'on devait se poser sur la Lune avant la fin de la décennie. Aussi Howard « Bill » Tindall fut dépêché auprès du MIT pour reprendre les choses en main. Il avait déjà beaucoup œuvré pour porter le programme spatial à son niveau opérationnel pendant le programme Gemini et maintenant son action allait être déterminante pour le développement de l'ordinateur de bord d'Apollo. Il va dire tout ce qu'il pense, ou plutôt l'écrire dans des mémos devenus célèbres sous le nom de « Tindallgrammes ». Il commence ainsi, le 31 mai 1966 :

« *Il y a un certain nombre d'entre nous qui pressentent que les programmes de l'ordinateur pour le vaisseau Apollo vont bientôt devenir le principal motif de retard pour les vols. (...) Pour tenter d'améliorer la*

[152]Documentaire « A la conquête de la Lune – L'ordinateur de navigation ».

situation – j'espère améliorer – j'ai commencé à aller au MIT deux jours par semaine pour coordonner le MIT et le MSC. Ce mémo est le premier d'une série[153] ». Et dans le deuxième mémo daté du 13 juin, intitulé « *Les programmes de l'ordinateur du vaisseau Apollo ou un sac de nœuds* » il débute ainsi : « *Bien, je rentre juste du MIT avec ma dose hebdomadaire de nouveaux ulcères*[154] ». En résumé, la conception matérielle du bel objet technologique ne suffisait pas pour que cet ordinateur remplisse ses missions. Tindall allait trancher dans le vif et la situation déplut aux ingénieurs du MIT qui se trouvèrent bousculés. « *Ça nous dérangeait que des gars débarquent chez nous et massacrent notre bébé* » racontera Alex Kosmala ou pour Fred Martin, un des responsables des développements, « *Il nous faisait travailler comme des mules et il était sans arrêt sur notre dos. Les gens du Laboratoire d'Instrumentation ont fini par se rebeller* »[155].

À partir de l'intervention de Tindall, un sérieux coup de fouet fut donné à la mise au point des programmes, ceux qui devaient tenir dans 72Ko et, entre autres, poser le LM sur la Lune. Lorsque Tindall envoya son premier mémo, environ 150 ingénieurs travaillaient sur les programmes. Environ deux ans plus tard ce nombre était passé à 200 [156]. Les versions successives s'enchaînèrent. On leur avait trouvé des noms. Pour Apollo 11, la version de l'ordinateur du module de commande s'appelait COLOSSUS et celle du LM, LUMINARY. Mais ce travail de « mules » a eu de sérieuses conséquences sur la vie familiale des personnels du MIT. « *Cela a contribué à l'échec de mon premier mariage* » affirma Alex Kosmala. Dan Lickly, le directeur du groupe rentrée atmosphérique au MIT, dira :« *on a tous fini par divorcer* »[157]. Si on met en parallèle cette situation avec celle des astronautes qui, eux aussi ont connu des divorces pour la plupart, le programme Apollo aura fait beaucoup de dégâts dans la vie familiale de ceux qui l'ont porté. Un coût que Kennedy n'avait certainement pas imaginé.

Qu'en était-il des craintes exprimées par Draper au sujet d'éventuelles difficultés d'adaptation de la part des astronautes-pilotes ? David Scott répondra à cette question dans une intervention :

« *Comment faites-vous pour mettre un pilote dans un vaisseau spatial et*

---

[153]Tindall/Tindallgrammes.
[154]Tindall/Tindallgrammes.
[155]Documentaire « À la conquête de la Lune - L'ordinateur de navigation ».
[156]Mindell/Digital Apollo – p.152.
[157]Documentaire « À la conquête de la Lune - L'ordinateur de navigation ».

le faire parler avec un ordinateur ? Ce n'est pas facile en temps réel. Quelqu'un est arrivé avec le concept de verbes et de noms, mais je suis surpris que cela ne soit pas utilisé dans d'autres ordinateurs aujourd'hui. C'était très simple pour nous de travailler avec une série de nombres de deux chiffres représentant les verbes et une autre série de deux chiffres représentant les noms. C'était si simple et direct que même des pilotes pouvaient apprendre comment s'en servir[158] ».

La méthode dont parle David Scott est complètement archaïque aujourd'hui comparée aux performances des interfaces graphiques dont disposent tous les ordinateurs. Ce langage de communication avec l'ordinateur avait l'avantage d'être très simple. Le verbe était un code qui disait « je fais appel à telle fonction » et le nom était un paramètre qui désignait la fonction précise. Par exemple « Verbe 37 » demandait à l'ordinateur de changer de programme et « Nom 63 » lui demandait le programme 63. L'astronaute devait injecter cela à l'ordinateur grâce au clavier sur lequel il disposait d'une touche « VERB » et une autre « NOUN » (nom).

Mike Collins avait des relations très particulières avec son ordinateur de bord : « *Colossus IIA était mon compagnon intransigeant et je ne fus jamais vraiment seul dans le module de commande*[159] ».

Qu'est-il arrivé à cet ordinateur pour tout à coup envoyer une alarme en pleine descente, alors que les choses se présentaient plutôt bien ? Pour trouver la solution, il faut rechercher les indices. Tout d'abord que s'est-il passé juste avant que l'alarme se manifeste ? Quelques secondes auparavant Armstrong venait de retourner le LM de sorte que les deux hommes étaient orientés face vers le haut. Grâce à cette nouvelle position, le radar d'atterrissage a pu « accrocher » la surface lunaire c'est-à-dire recevoir l'écho de ses faisceaux et les premières valeurs d'altitude et de vitesse ont pu être fournies à l'ordinateur. Simultanément, Aldrin a pianoté sur le clavier de l'AGC la séquence « Verbe 16 Nom 68 » pour demander l'affichage de la différence d'altitude entre le radar et le système de navigation inertiel. Normalement, Aldrin devait ensuite indiquer à l'ordinateur qu'il pouvait accepter les données du radar et les incorporer dans ses calculs. Mais il n'en a pas immédiatement le temps, car quinze secondes plus tard, l'alarme 1202 tombait. L'ordinateur était saturé alors qu'en principe, il devait lui rester une marge de 10% de temps processeur[160]. Quelque chose était en train de ronger

[158]Scott/User view.
[159]Collins/Carrying the fire – p.342.
[160]Eyles/Tales from the lunar module guidance computer.

cette marge. Même Garman ou Bales, qui avaient donné leur feu vert, ne savaient pas quel était le mal. Ni même les ingénieurs du MIT réunis au Laboratoire d'Instrumentation qui écoutaient la descente en direct, bien que c'était leur « bébé » qui se plaignait. Ils allaient devoir trouver la cause du problème en moins de 24 heures, avant le redécollage du LM. Le premier d'entre eux qui fut sur la piste n'était pas au MIT, il suivait la descente devant sa télévision. Il s'agissait de George Silver qui rejoignit très vite ses collègues[161]. Fred Martin demanda à Silver s'il avait déjà vu une telle situation. La réponse fut positive, il avait connu un tel problème causé par le radar de rendez-vous lorsqu'il fonctionnait dans la position AUTO lors des essais des LM numéro 1 et 3[162]. « *Mais il n'était pas allumé, n'est-ce pas ? Pourquoi aurait-il été allumé pendant la descente, ça n'a d'intérêt que pour la montée ?* » demanda Silver à Fred Martin[163].

Et pourtant le radar était allumé puisque sur plan de vol, 25 minutes avant la descente (PDI), il était écrit « RR-ON » (allumer le Radar de rendez-vous) dans la colonne des tâches du commandant. Or, 2 minutes et 20 secondes après le début de la descente, Armstrong demande à Aldrin ce qu'il doit faire du radar. Aldrin lui répond de le passer en mode SLEW. Il s'agit d'un des trois modes de fonctionnement vus plus haut. Il n'y a que dans le mode LGC que l'ordinateur prend en compte ces valeurs pour ces calculs. Dans les autres cas, il se contente de les recevoir afin de mettre à jour sa perception de l'orientation de l'antenne.

Il ne fallut pas très longtemps aux spécialistes du MIT pour comprendre que le problème que Silver avait déjà connu s'était reproduit, même en mode SLEW. La raison profonde est assez technique, mais peut être résumée ainsi : dans ce mode la parabole était orientée manuellement et il fallait que ses mouvements soient transmis à l'ordinateur de façon à ce qu'il connaisse toujours son orientation. La parabole était associée à deux résolveurs, qui avaient pour fonction de convertir les mouvements angulaires en azimut et élévation en courants électriques à destination de deux unités de couplage (une pour chaque angle). En fonction des variations, celles-ci pouvaient renseigner l'ordinateur sur la nouvelle position de la parabole en lui demandant d'incrémenter ou décrémenter les valeurs de ces angles. Ces résolveurs étaient alimentés soit par l'alimentation générale du module lunaire, dans les modes SLEW et AUTO, soit par l'alimentation de

---

[161] Eyles/Tales from the lunar module guidance computer.
[162] Blair-Smith/System integration issues in Apollo 11.
[163] Martin/Apollo 11 -25 years later.

l'ordinateur en mode LGC. La première de ces sources électriques a été conçue par Grumman et la deuxième, indépendamment, par le MIT pour le développement de l'ordinateur. Cependant Grumman spécifia que ces deux alimentations devaient être synchronisées. Ce qui fut fait avec une fréquence de 800Hz. Mais on ne pensa pas à synchroniser les phases. Lors de la procédure d'activation du LM son alimentation électrique générale était d'abord activée, puis c'était le tour de celle de l'ordinateur. Du coup, il pouvait y avoir un décalage de phase aléatoire. En mode SLEW les résolveurs étaient alimentés par le LM et l'ordinateur par sa propre alimentation. Or, dans le cas d'un décalage de phase aux environs de 90°, les résolveurs envoyaient des valeurs aberrantes aux unités de couplage qui, elles-mêmes, envoyaient à l'ordinateur des mises à jour de la position angulaire de façon quasi-permanentes (6 400 fois par seconde chacune). C'est exactement cette situation qui s'est produite sur Apollo 11. Cette activité inutile réclamait environ 15% du temps processeur[164] à un moment où il n'en restait que 10% (quand Aldrin tape la commande Verbe 16 /Nom 68)[165]. Un ordinateur « normal » en serait resté là et se serait « planté » obligeant le déclenchement de la procédure d'abandon. Mais grâce à la conception sophistiquée de son système d'exploitation, l'AGC a su faire face à cette situation. Il a redémarré. Pas de la manière que nous connaissons avec nos ordinateurs contemporains, mais en supprimant les tâches les moins prioritaires et préservant l'exécution des fonctions vitales. D'où la recommandation de Garman « GO, si cela ne se reproduit pas », sous-entendu trop souvent, car, dans ce cas, l'ordinateur aurait passé son temps à redémarrer.

La question qui se pose maintenant est celle que se posait Silver : Pourquoi ce radar de rendez-vous était allumé puisqu'il n'était pas utile ? Dans le dé-briefing qui a suivi la mission, Armstrong a donné une réponse : « *C'est la manière dont nous avions procédé dans toutes les simulations. Cela a été accepté ainsi* [166]». Dans son livre « Magnificent desolation » Aldrin écrit : « *40 ans après, je peux maintenant vous dire pourquoi l'ordinateur était surchargé, bien que cela ne nous soit jamais arrivé. La raison pour laquelle l'ordinateur ne pouvait pas gérer les données était que Neil et moi avions volontairement laissé le radar de rendez-vous sur la position marche* ». Puis il ajoute : « *Après la séparation d'Eagle et Columbia, j'aurais dû*

[164]Blair-Smith/System integration issues in Apollo 11.
[165]Eyles/Tales from the lunar module guidance computer.
[166]Apollo 11 technical crew debriefing - § 9.2.24.

éteindre le radar de rendez-vous, mais j'ai choisi de ne pas le faire. Je ne voulais pas éliminer une opportunité de vérifier le radar avant que nous en ayons vraiment besoin, aussi, je l'ai tout simplement laissé en marche. Je voulais une précaution de sécurité pour le cas où nous devrions remonter rapidement.[167] ». Cette déclaration laisse supposer qu'il aurait décidé cela dans l'action. Mais ce n'est pas tout à fait le cas puisque l'activation de ce radar était prévue dans le plan de vol. Aldrin, en sa qualité de Docteur rendez-vous, semble néanmoins avoir eu une influence importante sur ce choix. Dans une interview il déclara : « *Cela n'avait pas été prévu par les types du MIT. Ils sont un peu bornés. Pour eux, pour faire une descente, il faut un radar de guidage. Pour un rendez-vous, il faut un radar de rendez-vous. Mais il ne faut pas mélanger les deux. Moi, je pensais différemment.* [168]»

Dernière question : puisque Armstrong précisait que c'était « la » procédure utilisée pendant les simulations, pourquoi le problème n'est-il pas apparu lors de ces entraînements ? Tout simplement parce le commutateur qui commandait le mode d'activation du radar de rendez-vous dans le simulateur ne déclenchait rien physiquement, il n'y avait pas de vrai radar dans le simulateur.

L'ordinateur du LM n'était donc pas responsable du problème, il n'a fait que subir un événement. Son système d'exploitation a néanmoins permis de contenir les effets indésirables et sa résistance a permis de continuer la descente. L'erreur était en réalité humaine puisque la procédure initiale prévoyait de laisser le radar éteint et qu'elle avait été modifiée sans aviser le MIT. Elle était même doublement humaine, puisque après avoir analysé les résultats des essais sur les LM 1 et 3, Silver avait émis un mémo (très exactement un Interim Description Report) dans lequel il préconisait une solution pour régler ce problème de décalage de phase. Mais sa solution fut refusée par Grumman. Le ver était donc dans la pomme et attendait son heure.

---

[167] Aldrin/Magnificient desolation - p.17
[168] Documentaire « Dans l'ombre de la Lune »

Chapitre huit

La main d'Armstrong

Les pilotes ne prennent pas de plaisir particulier à marcher. Ce qu'ils aiment c'est voler.
Neil Armstrong (astronaute)

Charlie Duke vient donc de transmettre le feu vert de Houston. Immédiatement après, il indique « *6 plus 25. Réduction de puissance* » prévenant que dans quelques secondes, 6 minutes et 25 secondes après le début de la descente, l'ordinateur doit réduire automatiquement à 60% la puissance du moteur. Garman, d'une voix parfaitement calme, intervient auprès de Bales « *Nous avons une autre alarme 1202* ». Tandis qu'il donne cette information, Aldrin signale à son tour l'alarme : « *Encore la même alarme. On dirait que cela arrive lorsque nous avons un 16/68* ». Il veut dire qu'il vient à nouveau de taper « Verbe 16 Nom 68 » pour demander à l'ordinateur d'afficher les informations du radar d'atterrissage et en particulier la différence d'altitude, le DELTA-H. Aldrin commence à supposer que c'est le fait de taper cette séquence qui ramène l'alarme. Il n'a pas tort, le radar de rendez-vous est toujours en train de dévorer le processeur et la moindre sollicitation supplémentaire, comme taper une commande sur le clavier, suffit à provoquer l'alarme.

À peine a-t-il fini sa phrase que Bales donne déjà son feu vert « *C'est OK, nous allons surveiller son DELTA-H, FLIGHT* ». Aldrin n'a plus besoin d'interroger lui-même l'ordinateur, économisant, un peu de temps processeur. Immédiatement, Duke retransmet : « *Eagle, Houston, nous allons contrôler votre DELTA-H* » et quelques secondes plus tard, Armstrong s'interrogeant à ce sujet, Duke rajoute « *Le DELTA-H nous paraît bon* ».

Dans la foulée, Armstrong annonce : « *La réduction de poussée est dans les temps* ». L'ordinateur a commandé cette réduction juste au bon moment.

Les deux astronautes en sont satisfaits et Aldrin ajoute : « *On sent bien la réduction de poussée. Mieux que dans le simulateur* ». Mais, en réalité, ce n'est pas une si bonne nouvelle, car cela signifie que l'ordinateur ne s'est pas rendu compte que la trajectoire est trop longue comme Bales et Armstrong l'ont compris un peu plus tôt. Sinon il aurait différé la réduction de poussée pour continuer à freiner et viser à nouveau le point d'alunissage prévu. Le LM est à l'altitude de 7 300 mètres et fonce encore à une vitesse de 1 600 km/h. La dérive ne s'aggrave pas, les calculs de l'ordinateur et les informations du radar de descente convergent et Aldrin rajoute un autre point rassurant : « *L'AGS et le PNGS sont vraiment très proch*es ». Le système secondaire est en accord avec le primaire.

« *Partout dans ce pays et tout autour du monde, on regarde et écoute cette communication* » commente Cronkite pendant que sont retransmises des images de la foule figée devant des écrans géants à Kennedy Airport et Disneyland en Californie.

Charlie Duke confirme le bon déroulement : « À *7 minutes [depuis le PDI], pour nous, vous allez très bien Eagle.* ». Depuis qu'ils se sont retournés, le LM bascule peu à peu vers la verticale. Aldrin s'inquiète de la position de l'antenne radio directionnelle qui est toujours en mode SLEW (ne pas confondre avec le radar de rendez-vous) c'est-à-dire qu'il doit l'orienter manuellement pour garder le contact avec la Terre. « *OK, Je suis toujours sur SLEW et nous risquons de perdre le contact au fur et mesure que nous basculons. Je vais essayer de passer sur AUTO à nouveau et voir ce qu'il se passe* ». Buzz souhaite remettre l'antenne en mode automatique afin de ne pas risquer de perdre la communication dans la phase finale et pour se décharger ainsi d'une tâche qui pourrait le distraire. Quelques secondes plus tard, il confirme que son option semble correcte et Duke confirme à son tour. De son côté, Armstrong signale à son copilote qu'il commence à voir le sol lunaire.

Pendant ce temps, Bales et Garman ont continué à surveiller les opérations de l'ordinateur. Bales rapporte : « *Le nom 68 [il fait référence à l'instruction Verbe 16 Nom 68] pourrait bien être le problème. Nous pouvons surveiller le DELTA-H* ». Et Garman, d'une voix très décomposée, ajoute dans l'oreille de Bales « *Assurez-vous qu'il ne fasse RIEN à l'approche de P64* ». Bales et Garman tentent tout simplement d'aider l'ordinateur. Le programme P64 sera bientôt automatiquement déclenché avec pour effet d'incliner un peu plus le LM vers la verticale et de permettre à l'équipage de voir le sol. Ce point est appelé la « port haute ». Il est donc capital d'éviter toute surcharge supplémentaire pour l'ordinateur.

Un autre contrôleur se fait maintenant remarquer. Bob Carlton, CONTROL, suit la consommation en ergols. Il intervient sur le circuit de Kranz pour demander qu'on signale aux astronautes de se baser sur la jauge du réservoir numéro 2, qui lui paraît plus fiable. La prochaine étape est « la porte haute », c'est-à-dire , après la phase de freinage, le début de la phase d'approche. Le programme P63 cédera automatiquement la place au P64[169] et les deux pilotes verront de mieux en mieux le sol et, au loin, leur aire d'atterrissage. Normalement, Aldrin pourrait interroger l'ordinateur pour estimer combien de temps il reste, mais suivant la consigne il s'abstient. « *Houston, donnez-nous une estimation du temps avant le basculement* » demande-t-il.

« *Attendez, vous êtes bien à 8 minutes.* » répond Duke alors que Kranz demande déjà une estimation à Bales. Instantanément, il lui répond « *30 secondes du P64* ». « *Vous êtes à 30 secondes de P64* » relaie Duke.

« *Avons-nous toujours le radar d'atterrissage, GUIDANCE?* » demande Kranz.

« *Affirmatif* » Répond Bales. « *Est-ce que cela converge ?* » renchérit Kranz soucieux de savoir si les paramètres du PNGS et du radar se rapprochent. « *C'est parfait* » répond Bales. « *Est-ce que ça converge ?* » insiste Kranz. « *Oui* » répond Bales sur un ton un peu étonné.

« *P64* » annonce Armstrong. Eagle vole à 550 km/h à 2 170 mètres d'altitude, sa vitesse de descente est d'environ 40 mètres par seconde et il reste 8 kilomètres à parcourir. Ces paramètres évoluent rapidement. Quelques trente secondes plus tard, Armstrong s'adressant à Aldrin : « *OK, 5 000 [pieds=1 500m], 100 pieds par seconde c'est bon [vitesse de descente=30m/s]* », puis il rajoute « *Je vais vérifier le contrôle d'attitude... Le contrôle d'attitude est bon* » mentionnant qu'il a testé s'il pouvait prendre le contrôle en mode « maintien d'attitude ».

« *À tous les contrôleurs de vol, 20 secondes avant GO/NO GO pour l'atterrissage.* » avertit Kranz. En attendant, Duke rassure les deux hommes « *Eagle, vous êtes bien, on arrive à 9 minutes [du début de la descente]* ». Armstrong lui répond « *Le contrôle manuel d'attitude est bon* ».

---

[169]Apollo experience – mission planning for lunar module descent and ascent.

Kranz déclenche maintenant le dernier tour de table avant l'atterrissage. « OK, *tous les contrôleurs, GO/NOGO pour l'atterrissage. RETRO ?* »
Deiterich : « *GO* »
Kranz : « *FIDO* ? »
Greene : « *GO* »
Kranz : « *GUIDANCE*? »
Bales : « *GO* »
Kranz : « *CONTROL* ? »
Carlton : « *GO* »
Kranz : « *TELCOM* ? »
Puddy : « *GO* »
Kranz : « *GNC* ? »
Willoughby : « *GO* »
Kranz : « *EECOM* ? »
Aaron : « *GO* »
Kranz : « *SURGEON* ? »
Zieglschmid : « *GO* »
Kranz : « *CAPCOM Nous sommes GO pour l'atterrissage.* »
Duke : « *Eagle, Houston, vous êtes GO pour l'atterrissage*. »

Pendant que Kranz fait son tour de table, on entend, sur le circuit de communication des contrôleurs de la rangée système, la voix de Bob Nance, spécialiste de la propulsion, qui surveille le niveau de carburant et qui communique avec Carlton : « *La marge a l'air bonne. Nous sommes sur nos normes.* » Puis « *Neuf minutes [depuis PDI]. La marge est d'environ quatre [minutes] et demi* ». Nance est plutôt rassurant puisque sa projection lui indique qu'il y aura suffisamment de marge de carburant pour se poser. Mais il est trop optimiste, car il n'intègre pas que la trajectoire est plus longue que prévue et qu'un autre événement va venir perturber son évaluation.

À bord ,Neil annonce ses paramètres :

« *OK, 3 000 à 70* ». [altitude=1 000m; descente=21m/s]

Aldrin accuse réception du GO : « *Bien compris, GO pour l'atterrissage, 3 000 pieds* » et deux secondes plus tard rajoute « *Alarme de programme... 1201* ». Le code d'alarme résonne sur les circuits de communication au sol. Instantanément Bales réplique « *Même type, nous sommes GO, FLIGHT* » et Duke transmet immédiatement « *Nous sommes GO, même type, nous sommes GO* ». Cette fois, c'est le même code d'alarme que lors de la simulation du 5 juillet. Il a la même signification que le 1202. La différence réside uniquement dans le type de tâche que l'ordinateur cherche à lancer.

« *Donne-moi un LPD [sous-entendu un angle du LPD]* » demande Armstrong à Aldrin. Depuis le passage en programme P64, Armstrong voit le sol et le système LPD peut être utilisé. Le commandant demande un relevé d'angle pour évaluer où l'ordinateur les mène. « *47 degrés* » répond Aldrin après avoir interrogé l'ordinateur. Lors du débriefing de la mission, Armstrong déclara : « *Nous pouvions voir la zone d'atterrissage pointée par le LPD qui nous indiquait que nous allions nous poser près d'un grand cratère entouré d'un champ de gros rochers qui couvraient une grande partie de la surface. Je pensais initialement que cela aurait pu être une bonne zone d'atterrissage si nous pouvions nous arrêter très près de ce cratère parce que cela aurait eu plus d'intérêt scientifique. En continuant à surveiller le LPD, il devint évident que nous ne pourrions pas trouver une zone suffisant sûre à proximité.* [170]»

« *47. Ça n'a pas l'air mal comme zone... 1 000 [altitude=300 m] à 30 [en descente=9m/s]. C'est bon. Quel LPD ?* » demande Armstrong à Aldrin. Duke confirme la situation « *Eagle, ça se présente bien. Vous êtes GO* ».

Après quelques secondes de silence sur tous les circuits, Garman lance à nouveau « *Nous avons une nouvelle alarme 1202* ». Duke n'attend même plus l'avis de Bales : « *1202, nous enregistrons* ».

À bord du LM, le regard d'Armstrong ne quitte plus le sol et celui d'Aldrin, l'affichage de l'ordinateur et des instruments. Désormais, il transmet en permanence les valeurs de LPD, d'altitude et vitesse de descente.

Aldrin :

« *35 degrés, 750, descente à 23* »
[LPD=35°; altitude=228m; descente=7m/s]

« *Nous avons une autre alarme 1202* » prévient Garman mais personne ne reprend et Aldrin continue.

« *700 pieds, descente à 21, 33 degrés* »
[altitude=213m; descente=6m/s, LPD=33°]

Armstrong commence à avoir des inquiétudes sur la zone d'atterrissage en s'adressant à Aldrin , il dit « *Jolie zone rocailleuse* ».

---

[170]Apollo 11 technical crew debriefing - § 9.2.24.

Aldrin : « *600 pieds, descente à 19* »

[altitude=180m; descente=6m/s]

Désormais certain que la zone vers laquelle l'ordinateur les conduit n'est guère accueillante Armstrong dit à Aldrin, sans terminer sa phrase : « *Je vais...* ». Au même instant, dans les oreilles des contrôleurs, Carlton lance « *attitude hold* », qui signifie qu'Armstrong vient de prendre le contrôle manuel de son vaisseau. Dans cette configuration, il contrôle avec sa main droite le petit manche (ACA) qui lui permet d'agir sur l'attitude du LM tandis que l'ordinateur contrôle la vitesse de descente.

Neil Armstrong a eu beau dire à diverses reprises que le mérite d'Apollo 11 revenait aux 400 000 personnes qui ont travaillé sur le projet, lorsqu'il décide de piloter lui même le LM, il endosse toute la responsabilité du succès ou de l'échec. Personne encore n'avait piloté un appareil en rase-cratères au-dessus d'un autre monde. Le plan de vol prévoyait qu'il pilote, éventuellement, en dessous de 50 mètres, il est encore à 150 mètres. Comme le dit Norman Mailer dans son livre « Bivouac sur la Lune[171] », il est le général des forces de la technologie. Tout ce qui suit va dépendre de sa dextérité de pilote, de ses compétences d'ingénieur, de son jugement d'homme. Armstrong est en train de réaliser son destin et, comme tout au long de sa vie, le prendre en main.

[171]Mailer/Bivouac sur la Lune - p 256.

Chapitre neuf

Attraction lunaire

Le destin bat les cartes, mais c'est nous qui les jouerons.
Bernard Moitessier (navigateur)

Neil Armstrong est né le 5 août 1930 à Wakaponeta dans l'Ohio. Buzz Aldrin et Mike Collins sont nés la même année. Pour être du premier équipage à se poser sur la Lune, il fallait être né en 1930 ! L'aviation avait une trentaine d'années et les avions les plus rapides dépassaient de peu les 500 km/h et les plus hauts, 10 kilomètres d'altitude. Pour aller sur la Lune, il fallait multiplier cette vitesse par 80 et cette altitude par 40 000 ! Quarante années ont suffi pour atteindre de tels scores, pendant lesquels le nom de Neil Armstrong a marqué l'Histoire de l'aviation et de l'astronautique et s'est inscrit définitivement dans l'Histoire de l'Humanité après un parcours unique des plaines de l'Ohio à celles de la mer de la Tranquillité. Durant les années trente, nul doute que pour un jeune garçon, puis adolescent, il devait être difficile de s'imaginer conquérir la Lune autrement qu'en lisant les romans de Jules Verne. Mais contrairement à ce qu'avait imaginé l'écrivain, la conquête de la Lune ne se fera pas avec de l'artillerie lourde, canonnant des obus vers l'espace, mais avec des fusées et des vaisseaux spatiaux commandés par des pilotes d'avion. Justement, le jeune Neil était passionné d'aviation. « *J'ai commencé à m'intéresser à l'aviation probablement vers huit ou neuf ans. J'étais influencé par ce que je lisais ou voyais de l'aviation et je construisais des maquettes d'avions. (...) Je voulais me diriger vers cela, bien que mon intention était d'être, ou espérait d'être, un concepteur d'avions. Plus tard, je me suis mis au pilotage parce que je pensais qu'un bon concepteur se devait de connaître les aspects opérationnels d'un avion* » se rappellera plus tard

Neil Armstrong[172]. Le 5 août 1946, le jour de son seizième anniversaire, il obtient son brevet de base de pilote qui lui permet de voler sans passager sur avion à moteur. Il tenait là la première clé de son destin lunaire.

En 1947, Armstrong commence son cycle universitaire à l'université de Purdue pour obtenir un « Bachelor of sciences » en aéronautique, normalement réalisé en quatre ans. En fait, il postula, et fut sélectionné, pour un programme de l'aéronavale américaine (U.S Naval Aviation College Program aussi appelé plan Holloway). En contrepartie du financement de ses études, il s'engageait pour sept ans, les deux premières années d'études, trois ans de service dans l'aéronavale, puis les deux dernières années d'études. Percevant le risque de guerre en Corée, l'aéronavale américaine anticipa le rappel des bénéficiaires du plan Holloway. Ainsi le jeune Neil fut appelé en service actif après seulement un an et demi d'études[173] et commença sa formation de pilote de l'aéronavale en 1949.

En juin 1950, la guerre de Corée éclata et Armstrong fut envoyé au front à bord du porte-avions USS Essex au sein de l'escadron VF-51, surnommé les « aigles hurleurs ». Son avion était un F9F Panther construit par la société Grumman, celle qui, plus tard, construisit le LM. Très vite Armstrong fut confronté aux risques de la guerre. Lors de sa septième mission, le 3 septembre 1951, il volait à basse altitude quand il heurta un câble tendu par les Nord-Coréens pour perturber l'évolution des avions américains. Il y laissa environ deux mètres de son aile droite. Il parvint à maintenir son avion en vol, mais les dégâts occasionnés ne lui permettaient plus de réaliser un atterrissage en sécurité. De plus, il survolait le territoire ennemi et, s'il s'était éjecté immédiatement, il aurait était fait prisonnier pendant des années, éventuellement tué. La situation était critique, le destin lunaire s'éloignait. Le jeune pilote conserva son sang-froid et, au risque de perdre le contrôle de son avion, il se dirigea vers les lignes amies. Une fois du bon côté, il décida de s'éjecter au-dessus d'une baie non loin d'un terrain d'aviation tenu par les Marines. Mais le vent le ramena vers la côte. Lorsque ses pieds touchèrent le sol, son destin était à nouveau dans l'axe de la Lune. Peut-être avait-elle joué de son influence sur les éléments pour lever le petit vent qui le ramena à Terre, l'éloignant de la baie dans laquelle il prévoyait de tomber et qui était truffée de mines[174].

---

[172]Armstrong/NASA oral history.
[173]Armstrong/NASA oral history.
[174]Hansen/First Man – p.95.

Armstrong réalisa 78 missions[175] pendant son engagement en Corée, puis il revint aux États-Unis en 1952 pour terminer ses années d'études à Purdue. Il décrocha son diplôme en janvier 1955 et obtint ainsi un nouveau sésame vers la Lune, car, quelques années plus tard, un diplôme d'études supérieures et 1500 heures de vol sur avion à réaction seront exigés pour le recrutement des astronautes de la NASA. Pour obtenir les heures de vol, le choix d'Armstrong allait faire de lui un des pilotes les plus pointus de son pays, et même du monde. Il choisit de rentrer comme pilote d'essai à la NACA (National Advisory Committee for Aeronautics) qui deviendra, en octobre 1958, la NASA. Plus que pilote d'essai, il était ce que les Américains appellent « research pilot », pilote expérimental ou encore pilote-chercheur. Il ne s'agissait pas simplement de tester des avions pour les mettre au point, mais d'explorer des domaines de vol aux frontières du connu, aux limites de la technologie, plus vite et plus haut que tout ce qui volait à l'époque. C'est ainsi, qu'il rejoint la base d'Edwards dans le désert californien, la Mecque de tous les pilotes d'essai et qu'il devint un des pilotes du plus fabuleux avion de ces années, et pour longtemps après, le X-15. Cet avion, ou plutôt avion-fusée, pas très grand, noir, équipé de petites ailes delta et d'un moteur-fusée surpuissant, fut l'ancêtre direct de la navette spatiale, plus de vingt ans auparavant. Il décollait accroché sous l'aile d'un bombardier B-52 qui le larguait à une altitude de 15 000 mètres. Le pilote du X-15 allumait sa fusée et se ruait à l'assaut du ciel le haut et le plus vite possible. Au sommet de la parabole, il piquait à nouveau vers le sol et venait se poser sur un des lacs asséchés du désert de Mojave, sur des skis ! Après quelques années et des versions successives de plus en plus puissantes, le X-15 atteint la vitesse de 7 272 km/h (le 3 octobre 1967) et dépassa l'altitude de 107km (le 22 août 1963). Dépassant l'altitude de 100 kilomètres, il volait dans l'espace. Il fut le premier engin à monter dans le vide spatial et à revenir se poser, entier, sur Terre. Cet avion permit de faire de grands progrès dans la connaissance du vol hypersonique, l'échauffement aérodynamique, le pilotage hors de l'atmosphère et les techniques de rentrée atmosphérique. Tous les vaisseaux spatiaux américains qui suivirent lui doivent quelque chose[176].

Neil Armstrong n'atteindra pas ces records. Il dépassa légèrement l'altitude de 68 km, le 20 avril 1962, et la vitesse de 6 418 km/h[177] le 27 juin

[175]NASA/Biographie d' Armstrong.
[176]X15 hypersonic research.
[177]Hansen/First man - p.78 et 204.

1962, lors de son dernier vol à bord du X-15. Pour la Lune, il fallait encore multiplier l'altitude par environ 5800 et la vitesse par 6. Un seul choix permettait d'atteindre ces valeurs records : rejoindre le programme spatial. En février 1962, John Glenn avait été mis orbite autour de la Terre. Sa vitesse atteignait environ 28 000 km/h ! Forte de ce succès, la NASA lança le recrutement d'un deuxième groupe d'astronautes. L'histoire de la candidature d'Armstrong est une preuve supplémentaire de la fragilité du destin d'un homme. En effet, la date limite de dépôt des candidatures était fixée au 1er juin 1962. Celle d'Armstrong arriva une semaine trop tard. Fin du voyage lunaire.

Mais, l'homme qui était chargé à la NASA d'organiser le recrutement des astronautes était Walt Williams, directeur des opérations en vol. Quelques années plutôt, de 1946 à 1959, il était le chef du NACA High Speed Flight Station à Edwards, en somme le patron d'Armstrong. Williams était impressionné par Armstrong et souhaitait qu'il intègre le programme spatial. Ce que savait bien son assistant Dick Day, le secrétaire du comité de sélection. Or, il avait travaillait avec Armstrong et l'appréciait aussi beaucoup. En sa qualité de secrétaire, c'est lui qui recevait les dossiers. Il donna un petit coup de pouce au destin en faisant passer le dossier retardataire sur la bonne pile[178]. Par ce petit vol de quelques centimètres, Day offrait à Armstrong un fabuleux voyage. Après avoir évité la mort en Corée, Armstrong venait d'échapper au pilon et fut sélectionné dans le groupe des neuf nouveaux astronautes parmi 253 candidatures[179]. Le 17 octobre 1962, la liste des nouveaux héros fut annoncée à la presse et le soir même ce furent les parents d'Armstrong qui annoncèrent le nouveau statut de leur fils dans un jeu télévisé « J'ai un secret » sur la chaîne CBS[180]. Il s'agissait pour quatre célébrités de deviner le secret des candidats. Après quelques questions, une des invités[181] devina le secret et le présentateur, Garry Moore, annonça « *Monsieur et Madame Armstrong sont très heureux et fiers, et sont encore sous le choc, parce que cet après-midi, à 15 heures, leur fils a été nommé parmi les nouveaux astronautes de l'Amérique* ». Comme la liste venait tout juste d'être annoncée, qu'une telle émission se prépare plusieurs jours avant et qu'on peut penser que ce n'est probablement pas les parents Armstrong qui

[178]Hansen/First man p.195.
[179]Slayton/DEKE – p.119.
[180]CBS/ I've got a secret.
[181]L'actrice Betsy Palmer.

ont postulé spontanément pour l'émission, il est évident que la NASA a organisé tout cela, ce qu'on appellerait aujourd'hui un plan de communication. Nous ne sommes encore qu'à l'automne 62, les vols Gemini n'ont pas encore commencé, on ne peut même pas imaginer comment les équipages seront composés pour Apollo, et Moore pose une question, peut-être prémonitoire, aux parents du nouveau héros national : « *Madame Armstrong, si cela arrive et, bien sûr, personne ne sait, mais si cela arrive, que votre fils soit le premier homme sur la Lune ? Comment vous sentirez-vous ?* » Viola Armstrong répondit « *Je suppose que je dirai juste, que Dieu le protège et je lui souhaiterai bonne chance.* »

Le premier octobre, Neil Armstrong était à Houston pour commencer son entraînement. Donald Slayton lui donna sa première affectation comme commandant de bord de l'équipage de réserve pour la mission Gemini V, en compagnie d'Elliot See, l'autre civil de la nouvelle bande des neuf. Selon le plan de roulement des équipages que Slayton avait mis en place, un équipage de réserve devenait équipage principal trois missions plus tard. Donc le duo Armstrong-See devait être l'équipage principal de la mission Gemini VIII. Malheureusement, le 28 février 1966, Elliot See se tua aux commandes d'un avion. Cependant, Slayton ne l'avait pas sélectionné pour Gemini VIII, car il ne le considérait pas prêt pour effectuer la sortie extravéhiculaire prévue[182]. C'est David Scott qui occupa la place de copilote aux côtés de Neil Armstrong et ils firent ensemble leur baptême de l'espace le 16 mars 1966.

La mission commença bien puisqu'ils réaliseront le premier amarrage de l'histoire de l'astronautique, juste avant que les choses tournent mal, lorsque le vaisseau Gemini se mit à tourner sur lui-même à raison d'un tour par seconde. Le contrôle d'attitude ne permettait pas de stopper cette rotation endiablée et chaque tour annonçait une fin tragique, une autre histoire dans laquelle Armstrong et Scott n'auraient plus été que des noms sur une plaque commémorative déposée, par d'autres, sur la Lune. Mais, comme en Corée, alors que la vision des deux hommes commençait à se troubler[183], le tempérament calme d'Armstrong permit de rétablir la situation quand il eut la présence d'esprit d'utiliser le système de contrôle et de freinage pour la rentrée atmosphérique pour contrecarrer la rotation. Armstrong retombait dans le champ d'attraction de la Lune.

---

[182]Slayton/DEKE – p.167.
[183]Kraft/Flight – p.255.

Armstrong fut à nouveau désigné pour l'équipage de réserve de Gemini XI. Puis arriva Apollo. L'incendie qui tua Grissom, White et Chaffee au début de 1967 conduisit à une redistribution des cartes du destin. En effet, Donald Slayton, qui appréciait beaucoup Grissom, dira plus tard : « *Une chose aurait été différente si Gus avait vécu. Le premier gars à marcher sur la Lune aurait été Gus Grissom, pas Neil Armstrong*[184] ». Compte tenu de l'enjeu que représentait la première marche lunaire, rien ne dit que les responsables de la NASA auraient suivi le choix de Slayton. D'ailleurs ils n'hésitèrent pas à le contredire, plus tard, pour Apollo 17, l'ultime mission vers la Lune. Slayton avait choisi un équipage formé d'Eugene Cernan, Ron Evans et Joe Engle, tous les trois pilotes, alors que, pour cette dernière mission, les patrons de la NASA souhaitaient faire voler un des scientifiques du dernier groupe d'astronautes. Joe Engle, pilote de X-15, fut remplacé par Harrisson Schmitt, pilote débutant, mais brillant géologue[185].

Si le choix avait pu se porter sur Grissom, l'homme qui vit sa capsule Liberty Bell 7 couler devant lui, l'homme capable d'autodérision en baptisant son vaisseau Gemini du nom de « l'insubmersible Molly Brown », n'aurait probablement pas manqué de faire un peu d'humour quand on lui aurait dit que, même sur la Lune, il devait poser son engin dans une mer, celle de la Tranquillité.

Après la remise à plat qu'impliqua le drame d'Apollo 1, les vols habités commencèrent avec Apollo 7. Armstrong fut affecté, en tant que commandant, à l'équipage de réserve d'Apollo 9 en compagnie de Buzz Aldrin et Jim Lovell. Frank Borman, Bill Anders et Mike Collins formaient l'équipage principal. À cause d'un problème au cou, Collins dû déclarer forfait et c'est Lovell qui prit sa place en tant que pilote du module de commande. L'équipage de réserve fut complété par Fred Haise.

Comme tous les astronautes, plus particulièrement les commandants et pilotes de LM, Armstrong, s'entraînait sur le LLTV, le simulateur du module lunaire. Le 6 mai 1968, lors de son 21e vol à bord de ce drôle d'engin, il en perdit le contrôle en raison d'un problème technique. Le LLTV s'écrasa au sol et Armstrong put s'en éjecter in extremis, indemne. Une fois de plus, dans une fraction de seconde, Armstrong est sorti puis revenu dans l'orbite de la Lune.

---

[184]Slayton/DEKE – p.191.
[185]Cernan/The last man on the Moon – p.273.

Dans son livre « Rêves d'étoiles », le spationaute Jean-Loup Chrétien cite un pilote d'essai qui disait : « *Chaque pilote naît avec un grand sac de sable, et chaque fois qu'il passe un moment de grand danger, il vide un peu son sac. Le tout est de savoir à temps quand le sac est presque vide* [186] ». Manifestement le sac de sable de Neil d'Armstrong était particulièrement rempli. Il allait en avoir besoin, car, en août 1968, les choses se précipitèrent.

Du fait des retards dans la mise au point du LM et des nécessités de la course USA-URSS, les missions 8 et 9 furent inversées et leur équipage aussi. L'objectif d'Apollo 8 fut redéfini, il s'agirait de faire le premier tour de la Lune. Le 23 décembre 1968, tandis que le module de commande d'Apollo 8 s'approchait de la Lune, Slayton proposa à Armstrong de prendre le commandement d'Apollo 11, qui, si les missions 8, 9 et 10 se déroulaient bien, serait la mission G, celle de la première tentative d'alunissage [187]. Le lendemain Armstrong donna une réponse positive. Restait à choisir les autres membres de l'équipage. Mike Collins, après une opération de son cou, était à nouveau apte et il fut choisi comme pilote du module de commande. Buzz Aldrin faisant aussi partie de l'équipage de réserve d'Apollo 8, la logique voulait qu'il soit aussi d'Apollo11. Mais Slayton avait des doutes sur Aldrin, car il n'était pas apprécié de tous. De son côté, Armstrong souhaitait le garder, considérant qu'il travaillait correctement avec lui. Le 6 janvier, Slayton confirma aux trois hommes leur affectation sur la mission Apollo 11 [188] et, le 9 janvier, l'annonce fut faite à la presse[189]. Le lendemain on pouvait lire dans un article du Washington Post : « *Les premiers astronautes américains qui tenteront le périlleux atterrissage sur la Lune ont été désignés hier (...). La NASA a fait son annonce-surprise à peine quelques heures après la conférence de presse des astronautes d'Apollo 8 (...) En juillet ou en août, au plus tôt le 11 juillet, Apollo 11 ira vers la Lune pour se poser et y séjourner jusqu'à 24 heures*[190] ».

En parcourant l'histoire de Neil Armstrong, on peut avoir l'impression que c'est une bonne dose de chance qui finalement l'a placé dans le siège du

---

[186]Chrétien/Rêves d'étoiles – p.39.
[187]Hansen/First Man – p.338.
[188]Slayton/DEKE – p.224.
James Hansen donne la date du 4/01 dans First Man. Mais la date de Slayton semble plus plausible, car, d'une part il y assistait, et d'autre part, le 4 était un samedi et le 6 un lundi, jour plus propice pour une telle annonce.
[189]Collins/Carryng the fire – p.312.
[190]Washington Post/Moon flight.

commandant d'Apollo 11. En réalité, l'association de sa personnalité calme, de ses compétences élevées d'ingénieur et de ses qualités de pilote constituait des facteurs prédisposant qui, la plupart du temps, ont pris le dessus sur le simple facteur chance. Ses qualités étaient connues et reconnues et il intimait du respect et de la confiance à ses collègues de travail, qui diront de lui :

Mike Collins : « *Neil était de très loin le plus expérimenté des pilotes d'essai parmi les astronautes, et Buzz le plus érudit, spécialement au sujet des rendez-vous. Mais cela ne signifiait pas que Neil n'était que pragmatique et Buzz que théoricien. Parmi la douzaine de pilotes d'essai qui ont volé sur le X-15, Neil était considéré comme un des moins bons dans le maniement du manche, mais le meilleur quand il s'agissait de comprendre la conception de la machine et sa façon de fonctionner. Buzz, loin d'être un reclus universitaire, était un formidable athlète, un sauteur à la perche et un tueur de MIG en Corée. À eux deux, au moment de se poser, ils portaient une formidable somme de talents*[191] ».

Charlie Duke : « *J'ai toujours eu énormément de respect pour Neil Armstrong. C'est certainement l'homme le plus calme en situation de stress avec lequel j'ai eu le privilège de voler.*[192] »

Aldrin : « *Personne ne lui arrive à la cheville en la matière.*[193]»

Chris Kraft : « *Neil était Neil. Calme, tranquille, un sourire doux et une confiance absolue.* [194]»

David Scott : « *Neil n'était jamais autoritaire, mais il était clair que lorsqu'il voulait que quelque chose soit fait, cela devait être fait. Il n'était jamais impulsif, toujours attentionné, et vous pouviez être sûr que lorsqu'il discutait quelque chose, il avait travaillé son sujet. Il était aussi si compétent techniquement et avait une telle compréhension des questions d'ingénierie, qu'il pouvait vous expliquer ce qui devait être fait dans des termes clairs et concis.*[195]»

Gene Kranz : « *Pendant toute la préparation de la mission, j'étais*

---

[191]Collins/Carryng the fire – p.314.
[192]Documentaire « Dans l'ombre de la Lune ».
[193]Documentaire « Dans l'ombre de la Lune ».
[194]Kraft/ Flight -. p.313.
[195]Scott/Two sides of the Moon – p.152.

complètement stupéfait par combien il était tranquille, combien il était calme. Nous avions des débriefings, et généralement, c'était essentiellement Buzz qui parlait (...). C'était un gars qui savait qu'il était destiné à faire ce travail. Et je crois, encore, qu'il croyait que, depuis le jour de sa naissance, c'était un travail qu'il était seul a pouvoir faire. Je pense que toute personne qui a travaillé avec Neil avait un tel respect pour la confiance tranquille qu'il dégageait et son incroyable professionnalisme.[196] »

À côté de ce cortège d'éloges, on ne peut éviter de citer une opinion très discordante. Celle de Charles Yeager, dit Chuck, célèbre pilote qui fut le premier à passer le mur du son, le 14 octobre 1947, à bord d'un avion Bell X-1. Il a connu Armstrong alors pilote d'essai pour la NACA sur la base d'Edwards. Dans son autobiographie, les mots de Yeager ne sont pas tendres et même parfois moqueurs. « *Neil Armstrong peut avoir été le premier astronaute sur la Lune, mais il était le dernier gars à Edwards à prendre un quelconque conseil d'un pilote militaire*[197] » dira-t-il. Il raconte notamment une sortie en compagnie de Neil Armstrong, à bord d'un Lookeed T-33, avion biplace, afin de faire une reconnaissance des pistes de secours sur les lacs asséchés de la zone de tests. Après les fortes pluies des semaines précédentes, il s'agissait de vérifier si la surface d'un de ces lacs était redevenue suffisamment dure pour supporter la masse des avions qui pourraient s'y poser en cas de problème. Yeager affirme qu'il avait dûment prévenu Armstrong de ne pas tenter de s'y poser, car le terrain restait très boueux. Armstrong serait passé outre ce conseil et tenta un touch-and-go[198] qui se termina par une immobilisation de l'avion dans la boue. La version d'Armstrong est quelque peu différente puisqu'il dit que Yeager ne l'avait absolument pas prévenu de la situation. Pour juger de l'objectivité des deux versions, on peut remarquer que Yeager, pilote militaire, ne portait pas dans son cœur les pilotes civils de la NACA, puisqu'il en fera d'autres portraits peu flatteurs[199]. En revanche, dans le même livre, Yeager est très élogieux pour David Scott, pilote militaire et futur copilote d'Armstrong lors de la mission Gemini VIII, celle qui faillit mal tourner lorsque la capsule fut prise d'un mouvement de toupie. Yeager, qui n'y était pas, laisse supposer que c'est

[196]Kranz/NASA oral History – 28-4-1999.
[197]Yeager/autobiographie – p.229.
[198]Manoeuvre consistant à poser les roues sur la piste puis à remettre les gaz pou redécoller.
[199]Yeager/autobiographie – p.228.

David Scott qui aurait brillamment rétabli la situation[200]. Or, toutes les versions de cette mésaventure, y compris celle de Scott, mentionnent que c'est Armstrong qui a repris le contrôle du vaisseau.

Dans son livre « l'étoffe des héros », Tom Wolfe dépeint les astronautes comme des frimeurs, motivés par la seule ambition d'atteindre le sommet de la pyramide des pilotes (la ziggourat, dit-il même), où trônait, jusqu'à la fin des années 50, Charles Yeager. Armstrong était animé d'un état d'esprit très différent et pourtant, dans son LM, à moins de 200 mètres du sol lunaire, il est tout proche du sommet de cette pyramide.

[200]Yeager/autobiographie – p.340.

Chapitre dix

Poser un (deux) homme(s) sur la Lune

Plus nous pénétrons dans l'inconnu, plus il nous semble immense et merveilleux.
Charles Lindberg (aviateur)

« *Je pense que je ferais mieux de rester silencieux, FLIGHT* » annonce Duke. En cela, il suit le conseil que vient de lui donner Slayton assis à côté de lui. Il pense qu'il parle trop et que désormais, il vaut mieux se contenter d'écouter les commentaires d'Aldrin. Slayton tape sur le bras de Duke et lui dit, directement, « *Tais-toi* ! »[201]. Kranz acquiesce et demande à tous les contrôleurs : « À *partir de maintenant, uniquement les annonces concernant le carburant* ».

Pendant ce temps, Armstrong est passé en programme P66 à l'altitude 140 mètres, c'est-à-dire qu'il contrôle maintenant sa vitesse verticale grâce à l'interrupteur de contrôle du taux de descente (le ROD). De son côté, Aldrin continue à rapporter ses paramètres, son altitude, sa vitesse de descente et sa vitesse horizontale en pieds par seconde :
« *OK, 400 pieds, en descente 9, 58 en avant.* » [altitude=120m; descente=3m/s; en avant=63km/h]
« *350 pieds, en descente 4* » [altitude=106m;descente=1,2m/s]

Cela fait déjà 25 secondes qu'Armstrong pilote son engin pour sauter un large cratère vers lequel le système de navigation les envoie directement. « *nous sommes bloqués en vol horizontal* » commente Aldrin. Pendant quelques secondes le LM ne descend quasiment plus, un petit vol horizontal qui coûte cher en carburant. Puis la descente reprend.

---

[201] Slayton/DEKE – p.244.

Aldrin : « *300 pieds, descente 3 et demi, 47 en avant.* » [altitude=100m; descente=1m/s; en avant=14m/s]

« *un et demi en descente*» [descente=0,5m/s]

Armstrong, d'une voix étonnamment calme, demande à Aldrin : « *OK, où en est le carburant ?* », « *8 pour cent* » répond Buzz.

Les yeux rivés sur le terrain, Armstrong cherche toujours le bon emplacement dépourvu de rochers qui pourraient faire basculer le vaisseau. « *Ça semble un bon emplacement ici* ».

Aldrin : « *Je vois l'ombre là dehors.* »

« *250, en descente à 2 et demi, 19 en avant.* »

[altitude=76m; descente=0,75m/s; en avant=5,8m/s]

« *Voyants d'altitude et de vitesse.* »

Ces voyants s'allument, car durant un bref instant, le radar d'atterrissage a perdu la Lune et l'ordinateur n'obtient plus les valeurs de vitesse et d'altitude.

« *3 et demi en descente, 220 pieds,13 en avant* »

[descente=1m/s;altitude=67m; en avant=4/s]

Simultanément Kranz, une main agrippée sur une des poignées qui encadrent son écran et l'autre torturant son stylo[202], réalise que la limite de carburant est proche. « *Au lieu de se déplacer lentement à l'horizontale, il se déplaçait très rapidement, 10 à 15 pieds par seconde [18 km/h]. Nous n'avions jamais vu quiconque voler comme ça à l'entraînement*[203] ». Puis il s'adresse directement à Carlton : « *OK, Bob, je m'attends à vos annonces bientôt.* »

Aldrin : « *11 en avant. On descend doucement.* » *[en avant=3,3m/s]*

« *On va droit au-dessus de ce cratère.* » mentionne Armstrong désignant le cratère qui sera par la suite baptisé « petit cratère Ouest ».

Aldrin : *« 200 pieds, 4 et demi en descente. »*

[altitude=61m; descente=1,4m/s]

« 5 et demi en descente. » [descente=1,67m/s]

---

[202]Kranz/Failure is not an option – p.290.

[203]Kranz/Nasa Oral history -8-1-1999.

Armstrong : « J'*ai trouvé un bon emplacement.* »

Aldrin : « *160 pieds, 6 et demi en descente* »
[altitude=50; descente=2m/s]

« *5 et demi en descente, 9 en avant. Tu as l'air bien* »
[descente=1,67m/s;en avant=2,7m/s]

Dans le même temps, Bob Nance avertit Bob Carlton : « *Low level* », niveau bas. Immédiatement, d'une voix parfaitement calme, Carlton répercute la mauvaise nouvelle vers Kranz qui reprend « Niveau bas ». Duke ne bronche pas, bien conscient lui aussi qu'il reste l'équivalent de 116 secondes en vol stationnaire dans les réservoirs. La situation est très tendue, car 20 secondes de carburant doivent être préservées pour déclencher un abandon, c'est-à-dire le temps nécessaire pour l'activation du moteur du premier étage, afin de relancer Eagle dans l'espace. Il reste donc en réalité environ 96 secondes d'autonomie avant que Carlton réclame un ABORT. Or, le LM n'est pas en vol stationnaire et Armstrong agit en permanence sur les moteurs. Pendant les simulations, Bob Nance s'était fait une spécialité d'apprécier, en temps réel, la consommation en fonction des commandes du pilote [204]. Lorsqu'il augmente les gaz, la consommation augmente, lorsqu'il les réduit, la consommation baisse. Maintenant, il fait ses calculs « pour de vrai ». Pendant les simulations, jamais les conditions n'avaient été aussi critiques. Le LM avait toujours atterri avec une grande marge. « *Dans toutes les simulations, nous avions environ trois minutes de marge* » précisera plus tard Bob Carlton [205]. Désormais, toutes les technologies de pointe déployées ne suffisent plus. Nance fait ses calculs mentaux et Carlton a déclenché un banal chronomètre dont l'aiguille avale déjà les secondes. S'il doit faire l'annonce redoutée, il doit tenir compte de la fraction de seconde nécessaire à Bob Nance pour lui communiquer l'information, la fraction de seconde nécessaire, pour qu'il retransmettre l'information à Kranz, la fraction de seconde nécessaire à Kranz pour décider, puis la fraction de seconde nécessaire à Charlie Duke pour envoyer l'ordre d'abandon, et enfin la bonne seconde de transit entre la Terre et la Lune. Afin d'avoir des repères, il a collé sur son chronomètre un morceau de ruban adhésif sur lequel il a tracé un repère pour

[204] Kranz/Failure is not an option – p.291.
[205] Documentaire « Le premier homme sur la Lune ».

le passage à 60 secondes, un autre à 30 et un dernier qui marque ce que les contrôleurs appellent l'annonce « bingo », l'abandon[206].

Quand « niveau bas» vient sonner dans l'oreille de Kranz, Eagle est déjà passé en dessous de 200 pieds (60 mètres) et il est déjà dans la zone de l'homme mort[207], c'est-à-dire que, dorénavant, si le moteur s'éteint, le module lunaire touchera la surface lunaire... plus ou moins bien.

> « *120 pieds* » [altitude=36m] continue Aldrin.
> « *100 pieds, 3 et demi en descente, 9 en avant. 5 pour cent.* »
> [altitude=30m; descente=1m/s; en avant=2,7m/s]

Aldrin signale qu'il a vu sur son tableau de bord le voyant de carburant allumé. Il lui indique qu'il reste cinq pour cent de carburant, confirmant l'information que Nance et Carlton donnaient un peu plus tôt. Désormais, les deux astronautes ont toutes les données du problème en main.

Soudainement, sur la RAI, Tito Stagno s'écrit « *GO* », se retourne, pour regarder derrière lui, vers une cabine de traduction simultanée, comme pour demander une confirmation, puis il s'écrit « *Ha toccato !* », il s'est posé. Tout le studio applaudit et Stagno annonce l'heure de l'alunissage en Italie et aux États-Unis et délivre une tirade sur la présence d'un engin habité par des hommes sur une autre planète. Il n'entend même pas Ruggero Orlando, l'envoyé spécial à Houston qui l'appelle et dit « *Non, non, il n'est pas posé* », ni même Aldrin qui continue son énumération des paramètres. Puis il rappelle Orlando, qui confirme que ce n'est pas encore fini. S'engage ensuite une polémique entre les deux hommes, Stagno se trouvant tout bête et continuant à affirmer que si, il l'a bien entendu, ils sont posés, sans réaliser que la descente continue[208].

« *OK, 75 pieds et ça à l'air bon. Un demi en descente, 6 en avant.* » continue Aldrin. [altitude=23m;descente=0,15m/s,en avant=1,8m/s.]

Cela fait douze minutes que la descente a commencé et les calculs de Nance sont impitoyables. « *60 secondes* » annonce-t-il. « *60 secondes* » reprend Carlton pour Kranz qui accuse réception et enfin Duke, cette fois, ouvre son micro pour informer l'équipage. Le bip d'ouverture de son micro, que l'on n'avait plus entendu depuis trois minutes, tinte à nouveau sur les ondes « *60 secondes* ». La planète est en apnée collective. Ce qui n'empêche

---

[206]Carlton/NASA oral History project.
[207]Cernan/The last man on the Moon – p.318.
[208]RAI/L'Uomo sulla Luna.

pas Jean-Pierre Chapel d'avoir bien capté le message de Duke, qu'il traduit ainsi : « *Dans une minute très exactement* ». Toutes les altitudes annoncées par les quatre commentateurs français s'avèrent exactes. De leur côté, et simultanément, les chaînes américaines, qui ont choisi de diffuser une animation, ont un petit problème : le LM y est déjà posé ! Les commentateurs ont bien compris que ce n'est pas le cas, mais n'expliquent pas la situation à leurs téléspectateurs[209] qui devront désormais se contenter des échanges bruts entre Houston et la Lune.

« *Voyant allumé* ». Il s'agit à nouveau du voyant qui signale un hoquet du radar de descente alors que l'engin est à moins de vingt mètres du sol.

« *60 pieds, 2 et demi en descente.* »
[altitude=18m; descente=0,75m/s]

« *2 en avant... 2 en avant, c'est bon.* » [en avant=0,6m/s]

« *40 pieds, 2 et demi en descente. Nous soulevons de la poussière.* »
[altitude=12m;descente=0,76m/s]

La poussière soulevée ne forme pas un nuage comme dans l'atmosphère terrestre. Dans le vide spatial, les grains de poussière fusent en lignes droites et modifient les références des deux pilotes et leur perception des mouvements réels.

« *30 pieds, 2 et demi en descente, légère ombre.* »
[altitude=9m;descente=0,76m/s]

« *4 en avant ....4 en avant. Nous dérivons légèrement vers la droite* »
[en avant=1,2m/s]

« *30 secondes* » signale Carlton. « *30 secondes* » répète Kranz. Biiip « *30 secondes* » Biiip. Dans le LM on n'a pas le temps de répondre. Aldrin continue à lire les données de l'ordinateur.

« *20 pieds, 1 et demi en descente* » [altitude=6m; descente=0,45m/s]
« *Nous dérivons un peu vers l'avant. C'est bon* »

[209] CBS/News coverage of first Moon landing.

Tout près de la surface, Armstrong cherche à contrecarrer un mouvement vers la gauche et un autre en arrière. Il ne parvient pas à maîtriser le mouvement latéral, mais redonne un petit élan vers l'avant[210]. Son cœur bat à 150 pulsations par minute[211]. Une des sondes de contact qui pend sur le LM touche le sol provoquant l'allumage d'un voyant bleu sur le tableau de bord.

« *Voyant de contact* » annonce Aldrin.

Sallebert intervient immédiatement : « *J'ai l'impression que le réacteur est coupé et maintenant c'est la chute libre sur les derniers mètres.* » Pas tout à fait, car effectivement, le moteur aurait dû être éteint immédiatement, laissant tomber Eagle en chute libre de la hauteur des sondes. Tellement concentré sur son pilotage, n'ayant pas entendu Aldrin, ni vu le voyant, Armstrong retarde l'arrêt du moteur et se pose ainsi délicatement sur le sol[212]. Trois secondes après le contact des sondes, il coupe le moteur.

« *OK, moteur coupé* » confirme Aldrin. Carlton arrête son chronomètre. Il indique qu'il restait dix-huit secondes de propulsion avant l'ordre d'abandon [213]. « *ACA hors point mort* » continue le copilote, rappelant ainsi à Armstrong qu'il doit agiter son manche de contrôle d'attitude (ACA) pour signaler à l'ordinateur que la partie est finie. « *Hors point mort* » confirme Armstrong. Puis Buzz poursuit sa check-list : « *Mode contrôle. Les deux auto. Commande auxiliaire du moteur de descente, coupée. Armement moteur, coupé. 413 enclenché* ».

Toujours attentif et précis, Jacques Sallebert s'exclame (en anglais dans le texte) : « *Engine stop, terminé* ! ». Sur CBS, Walter Cronkite annonce « *L'homme est sur la Lune* ». Pendant ce temps, en Italie, on se dispute toujours et quand Ruggero Orlando signifie qu'ils se sont vraiment posés et ont coupé le moteur, Stagno s'entête et maintient qu'ils se sont bien posés quand il l'a dit, mais qu'ils viennent seulement de couper le moteur ! De son côté, Jean-Pierre Chapel a bien mieux suivi la situation et reprend : « Ça *y est, apparemment le moteur est coupé* » tandis que, depuis Houston, Jacques Sallebert continue son reportage : « *Vous voyez déjà l'explosion de joie dans*

---

[210]Apollo11 – Technical Crew Debriefing.
[211]Apollo 11 mission report - Figure 12-1.
[212]Apollo11 – Technical Crew Debriefing.
[213]Carlton/Nasa Oral History.

la salle de Houston ». Ici, il exagère beaucoup, car l'image de la caméra de télévision filmant la salle montre plutôt une ambiance particulièrement calme. Seul Charles Berry, le directeur du programme médical, assis à côté de John Zieglschmid, le SURGEON, lève le poing en signe de victoire. Placé à cette même rangée, Slayton lui fait immédiatement signe de se calmer. Pour le reste, il n'y a pas d'agitation visible dans la salle, on se parle, se fait des signes et des clins d'œil, mais pas d'explosion de joie. C'est plutôt dans la salle d'observation qu'il y a de l'agitation d'où proviennent des cris et des applaudissements.

« *Nous sommes à l'arrêt* » prévient Carlton puis s'adressant à ses soutiens : « *OK, les gars, on ne bouge plus, surveillez-le, gardez un œil dessus* ». Kranz veut lui aussi maintenir la concentration de ses hommes et les préparer au prochain point de décision « *OK, T1, préparez-vous pour T1* ». Pourtant, il avouera lui-même avoir était troublé : « *C'est la seule chose pour laquelle nous n'avions pas été entraînés, l'instant du vrai alunissage. J'étais noué, sans voix*[214] ». Celle d'Armstrong reste calme et ne tremble pas. Ses mots tombent du ciel :

« *Houston... ici la base de la Tranquillité... l'Aigle s'est posé.* »

À ces mots, la salle d'observation derrière les contrôleurs explose en applaudissements. Les deux premiers extraterrestres se serrent la main. Certes, la phrase qu'il prononcera un peu plus tard restera beaucoup plus célèbre, mais celle-ci est particulièrement symbolique. Armstrong n'est plus un pilote, mais un explorateur qui baptise le site qu'il découvre. Il installe une base. La base humaine la plus avancée dans l'univers. La première colonie spatiale. Cette phrase va étonner tout le monde à commencer par Steve Bales qui dira : « *Je n'avais jamais encore entendu les mots « base de la Tranquillité ». Dans toutes les simulations, dans tous les entraînements, ils avaient continué à s'appeler Eagle, même après s'être posés. Quel nom incroyable ! je pensais : quel nom incroyable !* [215]». Armstrong avait prévenu Duke qu'il utiliserait les mots « base de la Tranquillité », mais il ne lui avait pas dit dans quelle circonstance[216]. Le CAPCOM est pris de cours et bafouille dans sa réponse : « *Reçu Tranq... Tranquillité. Nous vous recevons. Il y a un paquet de gars qui étaient en train de virer au bleu. Nous respirons*

---

[214]Kranz/Failure is not an option – p.292.
[215]Documentaire « Le premier homme sur la Lune».
[216]Harland/First man – p.473.

maintenant. Merci beaucoup. ». Pris démotion, le commentateur vedette de CBS rigole et ne sait plus que dire. « *Mince alors* » dit-il en ôtant ses lunettes et se frottant nerveusement les mains et le nez pendant que Wally Schirra... se gratte l'œil.

« *Merci* » répond Armstrong à Duke, suivi de « *Nous allons être occupés pour une minute* ». Le temps n'est déjà plus aux congratulations. Déjà, les deux hommes préparent un redécollage d'urgence. Kranz sort de sa torpeur, en explosant son stylo qui décolle dans les airs. Il reprend son équipe en main : « *OK, À tous les contrôleurs, environ 45 secondes avant T1, STAY ou NOSTAY* ». T1 est un point de décision deux minutes après l'alunissage. Les contrôleurs doivent vérifier dans leurs données télémétriques si tous les paramètres sont corrects ou bien s'il y a une raison de repartir très vite. Il s'agit d'une décision GO/NOGO mais qui pour l'occasion devient STAY/NOSTAY, on reste ou on repart. Six minutes plus tard, il y aura un autre point de décision T2, les contrôleurs ayant ainsi un peu plus de temps pour faire leurs vérifications. Au-delà, le redécollage ne sera plus possible, car Collins, sur son orbite, s'éloigne très vite. Après T2, il sera trop loin pour un rendez-vous et s'apprêtera à repasser derrière la Lune. La prochaine fenêtre pour redécoller interviendra deux heures plus tard, lorsque Columbia repassera au-dessus de la base de la Tranquillité (T3).

« *OK, on arrête de discuter dans cette salle... OK, T1, STAY ou NOSTAY* » ordonne Kranz qui poursuit :

Kranz : « *RETRO ?* »
Deiterich : « *STAY* »
Kranz : « *FIDO ?* »
Greene : « *STAY* »
Kranz : « *GUIDAGE ?* »
Bales : « *STAY* »
Kranz : « CONTROL ? »
Carlton : « STAY »
Kranz : « TELCOM ? »
Puddy : « STAY »
Kranz : « GNC ? »
Willoughby : « STAY »
Kranz : « EECOM ? »
Aaron : « STAY »
Kranz : « SURGEON ? »
Zieglschmid : « STAY »

En haut : *Sur CBS, Wally Schirra essuie (?) une larme (à gauche) et Walter Cronkite reste sans voix (à droite).*
Au milieu : *Sur la RAI, Tito Stagno s'exclame « Ha toccato » une minute trop tôt. (à gauche). Sur l'image de droite, il vient d'entendre le correspondant à Houston lui dire que « non, ils ne sont pas encore posés. »* ***En Bas :*** *L'image de gauche était à l'antenne sur l'ORTF lorsque J.P Chapel dit : « Ça y est, apparemment le moteur est coupé ». L'homme qui lève le poing est Charles Berry, le directeur du programme médical. L'image de droite représente la même scène, au même moment, filmée par un des caméramen de la NASA. On y voit au premier plan, D.Slayton et C.Duke, et à l'arrière-plan, Charles Berry. En haut, dans le coin de la salle, la caméra de télévision retransmet l'image de gauche.*

« *CAPCOM nous sommes STAY pour T1* » conclut Kranz en direction de Duke qui retransmet « *Eagle, vous êtes STAY pour T1* ». À l'annonce de cette bonne nouvelle, le cœur d'Armstrong redescend rapidement en dessous de 135 pulsations[217]. « *Bien compris, STAY pour T1* » répond-il.

Jean-Pierre Chapel en profite pour interroger le représentant de la NASA : « *Clotaire Wood, je suppose que vous êtes très heureux ?* ». L'Américain parle un excellent français, avec quelques approximations dans les mots et lui répond : « *Oui, c'était une longue tâche. (...) Il doit y avoir un certain Collins qui est bien soulagé aussi.* » « *Heureux et triste en même temps* » reprend Chapel et Anfrol rajoute : « (...) *comme on l'appelle aux États-Unis 'The forgotten man', l'homme oublié* »

Pendant que le chronomètre continue de s'écouler jusqu'au deuxième point de décision, T2, Duke reprend contact avec l'homme oublié : « *Columbia, ils se sont posés sur la base de la Tranquillité. Ils sont à Tranquillité*». « *Oui, j'ai tout entendu* » répond Collins qui n'a pas raté une seconde de la descente et qui survole la scène à quelque 200 km d'altitude. Quelques minutes plus tard, Kranz remobilise ses contrôleurs pour les interroger sur leur décision au point T2. Finalement, Duke retransmet la décision : « *Eagle, Houston, vous êtes STAY à T2* ». Profitant de quelques instants de répit, Armstrong fait le point sur les conditions de la descente : « *Houston, cela semble avoir était une phase finale très longue. Le pilote automatique nous amenait directement dans un cratère de la taille d'un terrain de football, avec un grand nombre de rochers tout autour sur une surface d'une ou deux fois le diamètre du cratère, et cela nous a obligés à passer en [programme] P66 et de voler manuellement au-dessus du champ de rochers pour trouver une zone raisonnablement correcte* ».

Rebondissant sur ces propos, Clotaire Wood a bien compris qu'il s'était passé quelque chose pendant la descente et le signale aux commentateurs : « *Il y a un petit accrochage, pas grave je suis sûr, avec l'ordinateur* ».

Buzz Aldrin continue par une première description de leur environnement : « *Nous vous donnerons les détails de ce qu'il y a autour d'ici, mais cela ressemble à une collection de toutes les variétés de formes, d'angles, de granularité, de toutes sortes de variétés de rochers qu'on puisse trouver. La couleur est...en fait, elle varie beaucoup selon où vous regardez par rapport au soleil. Il ne paraît pas y avoir beaucoup de couleurs.* »

---

[217]Apollo 11 mission report figure 12-1.

Du côté de Houston, on est en train de préparer le compte à rebours pour un éventuel décollage à T3, dès que Collins aura fait une nouvelle rotation. À son tour, Duke donne aux deux astronautes des nouvelles de la Terre : « *Tranquillité. Sachez qu'il y a un grand nombre de visages souriants dans cette salle et partout autour du monde.* » et Armstrong répond : « *Bien, et il y en a deux autres ici* ». « *Vous avez fait du beau boulot les gars* » rétorque Duke. Puis, Collins vient se joindre à la discussion « *Et n'en oubliez pas un dans le module de commande* », sous-entendu, un sourire.

Cependant, à cause de la trajectoire plus longue que prévu, de la distraction des alarmes et au final haletant, personne ne sait exactement où s'est posé Eagle. Depuis son orbite, Collins tente de repérer le LM avec son sextant, mais il n'y parvient pas. En fait, Eagle s'est posé à environ 7 kilomètres du point prévu. « *Houston, les gars qui ont dit que nous ne serions pas capables de dire exactement où nous sommes, sont les gagnants du jour. Nous étions un peu occupés par les alarmes de programme et des choses comme ça pendant la phase de la descente, où nous aurions normalement dû repérer notre cible d'atterrissage. À part une bonne vue sur quelques cratères que nous avons survolés dans la descente finale, je n'ai encore pas été capable de prendre des références sur l'horizon*[218]. » commente Armstrong. À propos de ces alarmes, à peine le LM posé, le MIT s'est mis au travail pour en comprendre l'origine. Garman, qui est en relation directe avec les ingénieurs de l'université, informe Bales des recommandations qui lui ont été faites : « *Si nous devons décoller, c'est une recommandation du MIT, et je suis en plein accord, il faut laisser le radar de rendez-vous éteint* ». Une vingtaine de minutes après l'alunissage, le MIT a déjà mis le doigt sur le problème.

Parallèlement aux échanges Bales-Garman, il se passe des choses du côté de Carlton. Un problème qui, suivant ce qu'il en racontera, fait « grimper aux murs » les ingénieurs de la société Grumman[219]. La pression augmente subitement et atteint des valeurs dangereuses dans les réservoirs de l'étage de descente. Par l'intermédiaire de Charlie Duke, on demande aux astronautes de les ventiler. Mais on ne se comprend pas bien. Armstrong rapporte qu'il lit une pression normale et Carlton voit la pression qui monte encore. Finalement, le problème n'est pas localisé dans un réservoir, mais dans une

---

[218]Les coordonnées de la base de la Tranquillité sont : 0°40' Nord, 23°24' Est
[219]Carlton/NASA oral history.

conduite d'admission de carburant vers la tuyère. À la sortie du réservoir, le carburant traverse un échangeur de température à hélium cryogénique, puis cette conduite le guide directement vers la tuyère où il est mélangé au comburant, provoquant la combustion. Après l'arrêt du moteur, le carburant restant dans l'échangeur s'est congelé, formant un bouchon dans la partie supérieure de la conduite tandis que la partie inférieure est désormais fermée par la valve qui donne accès à la tuyère, encore brûlante. Le liquide se trouve alors piégé et soumis à une forte température qui provoque la forte augmentation de pression, qui inquiète Bob Carlton. Si la conduite venait à se rompre, le carburant se déverserait sur la tuyère brûlante avec un gros risque d'explosion. Une demi-heure après l'alunissage, la pression atteint son maximum soit environ 50 bars, alors que le point de rupture se situe entre 55 et 60 bars[220]. La température monte à 150°C puis 180°, alors que le carburant devient instable à 200°. Toujours inquiets, les ingénieurs de Grumman envisagent de demander aux astronautes de rallumer le moteur de descente, très brièvement, de manière à ouvrir et fermer la valve qui tient le carburant prisonnier. Juste avant d'entamer cette procédure « ... *la nature repris le dessus et résolue le problème pour nous.* [221] » écrira Thomas Kelly le responsable de la conception du LM. La tuyère se refroidissant, la température chute et la pression avec, aussi vite qu'elles sont montées.

Il ne restait pas beaucoup de combustible dans les réservoirs. D'après le chronomètre de Carlton, de quoi voler dix-huit secondes avant l'abandon. En réalité, plus tard, en étudiant précisément toutes les données télémétriques, on s'aperçut que ce temps était sous-estimé. En effet, l'indicateur de niveau bas s'est déclenché environ trente-six secondes avant que cette limite ne soit effectivement atteinte. Le liquide se déplaçant comme une vague, suivant les mouvements du vaisseau, le capteur de niveau bas, placé au fond d'un des réservoirs, fut brièvement découvert. Cela suffit pour déclencher l'allumage du voyant. D'autre part, l'analyse montra qu'il restait en réalité 63 secondes de temps de propulsion après l'alunissage[222]. Donc, compte tenu de la marge de 20 secondes, le temps restant était de 43 secondes et non pas 18 comme le montrait le chronomètre de Bob Carlton. On peut aussi observer un autre détail. D'après le rapport de mission le capteur de niveau bas s'est déclenché

---

[220] Apollo 11 mission report §16.2.2.
Apollo experience: Descent propulsion system.
[221] Kelly/Moon Lander – p.214.
[222] Apollo experience – Descent propulsion system.

au temps-mission 102 heures 44 minutes et 28 secondes. Si on prend ce temps comme référence pour le décompte de 96 secondes avant l'ordre d'abandon, lorsque le moteur est arrêté, il s'est écoulé 74 secondes. Le chronomètre de Carlton aurait donc dû s'arrêter sur 22 secondes à moins d'avoir été déclenché 4 secondes trop tôt. On remarque aussi, en synchronisant les bandes audio, que l'annonce « niveau bas » arrive environ 7 secondes après le déclenchement du capteur.

Peu importe la réelle quantité de carburant restante, car c'est le chronomètre de Carlton qui faisait foi. Il le conserva précieusement dans une boîte avec son aiguille figée sur la graduation 18. Puis un jour, il le ressortit et fut surpris de constater que l'aiguille avait bougé et marquait 22 secondes ! Quelques jours plus tard, il le sortit à nouveau et l'aiguille avait encore bougé. Finalement, il comprit le mystère. Une de ses filles avait l'habitude de s'en servir. Bob replaça l'aiguille sur la graduation 18 et envoya le chronomètre au Smithsonian Institute et ne sut pas ce qu'il devint[223]. Il serait dommage que cet objet soit perdu, car il a porté sur lui une immense responsabilité. Les dix-huit petites secondes qu'il affichait étaient le compte à rebours nous séparant d'une autre Histoire.

Le LM est posé depuis quarante-cinq minutes quand Collins disparaît derrière la Lune. Il réalise lui aussi une première : il est l'homme le plus isolé de l'humanité. Il ne peut voir ni entendre aucun signe de l'humanité. Il résumera très bien sa situation *« Je suis seul maintenant, vraiment seul, et complètement isolé de toute forme de vie connue. Si un compte était fait, le résultat serait de trois milliards plus deux de l'autre côté de la Lune, et un plus Dieu de ce côté-ci.*[224] *»*

On raconte que ce jour-là, quelqu'un a déposé un bouquet de fleurs sur la tombe de John Kennedy au cimetière d'Arlington. Il était accompagné d'un message qui disait : « Monsieur le président, l'Aigle s'est posé ».

---

[223]Carlton /NASA oral history.
[224]Collins/Carrying the fire – p.402.

Houston, après l'alunissage

En haut à gauche : *Armstrong vient d'annoncer que Eagle est posé. Les contrôleurs de la rangée systèmes restent calmes, il n'y a pas d'explosion de joie.*

En haut à droite : *Quelques minutes après, Bob Carlton (au premier plan) reste en proie au problème de sur-pression dans l'étage de descente.*

En bas à gauche : *Chris Kraft (debout) vient féliciter Steve Bales ((au pemier plan).*

En bas à droite : *Gene Kranz (en blanc) complète son journal. Avec le casque sur la tête, Bill Tindall a assisté à toute la descente aux côtés du directeur de vol.*

Chapitre onze

Un lundi sur la base de la Tranquillité

La preuve que la Lune est habitée c'est qu'il y a de la lumière.

Francis Blanche (acteur, humoriste)

« *Notre recommandation maintenant est de planifier une* EVA, *avec votre accord, qui commencerait aux environs de 20 heures, heure de Houston. C'est-à-dire d'ici trois heures* ». C'est Armstrong qui fait cette recommandation bouleversant le plan initialement prévu. Cela fait deux heures que les deux hommes sont sur la Lune. Collins a déjà fait un tour de l'astre, les contrôleurs ont confirmé leur décision de rester et les astronautes ont entamé la procédure d'extinction de l'étage de remontée puisqu'il n'est plus question de redécoller immédiatement. Duke vient de signaler à l'équipage que l'équipe blanche va être relevée par l'équipe marron dans quelques minutes. Le plan de vol (qu'il faudrait ici appeler le plan de séjour lunaire) prévoyait une période de quatre heures de repos pour les deux astronautes. Donald Slayton racontera plus tard que cela avait été planifié ainsi parce que personne n'avait osé imposer à l'équipage une sortie immédiatement après une phase aussi stressante[225]. Cependant, la possibilité de changer le plan avait été laissée aux astronautes et Buzz Aldrin dira : « *Nous demander d'essayer de dormir avant l'EVA c'était comme demander à des enfants de rester au lit jusqu'à midi le matin de Noël*[226] ». Ce changement nécessite une petite réorganisation au centre de contrôle, car c'est l'équipe marron, celle de Milter Windler, qui devait prendre la suite pendant la phase de repos, puis l'équipe verte, de Clifford Charlesworth, pour la sortie lunaire.

---

[225]Slayton/DEKE – p.244.
[226]Aldrin/Men from Earth – p.239.

Après un rapide conciliabule entre Chris Kraft, Gene Kranz et Glynn Lunney, trente secondes après la « recommandation » d'Armstrong, Duke reprend son micro : « *Base de la Tranquillité, Houston. Nous avons réfléchi, nous sommes d'accord. Nous sommes GO à cet instant* ». Puis il ajoute : « *Les gars, vous allez passer en prime time* ». L'équipe marron assure l'intérim jusqu'au début de la préparation, puis l'équipe verte prendra les commandes. « *Espérons que cette télévision marche, mais nous verrons*» rajoute Armstrong en faisant référence à la caméra de télévision qui devra le filmer et retransmettre ses pas historiques. Cette caméra, spécialement développée par la société Westhinghouse, est logée dans l'étage de descente du LM. Quand Armstrong commencera à descendre l'échelle, il devra tirer sur une poignée pour libérer un compartiment qui basculera à l'horizontale. Une fois en position, ce compartiment, appelé MESA (Modularized Equipment Stowage Assembly), fera office d'établi sur lequel sont fixés des outils et du matériel, dont la caméra de télévision noir et blanc. Elle est fixée à l'envers, mais pas tout à fait horizontalement ce qui donnera un air penché d'environ onze degrés aux images qui seront reçues. Sa résolution est assez faible puisqu'elle est de 320 lignes à raison de 10 images par secondes. L'ensemble du compartiment est protégé des chocs de températures par une feuille de Mylar dans laquelle un orifice a été découpé pour dégager l'objectif de la caméra pointé en direction de l'échelle qu'Armstrong doit descendre dans quelques heures.

Émettre des images est une chose, fallait-il encore être capable de les recevoir. Le réseau de poursuite terrestre de la NASA (MSFN) dispose de stations tout autour de la Terre. Celles qui peuvent capter le LM doivent avoir la Lune dans leur ciel afin de braquer leur antenne dans sa direction. Initialement, seules les stations de Honeysuckle Creek et Parkes, en Australie, étaient en mesure de recevoir la transmission du premier pas et de la rediriger vers Sydney. Charlie Goodman[227], un employé de la NASA, devait y choisir l'image de meilleure qualité et la rediriger vers la station de Moree, au nord de Sydney, qui la renverrait vers Houston via un satellite IntelSat.

Malheureusement, la journée s'annonce mauvaise pour Parkes qui devait être la station de réception principale. Avec le changement d'horaire de la sortie, la Lune ne sera pas encore levée dans son ciel où, en plus, il pleut et un vent violent s'est levé, secouant la parabole. Parkes semble hors du coup d'autant plus qu'il ne suffit pas que la Lune soit levée, car l'axe de l'immense

[227]Sarkissian/On Eagle's wing.

parabole de soixante-quatre mètres de diamètre ne peut être pointé en dessous d'un angle de 30° avec l'horizon. Du côté de Honeysuckle, la parabole ne mesure que vingt-six mètres et peut être braquée en dessous de la limite de Parkes. Elle pourra capter Apollo dès que la Lune se lèvera. La situation est inverse à Goldstone en Californie où se dresse une autre parabole de soixante-quatre mètres qui dans la chronologie initiale ne devait pas recevoir la transmission. Avec le nouvel horaire, la Lune sera haute dans le ciel et Goldstone devient la station principale, celle qui devra capter et transmettre la sortie de Neil Armstrong et ses premiers pas. Les images reçues seront dirigées vers Houston au moyen d'une liaison terrestre[228]. C'est là que sera sélectionnée la meilleure image, celle arrivant d'Australie ou celle de Californie. Pour s'accorder entre eux, les opérateurs en Australie et aux États-Unis disposent d'un circuit de communication spécial appelé NET2.

Une fois la sélection faite, l'image sera distribuée aux chaînes de télévision. Une conversion sera nécessaire, car les chaînes diffusent au format NTSC soit 525 lignes et 30 images par seconde et la caméra sur la Lune produit 320 lignes à raison de 10 images par seconde. La seule méthode disponible pour cette conversion consistait à filmer, avec une caméra spéciale un écran à balayage lent (10 images/seconde) recevant la transmission originale. Goldstone et Honeysuckle sont équipés d'un convertisseur et leurs images seront converties sur place. À Parkes, il n'y a pas de convertisseur et l'image sera convertie à Sydney.

Une fois les images arrivées à Houston, un délai de six secondes sera introduit avant qu'elles ne soient délivrées aux chaînes de télévision de manière à pouvoir interrompre la retransmission en cas d'accident. Si les stations australiennes captent quelque chose, leurs images seront diffusées chez les téléspectateurs sans passer par Houston et donc sans subir le délai de six secondes. Les Australiens verront donc les premiers pas d'un homme sur la Lune environ six secondes avant le reste du monde[229].

Charlie Duke rappelle pour demander des précisions : « *Base de la Tranquillité, Houston, est-ce que votre 20 heures, heure de Houston, fait référence à l'ouverture de la trappe ou au début de la préparation pour la sortie* ? ».

---

[228]Comparisons photographs of the Apollo11 lunar television.
[229]Sarkissian/On Eagle's wing.

« Ça *sera l'ouverture de la trappe* » répond le commandant. « *C'est ce que nous pensions, merci beaucoup* » rétorque Duke. Puis Armstrong ajoute « *Cela pourrait être un peu plus tard que ça, mais en d'autres mots, le début de la préparation commencera dans une heure environ* ». Pendant ce laps de temps, l'équipe marron investit la salle de contrôle et Charlie Duke passe le relais à Owen Garriott qui doit assurer la fonction de CAPCOM jusqu'au début de la préparation, une période calme. En effet, sur la Lune, les deux hommes font un peu de « ménage » et en profitent pour manger. Buzz Aldrin a prévu de célébrer une messe. Mais on lui a interdit de rééditer l'épisode de la mission Apollo 8 au cours de laquelle l'équipage fit la lecture d'un passage de la bible. Cette prière valut à la NASA quelques procès, accusée d'avoir fait du prosélytisme. Aussi, Aldrin se contenta de dire : « *Ici le pilote du LM. Je voudrais saisir cette opportunité pour demander à chaque personne qui écoute, qui que ce soit et où que ce soit, de faire une pause pour un moment et de contempler les évènements des quelques heures passées pour rendre grâce à sa façon* ». Puis il déballa un kit de communion que lui avait procuré le pasteur de son église presbytérienne[230], fit une prière, avala le pain et le vin et devint ainsi le premier être humain à boire de l'alcool sur une autre planète, si toutefois il y avait vraiment de l'alcool.

Cela fait maintenant environ trois heures vingt minutes que deux Terriens vivent à la surface de la Lune et Armstrong annonce : « *Houston, c'est la base de la Tranquillité, nous commençons la préparation pour l'EVA* ». Il s'adresse maintenant au CAPCOM de l'équipe verte qui s'est mise en place. Il s'agit de Bruce McCandless. Cet homme volera plus tard à bord de la navette spatiale et deviendra en février 1984 le premier homme satellite de la Terre au cours d'une sortie extravéhiculaire sans aucun lien avec le vaisseau spatial. La photo le montrant, installé dans son fauteuil spatial pilotable, suspendu dans le vide au-dessus du globe terrestre, deviendra probablement la plus célèbre photo de la conquête spatiale après celle qu'Armstrong prendra d'Aldrin dans quelques minutes.

Pendant ce temps-là, Columbia fait son deuxième passage au-dessus de la base de la Tranquillité. Collins tente a nouveau de repérer le LM grâce à son sextant, mais il n'y parvient toujours pas. Pour ce repérage, Mike dispose de très peu de temps. Son passage au-dessus de l'horizon du LM dure

[230] Aldrin/Men from Earth – p.239.

seulement treize minutes pendant lesquelles il a la possibilité de converser directement avec ses deux collègues. Avant et après, les communications sont relayées par la Terre. En visant à travers son sextant, il a un champ limité qui réduit à environ deux minutes son temps effectif de recherche[231].

La préparation des deux hommes prend plus de temps que prévu. Ils doivent dérouler une longue liste de vérifications pour activer leur système de survie autonome, le PLSS (Primary Life Support System), qu'ils vont devoir charger sur leur dos. Les vérifications prennent plus de temps que lors de leur entraînement notamment parce qu'ils découvrent des choses qu'ils ne connaissaient pas sur leur sac à dos : « *C'était un bouton poussoir qui semblait relâcher de la pression de quelque part. Je n'arrive pas à me rappeler avoir vu ça auparavant* » dira plus tard Aldrin, et Armstrong ajoutera : « *Tous les deux nous pensions très bien connaître l'EMU*[232] *ainsi que ses fonctions et comment elles marchaient. Mais il s'avéra que nous nous trompions. Il y avait quelque chose que nous n'avions pas appris, et si cela avait été là avant, quelque chose nous avait échappé* [233] ». Ils eurent l'explication à leur retour. Ce bouton permettait d'actionner le mécanisme d'extraction d'une batterie pour la remplacer. Comme il n'était pas prévu de changer de batterie pendant leur séjour, ils ne l'avaient pas vu pendant leur entraînement[234].

Une fois équipés, ils seront chacun à bord d'une sorte de vaisseau spatial autonome (l'EMU) qui leur assurera le maintien de la température, l'oxygène et une protection contre les rayonnements et les micro-météorites. Au contact de leur peau, ils portent un sous-vêtement de refroidissement[235] du corps afin de limiter sa température. Il est parcouru de tuyaux en plastique dans lesquels circule de l'eau qui transporte la chaleur vers le PLSS où elle est refroidie puis envoyée à nouveau dans le circuit. Par dessus, se place le vêtement étanche et pressurisé. C'est lui qui porte les raccords permettant la connexion des tuyaux ombilicaux au système de contrôle du LM ou bien au PLSS. Afin de faciliter les mouvements, les articulations sont formées de soufflets en accordéon. Sur cette tenue viennent se fixer le casque et les gants[236]. Enfin,

---

[231]Collins/Carrying the fire – p.404.
[232]Extra-vehicular Mobility Unit. Ce terme désigne le scaphandre et le sac à dos de survie.
[233]Apollo 11 technical crew debriefing.
[234]Apollo 11 post-flight report on suit.
[235]Appelé LGC – Liquid Garment Cooling.
[236]Ce vêtement est appelé TLSA (Torso and Lib Suit Assembly).

encore par-dessus, vient le dernier vêtement destiné à apporter une protection thermique et anti-micrométéorite, constituée de quatorze couches de protection, en Teflon, Mylar, Kapton ou Nylon[237]. C'est la combinaison blanche que l'on voit sur les photos. L'ensemble du scaphandre, avec son sac à dos, pèse 82 kg sur Terre et 14 kg sur la Lune.

Sur Terre, le monde est suspendu. Sur la chaîne ABC le présentateur, Franck Reynolds, fait patienter les téléspectateurs : « *Ce n'est pas le moment de faire un tour chez votre voisin ou à l'épicerie pour quelque chose que vous auriez oublié parce que nous sommes très très près de l'heure à laquelle nous espérons voir l'image d'un homme marcher sur la Lune*[238] ». De son côté, Jean-Pierre Chapel bat le rappel de ses téléspectateurs : « *Et bien c'est maintenant le grand rendez-vous. C'est maintenant que va se passer la sortie sur le sol lunaire.* ».

Après deux heures et dix minutes de préparation, Aldrin appelle la Terre « *Houston, c'est la base de la Tranquillité. Nous sommes en attente de votre GO pour dépressuriser la cabine* ». McCandless répond : « *Base de la Tranquillité ici Houston. Vous êtes GO pour la dépressurisation de la cabine* ». Ils verrouillent alors leur casque, connectent le circuit d'eau sur leur PLSS, enfilent leurs gants et pressurisent leur scaphandre. « *C'est le moment de la gymnastique* » plaisante Armstrong, car, pour évacuer l'oxygène de la cabine, Aldrin doit se plier en deux pour atteindre la valve qui se situe sur la trappe de sortie. Désormais, il suffit d'attendre que la cabine se vide de son oxygène pour ouvrir la trappe et qu'Armstrong puisse commencer son EVA. Mais pourquoi lui en premier ? Naturellement l'ordre de sortie n'est pas anodin et n'a pas été tiré au sort.

L'histoire commence le 9 janvier 1969, lors de la conférence de presse de présentation de l'équipage d'Apollo 11. Un journaliste demanda lequel d'Armstrong ou Aldrin sera le premier à marcher sur la Lune. Slayton et Armstrong répondirent que la décision n'est pas prise et que tout dépendra du résultat des simulations[239]. Aldrin fut surpris de cette réponse, car il pensait qu'il serait le premier : « *Depuis l'époque de Gemini, il y avait une tradition qui faisait que le commandant restait à bord du vaisseau et que le numéro deux réalisait l'EVA. Puisque Neil était le commandant d'Apollo 11 et que*

[237]Apollo experience – Development of the extravehicular unit assembly.
[238]ABC news coverage of Apollo 11.
[239]Hansen/ First man – p.360.

j'étais le pilote du LM, je supposais que je serais le premier dehors[240] » écrira-t-il plus tard. Il avait raison dans la mesure où les plans initiaux prévoyaient bien que le pilote du LM serait le premier à sortir. Malheureusement pour lui, des rumeurs contraires se mirent à circuler, prétendant que le commandant sortirait le premier. Aldrin commença à protester contre cette éventualité, notamment parce qu'il avait entendu que c'était le statut de civil d'Armstrong qui avait prévalu pour changer ces plans. Aldrin finit par demander à George Low (le directeur du programme Apollo) de prendre une décision rapidement. Ce fut fait. Dans la semaine, Donald Slayton lui annonça que Neil serait le premier à sortir. Tout d'abord parce qu'il avait le bénéfice de l'ancienneté dans le corps des astronautes et qu'il était logique qu'il soit le premier[241]. Il y a avait aussi une raison plus technique. Dans la cabine, le commandant se tient à gauche (comme dans un avion) et le pilote du LM à droite. Or, la trappe de sortie s'ouvre de la gauche vers la droite, barrant le passage de l'homme situé à droite. Pour qu'Aldrin sorte le premier, il aurait fallu que, avant d'ouvrir la porte, les deux hommes échangent leur place dans leur scaphandre gonflé par la pressurisation interne. Une « gymnastique » que personne ne souhaitait dans un espace aussi exigu que la cabine du LM. Ces motifs, s'ils étaient valables, ne furent pas ceux qui firent vraiment pencher définitivement la balance. Le choix du premier homme à marcher sur la Lune ne pouvait pas être simplement technique. Son nom, et sa personnalité, allaient rester gravés dans la mémoire de l'Humanité pour l'éternité. Cet homme allait devenir une légende. Or, Aldrin n'avait pas bonne presse du côté de certains responsables de la NASA, notamment depuis son comportement quelque peu agressif lors de la mission Gemini IX. Chris Kraft, George Low, Bob Gilruth et Donald Slayton se réunirent et décidèrent qu'il fallait changer les plans. À leurs yeux, le calme d'Armstrong, son côté réservé, ses états de services et son sang-froid lui donnaient les habits du héros, premier homme à marcher sur la Lune. De plus, il ne demandait rien de particulier alors que l'insistance d'Aldrin commençait à agacer. C'est cette décision que Slayton annonça à Aldrin. « *Buzz fut dévasté, mais ne broncha pas. Neil a accepté son rôle sans sourciller et sans surprise*[242] » commentera Chris Kraft. Dans la foulée, la nouvelle fut communiquée à la presse. Le 15 avril, le Washington Post titrait : « *Le civil Armstrong a été choisi pour être le premier à marcher sur la Lune* ». Et dans

[240]Aldrin/Men from Earth p.214.
[241]Slayton/DEKE – p.234 et Aldrin/Men from Earth – p.215.
[242]Kraft/ Flight – p.323.

l'article, on pouvait lire : « *Dans un renversement des plans initiaux, l'agence spatiale a communiqué que, désormais, c'est Armstrong qui sortira le premier du module lunaire lors du vol d'Apollo 11 (...) « La façon dont nous voyons les choses maintenant » dit George Low, le directeur du programme Apollo, « est que c'est le commandant (Armstrong) qui sortira le premier » (...) Dans les précédentes déclarations des officiels d'Apollo, c'est le pilote du vaisseau d'atterrissage qui était le premier sur la surface lunaire* »[243].

« *Voyons si elle s'ouvre maintenant [la trappe]* » dit Armstrong alors que cela fait environ huit minutes que la cabine du LM se vide de son oxygène. Aldrin tente de l'ouvrir, mais elle résiste. La pression à l'intérieur, bien que déjà très faible, reste encore trop forte. Manifestement la dépressurisation prend plus de temps que prévu. Quatre minutes plus tard, McCandless vient aux nouvelles : « *Neil, c'est Houston. Où vous en êtes pour l'ouverture de la trappe* ? »

« T*out est GO ici. Nous sommes juste en train d'attendre que la pression dans la cabine soit purgée... suffisamment purgée pour ouvrir la trappe. Elle est aux environs de 0,1 [psi] sur notre jauge maintenant* » répond Armstrong et Aldrin ajoute « *C'est sûr que je déteste tirer sur cette chose. Une alternative serait d'ouvrir celle du toit aussi* ». Buzz ne souhaite pas trop forcer sur la poignée qui permet l'ouverture de la trappe pour ne pas prendre le risque de la casser. Pour accélérer le vidage il propose d'ouvrir la valve de l'autre trappe qui se situe au-dessus de leur tête, celle qui est prévue pour permettre le passage du LM au module de commande. Finalement, après treize minutes de décompression, la trappe s'ouvre. Neuf autres vont être nécessaires pour qu'Armstrong commence sa reptation vers l'extérieur. À genoux et en marche arrière, avec son gros sac à dos, il doit se glisser sous le tableau de bord avec le guidage d'Aldrin.

« *Ton dos est contre la poche [il s'agit d'une poche de rangement placée au bas du tableau de bord]... Maintenant, il est contre le DSKY [le clavier de l'ordinateur]. En avant, vers le haut. Maintenant tu es bien. Un peu vers moi. Vers le bas. Un peu sur ta gauche. Il y a plein de place. OK, tu es bien dans l'axe. Un peu vers moi, vers le bas. OK, maintenant tu es bien. Tu es au niveau de la première charnière. C'est bon. Bouge... vers... pivote vers la gauche. OK, c'est bon. Tu es aligné sur la plateforme. Mets ton pied gauche un peu vers la droite. OK c'est bon. Pivote à gauche.* »

---

[243] Washington Post/Civilian Armstrong.

Armstrong teste maintenant s'il est capable de rentrer dans le LM. Puis il continue sa progression vers l'arrière. Au passage, Buzz lui a passé un sac d'ordures pour le jeter immédiatement à la surface. On ne sait jamais, en cas de départ précipité, mieux vaut ne plus avoir à s'occuper des poubelles. Enfin, Armstrong appelle la Terre. : « *Houston, je suis sur le porche* ». Son cœur bat à 120 pulsations/seconde. Celui d'Aldrin, en général beaucoup plus bas que celui de son coéquipier, monte à 90.

Aldrin : « A*s-tu sorti le* MESA *?* »
« *Je vais tirer dessus maintenant* » répond Armstrong en tirant une poignée qui ouvre le compartiment latéral, à sa gauche, celui qui contient la caméra de télévision. « *Houston, le MESA est correctement descendu* » confirme-t-il.

« *Ici Houston* » répond McCandless « *nous sommes en attente de la télévision* ».

Mike Collins n'a pas de chance. Il ne pourra pas écouter en direct les premiers pas de Neil, car il repasse derrière la Lune. Il ne participera pas à la nouvelle séance d'apnée que l'humanité est en train de pratiquer pour la deuxième fois de la journée.

McCandless appelle Buzz : « *Buzz, c'est Houston, vérification radio et vérifiez que l'interrupteur du circuit TV est enclenché* ». « *Interrupteur du circuit TV enclenché* » répond Aldrin.

Sur le circuit de communications NET2, HoustonTV appelle Goldstone « *Recevez-vous un quelconque signal FM sur la liaison* ? ». « *Nous recevons un signal FM, nous ne recevons pas la télévision en ce moment* » répond Goldstone, suivi quelques secondes après de : « *Réception TV, Goldstone, réception TV*[244] ».

Simultanément, McCandless chante : « *Et nous avons une image sur la télévision* ».

---

[244]Honeysuckle/audio.

Dix ans plus tard, Armstrong révélera qu'il y avait beaucoup d'incertitudes sur le fonctionnement de cette caméra : « *Nous ne nous attendions pas à ce que la caméra de télévision fonctionne parce qu'à Terre nous avions essayé de multiples fois de faire fonctionner cette caméra, mais nous n'avions jamais pu avoir une bonne image. Nous ne pensions donc pas qu'il serait possible d'avoir une bonne image à 3 ou 400 000 km (...) et finalement nous avons été très étonnés que cela marche*[245] »

« *Avez-vous une bonne image ?* » interroge Aldrin. « *Il y a un fort contraste et pour le moment elle est à l'envers sur notre moniteur, mais nous discernons suffisamment de détails* » répond McCandless.

L'image reçue est effectivement trop contrastée et on devine vaguement l'ombre des jambes d'Armstrong. Sur le circuit NET2, on cherche d'abord à résoudre le problème de l'image inversée. La caméra étant positionnée à l'envers il est normal que l'image brute reçue soit inversée. Mais un commutateur aurait dû être positionné pour la remettre à l'endroit au niveau du convertisseur vidéo de Goldstone.

HoustonTV : « *Pouvez-vous confirmer que le commutateur d'inversion est dans la bonne position pour que [l'image de] la caméra soit renversée ?* ».

Goldstone : « *Attendez, nous allons passer en positon inversion... Nous sommes en inversion* ».

À Parkes, on joue contre la montre. Normalement hors course, le retard important dans la préparation des astronautes est une aubaine et a remis l'observatoire australien dans le jeu. La Lune se lève. Les opérateurs braquent leur parabole à fond pour pointer son axe le plus bas possible vers l'horizon Est, malgré les risques que lui font courir les bourrasques de vent à 110 km/h. Mais, ce n'est pas suffisant, car la Lune est encore basse sur l'horizon. John Bolton, le directeur de l'observatoire, active alors son arme secrète : un récepteur hors-axe. Il permet de capter les émissions qui ne tombent pas directement dans l'axe de la parabole. Et ça marche, dès qu'Aldrin a allumé la caméra de télévision du LM, Parkes a reçu une image de bonne qualité[246]. Cependant, Sydney n'en tient pas compte et choisit de transmettre celle d'Honeysuckle vers Houston qui s'obstine à délivrer les images de Goldstone, certes désormais à l'endroit, mais toujours d'aussi mauvaise qualité. À bord

---

[245]INA/Les dossiers de l'écran.

[246]Sarkissian/On Eagle's wing.

du LM, Aldrin est affairé à des réglages de la caméra qui enregistre, sur pellicule 16mm, la scène vue depuis le hublot du côté droit. Son réglage est entièrement manuel et il a besoin d'aide : « *Pouvez-vous vérifier la position, l'ouverture, que je dois avoir sur la caméra ?* »

McCandless, face à l'écran géant de la salle de contrôle, commente ce qu'il observe : « *Neil, maintenant nous pouvons te voir en train de descendre l'échelle* ». Armstrong a atteint le large plateau circulaire qui forme l'extrémité de chaque jambe du LM. Ces jambes sont formées de deux parties coulissantes, un peu à la manière d'un amortisseur. À l'atterrissage, sous l'effet du choc, elles devaient normalement coulissées une dans l'autre. Armstrong remarque qu'elles n'ont pratiquement pas coulissées, probablement parce que l'engin s'est posé en douceur, sans choc. À cause de cela, la première marche de l'échelle se trouve assez haut et l'astronaute se demande s'il pourra remonter le moment venu. Il fait un bond jusqu'à cette marche et dit : « *Je vérifie juste si je peux revenir sur cette première marche, Buzz. Le support ne s'est pas beaucoup écrasé, mais c'est correct pour remonter. C'est un joli petit saut* ». Puis il se laisse redescendre sur le plateau.

McCandless profite d'un répit dans le commentaire d'Armstrong pour répondre à la question d'Aldrin concernant le réglage de sa caméra : « *Un cent soixantième de seconde pour des photos sombres sur la caméra [16mm]* ».

Sur CBS, Walter Cronkite s'exclame : « À *partir de maintenant il peut marcher sur la Lune* ».

« *Je suis au pied de l'échelle. Les plateaux du LM sont enfoncés de seulement un ou deux pouces*[247]*, bien que le sol paraît être constitué de grains très très fins lorsque vous êtes très près. C'est presque comme une poudre. Le terrain paraît fin.* » Pendant qu'Armstrong délivre ses commentaires, l'image est devenue subitement plus claire et de bien meilleure qualité. En fait, à Houston, les opérateurs ont réalisé que Goldstone devait avoir un problème et que l'image des Australiens, celle d'Honeysuckle, est très largement meilleure. Désormais c'est elle qui est envoyée aux chaînes et on voit immédiatement la différence.

---

[247] 2 à 5 centimètres.

« *Je vais maintenant sortir du LM* » (sous-entendu du plateau). Prudemment, la main droite accrochée à l'échelle, il pose son pied gauche sur la surface de la Lune. « *Monsieur Armstrong nous n'oublierons jamais votre premier pas et, avant votre premier pas, votre bras, votre main, tenant l'échelle de l'escalier et cette hésitation si compréhensible que vous avez eue et que tous nous avons eu avec vous et ce sentiment d'arrachement lorsque ce bras, cette main s'est détachée de l'échelle* ». C'est ainsi que Jacques Chaban-Delmas, premier ministre français, décrivit la scène lorsqu'il reçut les astronautes lors de leur tournée mondiale à leur retour[248].

Maintenant Neil avance son second pied. « *Armstrong est sur la Lune. Neil Armstrong, un Américain de 38 ans se tient à la surface de la Lune, ce 20 juillet 1969* » s'exclame Walter Cronkite. Après quelques secondes de silence, l'Américain de 38 ans prononce calmement sa célèbre phrase. Mais quels sont précisément les mots de cette phrase ? Ceux qui sont le plus souvent cités sont : « Un petit pas pour l'Homme, un grand bond pour l'Humanité ». Mais cela ne veut rien dire, car l'Homme (avec un H majuscule) et l'Humanité c'est la même chose ! C'est pourtant ce qui a été entendu. Dès son retour Armstrong fit remarquer que la citation n'était pas correcte et qu'il avait dit :

« *Un petit pas pour UN homme, un bond de géant pour l'Humanité* »

C'est ce « un » (« a » en anglais) qui fait toute la différence. En tout cas, dans un article de Neil Armstrong dans le magazine Life daté du 22 août 1969, c'est cette citation qu'il reprendra. Ce petit « un » a fait coulé beaucoup d'encre. L'a-t-il dit ? L'a-t-il pas dit ? Un informaticien australien, Peter Shann Ford, a étudié la phrase à l'aide d'un logiciel d'analyse numérique. D'après ses conclusions, le « a » est bien présent, prononcé dans un intervalle de 35 millièmes de seconde, trop rapide pour être entendu. Une autre question fit aussi couler de l'encre. Avait-il lui-même trouvé ces mots ou bien quelqu'un lui avait-il soufflés ou imposés ? Armstrong a toujours eu une réponse constante à ce sujet :

Dans une interview en 2001 il dira : « *Feu Julian Scheer, qui était par bien des aspects le vrai responsable des relations de la NASA avec l'extérieur, était absolument intransigeant pour que les hautes sphères ne dictent pas les paroles de leurs personnels, pas seulement les astronautes, mais aussi*

[248] INA/Visite des astronautes à Paris.

n'importe qui, pour qu'ils laissent les personnes parler par elles-mêmes[249] ».

En France, lors de l'émission « Les dossiers de l'écran », à l'occasion du dixième anniversaire de l'alunissage, il dira : « *Nous avions un certain nombre de difficultés après l'alunissage qui nous ont pris un peu plus de temps par rapport à ce que nous avions prévu. La dépressurisation était un des problèmes les plus délicats et ce n'est que pendant ces minutes que je réfléchissais à ce que je devais dire* ». Et le présentateur, Alain Jérôme, lui demanda : « *Mais vous l'aviez préparé avant ?* ». « *Non, pas avant l'alunissage* » répondit Armstrong.

Dans le numéro du magazine Life daté du 22/8/1969 : « *J'y avais pensé un peu avant le vol, principalement parce que plein de gens semblaient en faire grand cas. J'y ai aussi un peu réfléchi sur le chemin de la Lune, mais pas beaucoup. Ce n'est pas avant d'être posé que je me suis demandé quoi dire* ». Et il rajouta : « *Au-delà de ces mots, je ne me rappelle pas d'une quelconque émotion ou sentiment autre qu'une petite prudence, le désir de m'assurer qu'il n'y avait pas de danger à mettre mon poids sur le sol en-dehors du plateau du pied du LM* ». Pas d'émotion dit-il, mais son cœur,qui était redescendu à 100 pulsations, à cet instant précis, fait un bond à 120.

Les téléspectateurs français ne pourront pas saisir la phrase historique d'Armstrong. Aucun des trois commentateurs ne la relèvera. Du côté de CBS, on n'en est pas encore à discuter de la présence ou pas du « un », car on a pas bien saisi ce qu'il a dit. Cronkite a compris la première partie de la phrase, mais pas la deuxième. Il demande si quelqu'un dans sa régie peut lui donner la phrase complète qu'il obtiendra quelques secondes plus tard et la répétera pour les téléspectateurs... sans le « un ».

Neil Armstrong continue sa description des lieux : « *La surface est fine et poudreuse. Je peux donner un coup de pied dedans avec le bout de mon pied. Cela se dépose en fines couches, comme de la poudre de charbon, sur le sol et les côtés de mes bottes. Je m'enfonce d'une petite fraction de pouce, peut-être un huitième de pouce*[250]*, mais je peux voir l'empreinte des bottes et les pas dans les fines particules sableuses.* ». Walter Schirra, dans le studio de CBS, intervient alors : « *Oh, merci à la télévision de nous permettre de voir cela* ».

---

[249] Armstrong/NASA oral history.

[250] 1/3 de centimètre.

Armstrong lâche l'échelle, fait quelques pas et teste sa mobilité. « *Il semble qu'il n'y ait pas de difficulté pour se mouvoir, comme nous le suspections. C'est peut-être même plus facile que dans les simulations à un sixième de gravité que nous avons réalisé au sol. Il n'y a absolument aucun problème pour marcher* ». Puis il regarde sous le LM : « *Le moteur de descente n'a pas laissé de cratère d'une quelconque taille. Il y a environ un pied*[251] *de dégagement au-dessus du sol. Nous sommes sur un endroit essentiellement plat ici. Je peux voir quelques traces de rayons autour du moteur de descente, mais vraiment très peu.* »

Sur NET2, HoustonTV annonce : « À *toutes les stations, HoustonTV. Nous venons juste de basculer sur la vidéo de Goldstone* ». Effectivement une nouvelle image apparaît, en négatif ! Il y a décidément des problèmes à Goldstone. Ces problèmes seraient dus au manque de préparation lié à l'avancement de l'horaire de la sortie[252]. De ce fait, certains réglages n'étaient pas corrects sur le convertisseur vidéo, causant l'image trop contrastée du début. C'est donc l'image de Honeysuckle qui fut sélectionnée pendant quelques secondes avant de rebasculer sur Goldstone. Mais en cherchant à régler le problème précédent, quelqu'un a inversé le commutateur de polarité délivrant cette fois une image en négatif[253]. Moins d'une minute après le passage sur Goldstone, c'est à nouveau Honeysuckle qui est diffusé. Aldrin est alors en train de descendre un appareil photo au moyen d'une sorte de tyrolienne, appelée LEC (Lunar Equipment Conveyor) constituée d'un câble en boucle accroché, d'un côté au LM au niveau de la trappe, et de l'autre côté directement sur le scaphandre de Neil Armstrong, au niveau de sa poitrine. Ils disposent de deux appareils photo Hasselblad 500EL. Un des deux vient d'être descendu au sol et l'autre restera dans le LM, sauf en cas de problème sur le premier.

Alors que le commandant se rapproche du pied du LM, l'image bascule à nouveau sur Goldstone, cette fois en positif, mais toujours très contrastée. Armstrong détache l'appareil photo et le fixe sur les attaches prévues à cet effet sur sa poitrine. Tel un touriste il dit : « *Je vais m'éloigner et prendre mes*

[251]30 centimètres.

[252]Sarkissian/On Eagle's wing.

[253]Ce passage en négatif se voit sur les images originales de la diffusion. Sur des copies qui ont pu être réalisées depuis cette époque les monteurs ont souvent reconverti ces images en positif afin d'améliorer la qualité générale de la vidéo.

premières photos ici. »

« *HoustonTV, Sydney Vidéo, pour information, nous avons une bonne image de Parkes, est-ce que je vous la passe* ? » On vient de s'apercevoir que, manifestement depuis le début de la transmission, l'image inattendue que transmet Parkes est meilleure que celle de Honeysuckle. On ne sait d'ailleurs pas très bien pourquoi, à Sydney, Charlie Goodman n'a pas sélectionné celle-là dès le début. Désormais, Sydney sélectionne Parkes et Houston en fait autant. L'image de Goldstone revient brièvement, mais il n'y a pas de doute, la transmission en provenance de Parkes est largement meilleure et sera choisie jusqu'à la fin de la marche lunaire. Quelques minutes plus tard, sur NET2, on entendra : « *Vous pouvez dire aux gens de Parkes que leur travail n'aura pas été vain, ils nous ont donné la meilleure TV.* »

McCandless, silencieux depuis quelques minutes, revient sur les ondes pour rappeler à Armstrong qu'il doit avant tout recueillir un échantillon de précaution pour le cas où il faudrait retourner précipitamment dans le LM et pour s'assurer de ne pas revenir bredouille sur Terre. « *Neil, nous vous recevons fort et clair. Nous vous voyons prendre quelques photos et l'échantillon de précaution ?* ». Mais le touriste est occupé et ne répond pas : « *Neil, c'est Houston. Avez-vous reçu au sujet de l'échantillon de précaution ?* ». En fait, Armstrong est occupé à prendre une série de photos qui, une fois assemblées, permettront d'avoir une vue panoramique des environs de la base de la Tranquillité. Puis il se dirige vers le MESA pour en extraire le collecteur qui lui permettra de prélever ces échantillons sans se baisser. Il ramasse deux pierres qu'il dépose dans une poche située sur sa jambe gauche.

Les deux hommes font un rapide contrôle de leur oxygène. Il leur en reste environ 80%. Cela fait quinze minutes que 600 millions d'humains (sur trois milliards) regardent Armstrong évoluer seul sur la Lune. C'est maintenant au tour d'Aldrin de descendre. Auparavant, il change le réglage de la caméra 16 mm qui filme toujours à travers un hublot. Elle tournera désormais à raison d'une image par seconde afin de lui permettre de filmer le plus longtemps avant d'atteindre la fin de la bande. Puis Buzz dépose sur le sol du LM le deuxième appareil photo Hasselblad afin de pouvoir le récupérer facilement en cas de problème sur celui que porte Armstrong. Imitant les gestes du commandant, il se faufile à travers le passage et arrive sur le porche.

Cette image arrêtée, extraite du film de la caméra 16 millimètres installée dans le LM, montre N. Armstrong en train de collecter les premiers échantillons (dits de précaution) au début de sa sortie. En bas à droite, filmé pendant les entraînements, gros plan sur le sac plastique fixé au bout du collecteur.(NASA)

« *OK, maintenant je veux protéger et fermer partiellement la trappe, pour être sûr de ne pas la fermer en sortant* » commente Aldrin. « *C'est une idée particulièrement bonne* » plaisante Armstrong. Depuis le bas de l'échelle, Neil guide son coéquipier pour l'aider à poser les pieds sur les barreaux et prend des photos de sa descente.

« *Quand on voit la netteté de ces images, on est obligé de se pincer pour être bien sûr qu'on ne rêve pas* » commente Jacques Sallebert sur la télévision française. Effectivement, les images de la descente d'Aldrin sont de bien meilleure qualité. Arrivé sur la dernière marche, il se laisse tomber sur le plateau du pied. « *Et maintenant nous avons deux Américains sur la Lune* » dit Cronkite sur CBS. Comme son prédécesseur, Aldrin tente de remonter sur la première marche. Il rate un premier saut et retombe sur le plateau. Le second sera le bon. Une fois stabilisé, il en profite pour soulager sa vessie. « *Je ne sais pas si l'histoire accorde quelque récompense pour de telles actions, mais cette distinction douteuse est ma « première » sur la Lune*[254] » dira-t-il plus tard. Avant de s'avancer hors du plateau, il prononce lui aussi sa petite phrase : « *Magnifique désolation* ». Dans le studio de l'ORTF, cette déclaration n'a pas plus attiré l'attention des commentateurs, mais Jacques Sallebert fait part de son émotion : « *Deux hommes sur la Lune, cela semble invraisemblable malgré toute la préparation, malgré tout ce qu'on nous raconte depuis des années, malgré que depuis des années nous suivons les vols lunaires, sachant que c'est comme ça que ça doit se terminer, et bien nous avons quand même ces images devant nous et je ne sais pas si vous êtes comme moi, on a du mal a y croire, on se demande vraiment si on rêve* ».

Le pilote du LM fait quelques pas pour apprécier sa mobilité et visite les « environs ». Pendant ce temps , Armstrong remplace l'objectif grand-angle de la caméra de télévision par un autre à plus grande focale. Le résultat est une image beaucoup plus resserrée sur l'échelle. Entre les barreaux une plaque commémorative a été installée et les deux hommes organisent une cérémonie d'inauguration. On les voit en gros plan, près de cette échelle et le commandant prend la parole : « *Pour ceux qui n'ont pas déjà lu, nous allons lire la plaque qui est sur le train d'atterrissage avant de ce LM. D'abord il y a deux hémisphères, chacune montrant un hémisphère de la Terre. En dessous, il est dit : « Ici des Hommes de la planète Terre ont marché pour la première fois sur la Lune, juillet 1969 apr. J.-C. Nous sommes venus en paix au nom de toute l'Humanité ». Il y a la signature des membres de l'équipage et la signature du Président des États-Unis.* »

L'étape suivante consiste a déplacer la caméra pour l'éloigner du LM afin d'obtenir une vue plus générale. Elle est installée sur un trépied, toujours reliée à l'étage de descente par un câble. Avant de la fixer définitivement, Neil fait un tour sur lui-même pour décrire le panorama aux Terriens. Enfin, il la fixe sur le pied, mais comme il n'a pas de viseur à sa disposition c'est McCandless qui le guide pour obtenir un bon cadrage. Cela fait une heure que les deux astronautes vivent sur leur système de survie.

Pendant qu'Armstrong joue au réalisateur de cinéma, Aldrin est en train d'installer la première expérience scientifique. Il déploie une sorte de voile faite d'aluminium très fin, destinée à piéger les gaz rares (Hélium, Néon, Argon, Krypton, Xénon) contenus dans le vent solaire. Cette voile sera repliée à la fin de l'EVA pour revenir sur Terre pour analyse[255]. Après quoi les

[254] Aldrin/Magnificent desolation – p.33.
[255] Apollo Lunar surface operation plan.

deux astronautes s'affairent à planter le drapeau américain, tandis que Collins refait son apparition après un passage derrière la Lune. Il a tout raté et McCandless le met au courant : « *L'EVA progresse parfaitement. Je crois qu'ils sont en train de poser le drapeau maintenant (...) Je crois que tu es la seule personne aux alentours qui n'a pas la couverture télé de la scène* ». Sur la Lune, le drapeau est enfin en place, déployé par une tige horizontale qui donne l'illusion qu'il flotte dans le vent, qu'il n'y a bien sûr pas sur la Lune.

Quelques minutes plus tard, McCandless les appelle : « *Nous aimerions vous avoir tous les deux dans le champ de vision de la caméra pendant une minute. Neil et Buzz, le Président des États-Unis est dans son bureau maintenant et aimerait vous dire quelques mots* ». « *Mon rythme cardiaque, qui était resté bas pendant tout le vol, bondit soudainement*[256] » se rappellera Aldrin. Effectivement, sa télémétrie montre qu'il passe subitement d'environ 80 pulsations/minute à 100[257]. À gauche de l'image apparaît Richard Nixon, dans son bureau et au téléphone. À droite les deux astronautes, debout à côté du drapeau et le LM en arrière-plan : « *Hello, Neil et Buzz, je vous parle par téléphone depuis le bureau ovale à la Maison Blanche et c'est certainement l'appel téléphonique le plus historique qu'il n'y ait jamais eu. Je ne peux pas vous dire à quel point nous sommes tous fiers de ce que vous avez fait. C'est un jour de fierté pour chaque Américain. Je suis sûr aussi que tous les peuples autour du monde se joignent aux Américains pour reconnaître cet immense exploit. Grâce à ce que vous avez fait, les cieux font désormais partie du monde de l'homme. Alors que vous nous parlez depuis la mer de la Tranquillité, cela nous inspire pour redoubler d'efforts pour amener la paix et la tranquillité sur Terre. Dans un moment inestimable dans toute l'histoire de l'homme, tous les peuples de la Terre ne font plus qu'un. Un dans leur fierté pour ce que vous avez fait et un dans nos prières pour que vous reveniez en toute sécurité sur Terre* ». Armstrong lui répond *: « Merci Monsieur le Président. C'est un grand honneur et un grand privilège pour nous d'être ici, représentant non seulement les États-Unis, mais aussi des hommes de paix de toutes les nations, animés de passion et de curiosité et d'une vision pour le futur. C'est un honneur de participer ici aujourd'hui ».* Et Nixon rajoute *: « Merci beaucoup et j'attends, nous attendons tous, de vous voir sur le Hornet*[258] *jeudi ».*

---

[256]Aldrin,/Magnificent Desolation – p.37.

[257]Apollo 11 mission report. - figure 12-3.

[258]L'USS Hornet est le porte-avions qui recueillera les astronautes à leur retour.

Après cet épisode protocolaire vient le temps du programme scientifique. Il a été organisé en différentes parties suivant les priorités. Tout d'abord, il fallait ramasser le plus vite possible une petite quantité d'échantillons, dits de précaution (1 kg environ). C'est ce qu'Armstrong a fait dès le début de son EVA. Puis une deuxième série d'échantillons, dite en vrac, plus volumineuse (une dizaine de kilos était prévue) dont le but est d'assurer une grande quantité de matière pour les chercheurs. Après quoi, doivent suivre le déballage et l'installation d'une série d'expériences scientifiques globalement désignées sous le terme EASEP (Early Apollo Surface Experiments Package). Cet ensemble est constitué d'un sismographe, d'un réflecteur laser (LRRR, Laser Ranging RetroReflector) et du collecteur de vent solaire déjà installé par Aldrin. Le réflecteur a pour but de permettre la réflexion d'un rayon laser tiré depuis la Terre. En mesurant le temps d'aller-retour du rayon lumineux, on pourra déterminer très précisément la distance Terre-Lune. Pour que le sismographe puisse fonctionner, il a besoin d'électricité : il est donc accompagné de deux panneaux solaires, d'une antenne et du système de communications qui permettra l'envoi de commandes de pilotage depuis la Terre et le retour des mesures. Enfin, un dernier lot d'échantillons doit être recueilli[259]. Il s'agit d'une part, de réaliser des carottages pour extraire de la matière à quelques centimètres sous la surface, et d'autre part, de prélever de nouveaux échantillons, dits documentés, accompagnés de photographies et de commentaires sur le contexte. Parmi tout ce matériel, il y a également un autre appareil photo, un peu particulier. Il permet de prendre des photos en gros plan et en stéréo du sol.

Armstrong s'attelle au prélèvement des échantillons en vrac. L'opération lui prend beaucoup plus de temps qu'à l'entraînement. À chaque fois qu'il recueille des échantillons, il doit revenir vers le MESA pour les déposer dans un container. Mais le MESA est dans le noir et il préfère faire sa récolte au soleil où il voit beaucoup mieux ce qu'il prélève. Il doit donc parcourir plus de chemin que prévu. Il fera une vingtaine d'allers-retours entre le MESA et sa zone de prélèvement. « *J'essayais de choisir divers types de pierres de telle sorte que, si nous ne pouvions obtenir les carottes, au moins, nous aurions divers types de pierres dans les échantillons en vrac* [260] » commentera-t-il plus tard. Pendant ce temps, Aldrin a récupéré l'appareil photo. Il ne dispose pas du dispositif pour le fixer à sa poitrine et le tient simplement dans ses mains.

---

[259]Apollo Preliminary science report.

[260]Apollo 11 Mission report.

La sortie du LM de Buzz Aldrin photographiée par Neil Armstrong

Début de la sortie, Aldrin est à genoux. On voit, à gauche, les câbles du LEC qui a permis de descendre l'appareil photo.

Aldrin doit faire une reptation en arrière pour atteindre la plateforme du porche.

La sortie du LM de Buzz Aldrin photographiée par Neil Armstrong

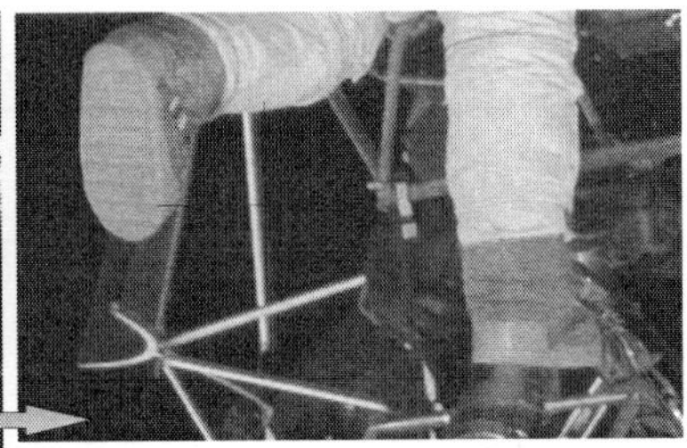

Pour atteindre l'échelle il a dû faire un petit saut. Sur cette photo les deux pieds sont sans appui.

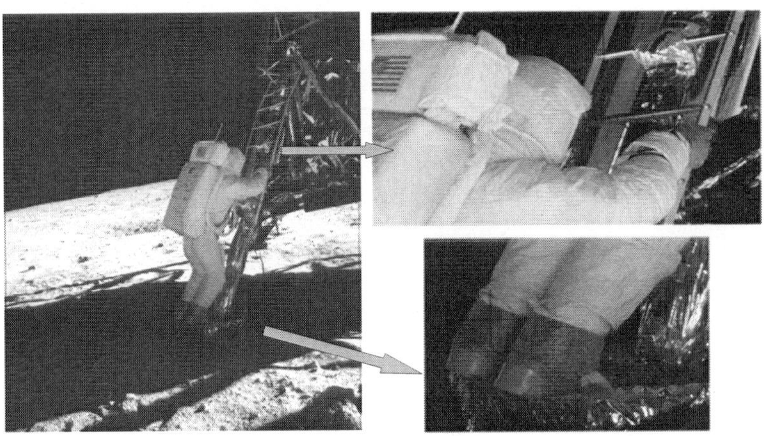

Une fois arrivé au pied de l'échelle, Aldrin pose les deux pieds dans le plateau sur lequel il doit prendre appui pour sauter sur le premier barreau.

En haut, au premier plan Aldrin se tient près du sismographe. Un peu plus loin, on voit le réflecteur laser. Près du LM, le drapeau est bien visible et au fond, on aperçoit la caméra de télévision. À gauche, Aldrin prélevant une carotte (NASA).

Il prendra l'empreinte de son pied dans la poudre lunaire. Cette photo deviendra très célèbre, car très symbolique du premier pas de l'Homme sur la Lune. Au retour de la mission, on se rendra compte qu'il n'y a aucune photo d'Armstrong. En tout cas de bonnes photos. Sur celles où on l'aperçoit, il est loin de l'objectif et de dos. Certes, Aldrin n'a pas eu en main l'appareil pendant très longtemps, mais on peut se demander pourquoi il n'a pas eu l'idée de prendre au moins une photo de son coéquipier alors qu'il a eu celle de photographier sa propre empreinte ? Armstrong, très sport, dira : « *Il est un peu plus photogénique que moi*[261] ». Après avoir recueilli 14 kg d'échantillons[262], Armstrong reprend l'appareil photo pour photographier la zone de prélèvement. En suivant, il prend la photo la plus célèbre de toutes les missions Apollo. Elle contient en un cliché toute la situation de la base de la Tranquillité. On y voit Buzz Aldrin devant le paysage lunaire et dans son viseur se reflètent le LM, le drapeau américain, le collecteur de vent solaire et Armstrong.

À présent, Aldrin extrait le sismographe et le réflecteur laser de leur compartiment dans le LM. Il se charge de l'installation du sismographe, des capteurs solaires et des moyens de communication, tandis qu'Armstrong s'occupe du réflecteur laser.

« *Buzz, c'est Houston. Il vous reste environ 10 minutes avant d'entamer la fin de votre EVA* » intervient McCandless. Ils doivent très vite s'occuper des carottages. Mais Armstrong a décidé de faire d'abord une nouvelle série de photos panoramiques depuis le bord du petit cratère qui se trouve à proximité, baptisé « Little West crater » (le petit cratère ouest). Il court littéralement au point que son cœur passe instantanément à 145 pulsations. De son côté, Aldrin commence à s'occuper du prélèvement des carottes. Il doit planter le carottier dans le sol avec un marteau. Mais il a quelques difficultés : « *Houston, J'espère que vous voyez combien il m'est difficile d'enfoncer ceci dans le sol jusqu'à 12 cm* ». Puis il s'attaque à un deuxième carottage, avec les mêmes difficultés. Finalement, McCandless sonne la fin de la récréation lunaire : « *Buzz, c'est Houston. Il est temps de commencer vos activités de clôture de votre EVA* ». Il leur reste environ cinq minutes pour les échantillons documentés. Armstrong se contentera de ramasser une vingtaine d'autres roches.

---

[261] Armstrong/NASA oral history.

[262] APOLLO Preliminary science report.

Houston, pendant la marche lunaire.
La première image en provenance de la Lune vient d'apparaître sur l'écran géant (au fond). Charles Berry surveille le rythme cardiaque d'Armstrong sur le cardioscope placé devant lui.

Aldrin vient d'atteindre le bas de l'échelle.

Comme des millions de gens, les contrôleurs, et les astronautes David Scott et Pete Conrad (au centre), regardent Armstrong et Aldrin évoluer sur la Lune.

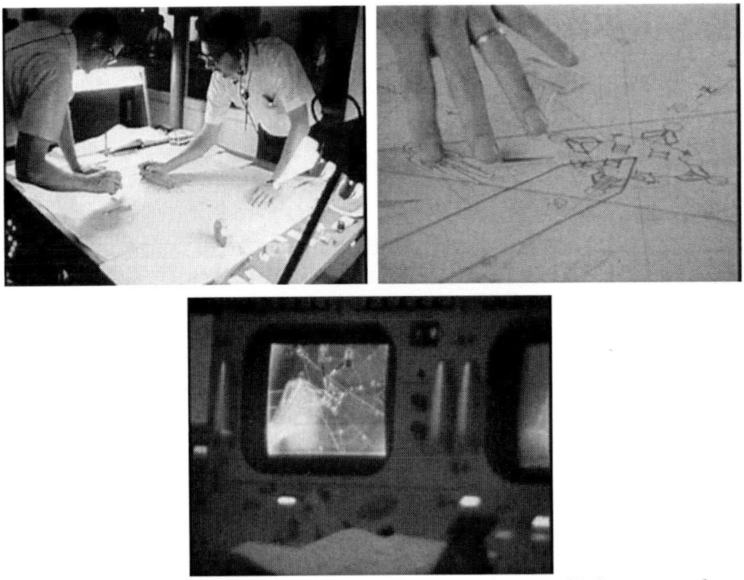

En haut à gauche, ces deux hommes repèrent chaque déplacement des deux astronautes et les reportent sur une carte (en haut à droite). Une caméra verticale film et l'image est transmise sur les écrans des contrôleurs ou sur l'écran géant (en bas).

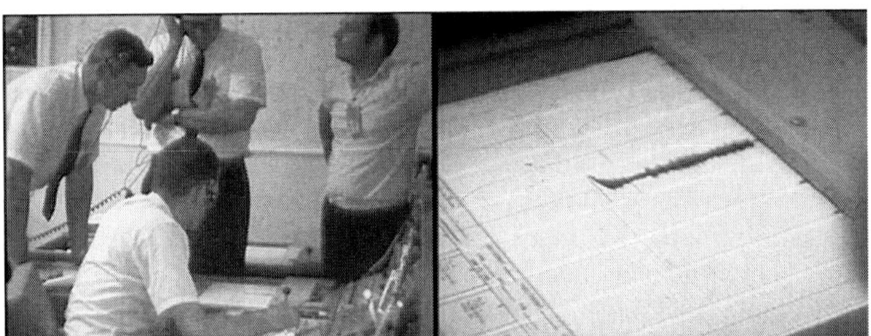

Dans la salle ESEP (Early Scientific Experiment Package) les données commencent à arriver en provenance du sismographe installé sur la Lune.

Buzz doit maintenant retirer la pellicule de l'appareil photo stéréoscopique et la mettre dans une de ses poches. Juste avant de remonter sur l'échelle, il lance « *Adios amigo... quelque chose de plus avant que je remonte, Bruce ?* ». « *Négatif, remonte sur l'échelle, Buzz* » répond McCandless. Pendant qu'il remonte, Armstrong récupère la pellicule de l'autre appareil photo, qui, lui, sera abandonné sur la Lune. Grâce au LEC, les containers d'échantillons et la pellicule sont remontés dans le LM. « *Qu'en est-il du paquet que tu as sur ta manche* ? » dit Armstrong en rappelant à Aldrin qu'il a oublié quelque chose. En effet, les deux hommes ont prévu de laisser sur la Lune une série de médailles commémoratives en hommage aux astronautes morts pour la conquête de l'espace. C'est Aldrin qui les porte dans une poche sur un de ses bras. Il s'agit de l'insigne de la mission Apollo 1 en l'honneur de Gus Grissom, Ed White et Roger Chaffee, deux médailles en l'honneur des cosmonautes soviétiques Youri Gagarine et Vladimir Komarov, un disque sur lequel sont reproduits des messages d'amitiés de soixante-treize pays et une broche en forme de branche d'olivier[263]. Depuis le porche, Buzz lance le paquet au sol. Neil peut maintenant remonter à bord. Il bondit directement sur la troisième marche de l'échelle[264], et réintègre leur maison lunaire.

« *La trappe est fermée, verrouillée, sécurité vérifiée* » annonce Aldrin. Cette trappe est restée ouverte deux heures et trente-sept minutes et ils vont

Vue rapprochée de la médaille contenant les messages de paix de soixante-treize pays laissée sur la Lune par les deux astronautes à la fin de leur sortie. (NASA)

[263] Aldrin/Magnificent desolation – p.41.
[264] Apollo 11 mission report.

devoir la rouvrir dans quelques minutes pour se débarrasser du poids superflu. À peine l'ont-ils verrouillée que McCandless leur demande : « *Je comprends que vous avez dit quelque chose à propos des échantillons de précaution sur le moteur d'ascension ?* ». En fait, les communications sont très mauvaises et il est probable que le CAPCOM les a entendu parler de la « petite expérience » qu'ils sont en train de mener. Avant leur départ de Terre, certains scientifiques avaient émis l'hypothèse que les pierres ou la poussière lunaire s'enflammeraient au contact de l'oxygène lors de la repressurisation de la cabine. Or, si les échantillons en vrac et les carottes sont dans des containers hermétiquement fermés, leur scaphandre est couvert de poussière et les échantillons de précaution sont dans la poche d'Armstrong. Alors que la cabine se repressurise, les deux hommes ont posé les pierres sur le capot du moteur de montée qui émerge dans la partie arrière de la cabine. « *Quand Neil et moi sommes revenus dans le LM, nous avons soigneusement regardé si les échantillons étaient affectés par l'oxygène (...) Aussi, alors que nous ouvrions l'oxygène de la cabine, si de la fumée se dégageait de l'échantillon, nous pouvions encore ouvrir la trappe et le jeter dehors. Tout ceci était prévu, juste en cas*[265] » racontera Aldrin. L'échantillon ne s'enflamme pas. En enlevant leur casque, ils constatent que la Lune sent la poudre à canon[266].

Débarrassés de leur casque et de leurs gants, ils entament une vérification des systèmes de leur vaisseau. C'est alors que Buzz remarque qu'un des nombreux interrupteurs d'un panneau de contrôle est cassé. Comme il se situe de son côté c'est probablement lui qui l'a accroché et cassé lors d'une de ses manœuvres avec son gros sac à dos. Mais ce n'est pas n'importe quel interrupteur. C'est celui qui commande le circuit d'armement, qu'il va falloir fermer, pour allumer le moteur. Sans quoi le LM ne pourra pas décoller. Cet interrupteur a deux positions possibles. Soit enfoncé pour fermer le circuit et donc armer le moteur, soit tiré pour le désarmer. Deux questions se posent : dans quelle position est l'interrupteur et comment faire pour armer le circuit ?

Aldrin appelle Houston : « *Avez-vous un moyen de voir la configuration de l'interrupteur du circuit d'armement du moteur ? La raison de cette question est que son extrémité est cassée. Je pense que nous pouvons le pousser. Je ne suis pas sûr que nous puissions le tirer à nouveau si nous le*

---

[265] Aldrin/Magnificient desolation – p.44.
[266] Aldrin/Men from Earth – p.244.

poussons ». Après une vingtaine de secondes de réflexion, le CAPCOM répond : « *Notre télémétrie montre que l'interrupteur du circuit d'armement du moteur est actuellement dans la position ouvert. Nous voulons que vous le laissiez ouvert jusqu'au moment prévu pour le pousser, c'est-à-dire plus tard* ». L'interrupteur est donc dans l'état normal, celui dans lequel il a été mis juste après l'alunissage. Pour repartir, il suffira de le pousser, mais avec quoi puisqu'il est cassé ? Ils ont encore quelques heures pour y réfléchir. En attendant, ils vont finir la pellicule de l'unique appareil photo Hasselblad qui leur reste, car ils devront le jeter par-dessus bord, un peu plus tard, avec d'autres matériels devenus inutiles comme les deux sacs à dos, lourds et volumineux. Au cours de cette séance photo Aldrin prend un portait du commandant. On le voit manifestement heureux, mais les traits tirés et les yeux rougis par la fatigue. Cela se comprend quand on regarde la télémétrie de son rythme cardiaque. Pendant les deux premières heures son cœur battait entre 100 et 120 pulsations/minute. Durant les trente dernières minutes, il était constamment au-dessus de 120 pulsations avec un premier pic à 145, puis un autre à presque 160 lors du transfert des containers d'échantillons dans le LM. Le cœur d'Aldrin était le plus souvent aux alentours de 80 pulsations avec quelques pointes à 100[267]. Il faut préciser qu'Aldrin était nettement plus sportif qu'Armstrong.

Collins repasse dans le ciel et McCandless l'informe : « *Mike, tu seras intéressé de savoir que nous avons eu des réflexions du réflecteur laser qu'ils ont installé et que nous serons capables d'en obtenir des informations un peu plus tard* ». Un rayon laser a déjà été tiré vers la Lune et a atteint le réflecteur. Ainsi la position du LM va pouvoir être déterminée précisément et communiquée à Collins, ce qui permettra de faciliter le rendez-vous après le décollage. L'autre expérience scientifique qui reste sur la Lune, le sismographe, fonctionne aussi très bien. D'ailleurs, alors même que les deux hommes marchaient sur la Lune, l'appareil enregistrait les vibrations provoquées par leurs pas.

Puis le CAPCOM s'adresse à nouveau à la base de la Tranquillité : « *Pour votre prochaine dépressurisation, il est acceptable d'utiliser la valve de vidage au-dessus de vos têtes en plus ou à la place de la valve de vidage de la trappe avant pour accélérer la dépressurisation de la cabine* ». Effectivement, pour éjecter le matériel il faut rouvrir la trappe et donc,

---

[267]Apollo 11 technical crew debriefing.

dépressuriser à nouveau. Ils remettent leur casque, branchent leurs cordons ombilicaux sur le système de contrôle environnemental du LM, dépressurisent la cabine, à l'aide des deux valves, et ouvrent la trappe. À l'extérieur, la caméra de télévision filme toujours le LM et les images sont toujours retransmises vers la Terre. On y voit très bien les deux PLSS tomber au sol puis un troisième paquet, le sismographe enregistrant les vibrations des trois chocs. La trappe est ensuite refermée et la cabine à nouveau pressurisée, pour la dernière fois. Afin d'économiser l'énergie, la retransmission de la caméra de télévision est coupée. Les deux astronautes peuvent maintenant se reposer quelques heures afin de reconstituer leur propre énergie. Enfin presque, car l'équipe verte repasse la main à l'équipe marron et Owen Garriott, qui a repris sa place de CAPCOM, a encore quelques questions a poser en guise de débriefing des événements de la journée. C'est seulement ensuite que Neil et Buzz pourront prendre un repos mérité.

Cela fait douze heures que la Lune a été conquise. Pour la première fois, deux Terriens vont dormir sur un autre monde pendant qu'un troisième fera des ronds autour. Ils ne seront même pas perturbés par la sonde soviétique, Luna 15, qui dans sa tentative d'alunissage, s'écrasera dans la mer des Crises. Les Soviétiques ont perdu. Les Américains n'ont pas encore tout à fait gagné puisqu'il leur reste à réaliser la deuxième partie du dessein de Kennedy : revenir sains et saufs.

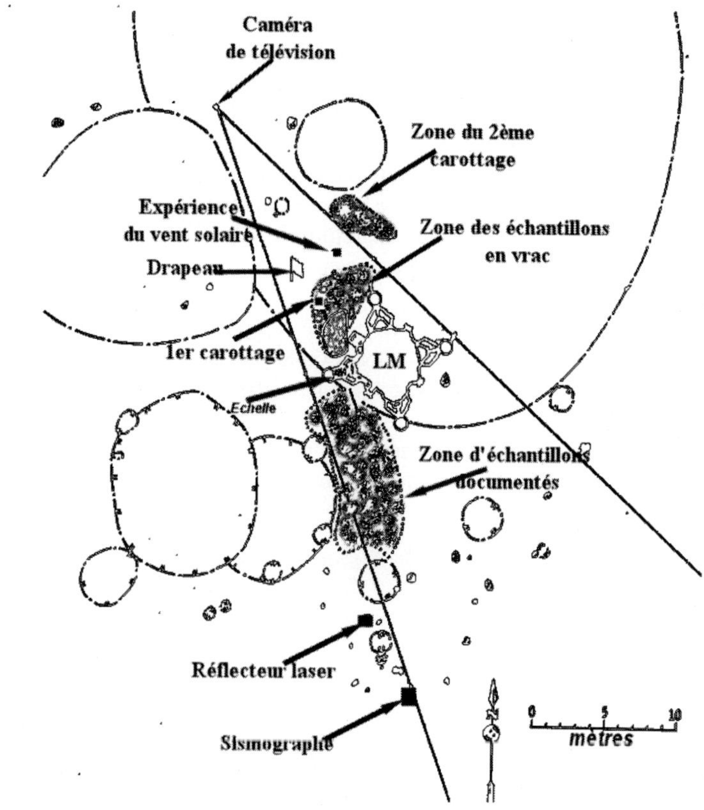

Le plan de la base de la Tranquillité (d'après Apollo 11 mission report)

Chapitre douze

... Et le(s) ramener sain(s) et sauf(s)

Un peu plus et vous pouviez disposer de nos billets de retour.
Capitaine Haddock (marin)

« Dormir » est un bien grand mot. Au début de leur période de repos, la température était correcte. Les deux hommes ont revêtu leur casque et leurs gants et se sont branchés sur le système de survie du LM pensant pouvoir se maintenir à une température supportable. Mais ce n'est pas le cas, il fait de plus en plus froid. Hermétiquement bouclés dans leur scaphandre, ils sont un peu isolés du bruit ambiant du vaisseau et ils évitent de respirer la poussière de Lune qu'ils y ont apportée. Ils sont aussi considérablement gênés par la forte lumière du Soleil qui pénètre à l'intérieur, même avec les hublots obstrués. « *C'était une bataille sans fin pour obtenir des conditions minimales pour dormir et nous ne les avons jamais eues. Même si nous les avions eues, je ne suis pas sûr que nous aurions dormi*[268] » commentera le commandant.

À Houston, c'est maintenant l'équipe noire de Glynn Lunney qui a pris le contrôle des opérations. Le nouveau CAPCOM est Ron Evans[269], et il joue les réveils-matins : « *Base de la Tranquillité, base de la Tranquillité, Houston* ». C'est Armstrong qui répond : « *Bonjour, Houston. Base de la Tranquillité, à vous* ». Evans demande quelques nouvelles de la « nuit ». Aldrin lui répond « *Neil s'est confectionné un bon hamac avec une longe non utilisée et il était étendu sur le capot du moteur d'ascension et moi j'étais recroquevillé sur le sol* ». Armstrong a effectivement attaché cette longe à la structure de façon a maintenir ses pieds en l'air alors que le haut de son corps

---

[268]Apollo 11 technical crew debriefing.
[269]Ron Evans fera partie de l'équipage d'Apollo 17 en tant que pilote du module de commande.

repose sur le capot du moteur[270]. Evans enchaîne immédiatement sur les choses sérieuses : « *Nous ne voulons pas du radar de rendez-vous pendant l'ascension. Nous pensons que cela nous évitera quelques-unes des alarmes de dépassement de capacité que nous avons eues pendant la descente* ». Evans ne fait que transmettre l'analyse qui avait déjà été faite juste après l'alunissage. Mais Aldrin ne comprend pas bien, car pour lui le radar n'était pas connecté à l'ordinateur et ne pouvait pas avoir causé ces alarmes. Il répond : « *Nous avions le radar de rendez-vous sur la position SLEW, pas sur la position LGC* ». « *Nous avons enregistré cela. Mais il a une charge plus grande sur... [il se reprend] il y a un bon 15 pour cent de charge [supplémentaire] sur le programme ascensionnel. Alors, continuez et laissez-le éteint* » explique Evans.

Les deux astronautes doivent dérouler une longue check-list afin de préparer le LM et réaligner la plateforme inertielle. Il le feront à la fois avec leur sextant, mais aussi avec le radar de rendez-vous en « accrochant » le transpondeur de Columbia qui passe au-dessus de leur tête. Puis, Collins disparaît à nouveau derrière la Lune. Le décollage aura lieu vingt-six minutes après sa réapparition sur l'autre bord. Il y avait beaucoup de risques dans toutes les phases précédentes de la mission, mais il y avait toujours une solution de secours en cas d'incident. Sur le trajet vers la Lune, le module de commande et de service pouvait être éventuellement secouru par le LM. C'est d'ailleurs ce qui fut fait lors de la mission Apollo 13. Pendant la descente vers la Lune, il y avait la possibilité de larguer l'étage de descente et de remontée avec le moteur ascensionnel. Cette fois, il n'y aura pas de solution de secours si le moteur du LM ne démarre pas. « *Un petit hoquet et ils sont des hommes morts*[271] » écrira Collins. Ceux des Terriens qui ont survécu aux deux précédents suspenses s'apprêtent à recevoir une nouvelle charge d'adrénaline. Ce n'est rien à côté de l'angoisse du pilote du module de commande. « *J'ai volé dix-sept ans, seul ou avec d'autres, j'ai écumé la calotte glaciaire du Groenland en décembre et la frontière mexicaine en août, j'ai tourné autour de la Terre quarante-quatre fois à bord de Gemini X. Mais je n'ai jamais sué autant que pour le LM maintenant. Ma terreur secrète des six derniers mois était de les laisser sur la Lune et de revenir seul sur la Terre. S'ils échouent dans leur ascension, ou s'ils s'écrasent, je ne vais pas me suicider. Je vais*

[270]Apollo 11 technical crew debriefing.
[271]Collins/Carrying the fire – p.412.

revenir à la maison, immédiatement, mais je serai un homme marqué pour la vie et je le sais[272] » dira Collins.

Collins réapparaît. Dans vingt-six minutes, il sera fixé. Evans est dans la tour de contrôle : « *Vous êtes autorisé à décoller* » et Aldrin lui répond « *Compris. Nous sommes numéro un sur la piste* ». À la fin du compte à rebours Armstrong devra appuyer sur le gros bouton « ABORT STAGE » celui qu'il aurait pu utiliser pour abandonner la descente la veille. Mais cette fois, il servira simplement, comme son nom l'indique, à abandonner l'étage de descente. Avant que le moteur ne s'allume, la partie supérieure du LM doit être séparée de la partie basse. Lorsque le bouton sera pressé, et qu'Aldrin confirmera la manœuvre en appuyant sur la touche PROCEED du clavier de l'ordinateur, une lame, telle une guillotine, viendra sectionner les câbles qui relient les deux étages. Puis les boulons explosifs qui les maintiennent ensemble seront déclenchés et enfin, le moteur s'allumera pour propulser Eagle dans les cieux sélènes. Il n'y aura pas d'images en direct du décollage puisque la caméra de télévision est restée sur le sol lunaire à quelques mètres du LM et qu'elle n'a pas de batterie et d'antenne autonome pour assurer la transmission. En revanche la caméra 16 mm est fixée devant le hublot d'Aldrin. Mais il a oublié de la déclencher. Reste que le problème de l'interrupteur cassé du circuit d'armement du moteur n'est pas encore résolu. L'idée vient à Aldrin d'utiliser la pointe d'un stylo-feutre qu'il a dans sa poche. Au moment d'armer, il l'insérera dans l'emplacement de l'interrupteur et appuiera, en espérant que cela marche.

L'heure fatidique arrive et l'ordinateur affiche le décompte final qu'Aldrin énonce « *9, 8, 7, 6, 5, ABORT STAGE, moteur armé, ascension, PROCEED* ». La guillotine tranche, les boulons explosifs explosent, le moteur démarre, Buzz retrouve la mémoire et déclenche la caméra, ratant ainsi le tout début de la montée, le pouls de Neil s'envole comme son engin. Eagle a à nouveau des ailes. Durant dix secondes, l'ascension est parfaitement verticale. Puis, comme prévu, la trajectoire s'incline afin de devenir tangentielle à l'orbite visée qui devrait être atteinte dans sept minutes et dix-huit secondes[273]. Collins retient sa respiration. Après une minute, Aldrin rapporte : « *Une promenade très tranquille, juste un petit balancement d'avant en arrière. Pas beaucoup d'activité du propulseur* », juste de quoi

[272]Collins/Carrying the fire – p.411.
[273]Apollo lunar descent and ascent trajectiories.

faire monter le cœur d'Armstrong à 120 pulsations[274]. L'idée du feutre a fonctionné et Aldrin avouera l'avoir conservé jusqu'à nos jours ainsi que l'interrupteur cassé[275].

La progression se poursuit de manière complètement nominale et finalement l'orbite est atteinte sans encombre à une altitude de 17,6 km et une vitesse de l'ordre de 5 800 km/h. Ils sont au périlune d'une orbite dont l'apolune se situe à 87,6 km. « *Eagle est de retour en orbite après avoir quitté la base de la Tranquillité et laissé derrière un exemplaire de notre insigne d'Apollo 11 et une branche d'olivier* » annonce le commandant. « *Eagle, Houston. Compris. Nous enregistrons. Le monde entier est fier de vous* » lui répond Evans.

Dès que possible, Aldrin s'empresse de rallumer le radar de rendez-vous. Docteur rendez-vous va pouvoir jouer à son jeu favori. La course poursuite s'engage maintenant. Collins est sur une orbite plus élevée à environ 110 km d'altitude. Eagle est le poursuiteur, c'est lui qui doit se hisser sur la même orbite et rattraper Columbia. Cependant, en cas d'une défaillance quelconque sur le LM, les rôles peuvent être inversés et Collins pourra jouer le rôle de poursuiteur.

La méthode utilisée est le rendez-vous coelliptique. Elle nécessite pratiquement deux tours de Lune. Environ trois quarts d'heure après le décollage, les deux vaisseaux passent de l'autre côté de la Lune. Onze minutes plus tard intervient la première manœuvre (CSI[276]). Il s'agit de circulariser l'orbite, en créant une poussée au moyen des moteurs d'attitude et de telle sorte que la différence d'altitude avec l'orbite de Columbia reste constante à 28 km. Collins réapparaît le premier, suivi de Eagle trois minutes plus tard qui atteint sa nouvelle orbite juste avant de repasser au dessus de la base de la Tranquillité. « *Eagle, Columbia. Passant au-dessus du site d'atterrissage. C'est sûr que c'est super de regarder là en bas et de ne pas vous y voir* » plaisante Collins exprimant son soulagement.

Maintenant, dans les deux vaisseaux les ordinateurs font les calculs pour la prochaine manœuvre qui sera la phase terminale (TPI[277]) et qui placera le LM sur une trajectoire de transfert de son orbite vers celle du CSM. Juste

---

[274] Apollo 11 mission report.
[275] Aldrin/magnificent desolation – p.46.
[276] Coelliptic Sequence Initiation.
[277] Terminal Phase Initiation.

avant de passer à nouveau derrière la Lune, les moteurs d'attitude s'allument, délivrant la poussée nécessaire pour ce dernier changement d'orbite. À bord des deux vaisseaux les caméras 16 mm tournent. Collins aperçoit le clignotement du phare de position du LM, point minuscule devant la surface lunaire qui défile. Le paysage est gris, tourmenté par d'immenses cratères, des vallées, des monts qui composent le décor irréel du retour triomphal des deux héros.

Le LM est maintenant tout près du module de commande et Armstrong le maintient en formation à quelques mètres. Derrière Eagle la Terre se lève et Collins, contemplant ce spectacle fabuleux, s'émerveille : « *La Terre monte déjà. C'est fantastique !* ». Il prend alors une photo de la scène qui illumine ses yeux, la Lune, la Terre et le module lunaire.

Eagle de retour de la Lune photographié par Mike Collins (NASA).

Le rendez-vous est terminé. C'est Collins qui doit piloter maintenant pour assurer l'amarrage. La sonde de Columbia s'engage dans le panier d'Eagle. Au bout de la sonde d'amarrage, les crochets capturent l'oiseau. Les bras de la sonde se rétractent, les verrous se verrouillent. De chaque côté, on ouvre les trappes du tunnel de jonction. « *Le premier à traverser est Buzz avec un grand sourire sur son visage. Je saisis sa tête, une main sur chaque tempe, je suis sur le point de lui donner un baiser sur le front, comme des parents le feraient pour accueillir un enfant égaré ; mais alors, embarrassé, je pense qu'il est mieux de saisir sa tête, puis celle de Neil*[278] » racontera Collins.

Environ deux heures après, et sans avoir oublié de transférer à bord de Columbia tous les morceaux de Lune, Eagle est largué, abandonné à son sort. Ses réserves d'énergies s'épuiseront vite, il tournera longtemps autour du satellite de la Terre avant de finir par s'y écraser. Avec cette séparation, les sentiments sont partagés à bord de Columbia. D'un côté, Collins n'est pas mécontent de le voir partir. Ce vaisseau symbolise pour lui toute son angoisse. Il tenait entre ses systèmes les vies de ses coéquipiers et, par la même occasion, les conditions de son propre futur. D'un autre côté, Armstrong et Aldrin sont émus de devoir abandonner ainsi ce « vieux » compagnon qui ne les a pas lâchés.

Cinq heures plus tard, alors qu'ils font leur dernier passage du côté de la face cachée de la Lune, le moteur principal s'allume pour communiquer la poussée nécessaire pour propulser Columbia vers la Terre.

À leur retour les astronautes ont eu droit aux honneurs et aux médailles. On n'oublia pas qu'ils n'étaient pas vraiment seuls là-haut. L'ensemble du contrôle de mission fut aussi récompensé pour son rôle décisif. Quelques jours après le retour d'Apollo 11, Richard Nixon remit le NASA Group Achievement Award[279] à Steve Bales, choisi pour représenter l'ensemble des contrôleurs. Nixon prononça ces mots : « *C'est ce jeune homme, qui lorsque l'ordinateur semblait embrouillé et quand il aurait pu dire stop, ou quand il aurait pu dire attendez, a dit, GO*[280]. » Certes, celui qui a réellement apporté la solution, au plus fort de l'histoire, était Jack Garman. Lui-même a admis malgré tout que celui sur lequel pesait la décision était bien Bales, c'est lui qui aurait dû en répondre[281]. On pourrait aussi se poser la question : quelqu'un avait-il dit à Nixon que l'embrouille ne venait pas de l'ordinateur ?

Monsieur le Président Kennedy, des hommes se sont posés sur la Lune et en sont revenus sains et saufs. Ils avaient sur leurs épaules tous les gars du

---

[278]Collins/Carrying the fire – p.416.
[279]Récompense pour une réussite collective.
[280]Nixon/discours de remise des récompenses.
[281]Garman/NASA oral history.

contrôle de mission de Houston qui eux-mêmes avaient derrière eux les 400 000 personnes qui ont contribué à transformer une simple phrase prononcée devant des députés, en la réalisation d'un des plus vieux rêves de l'humanité.

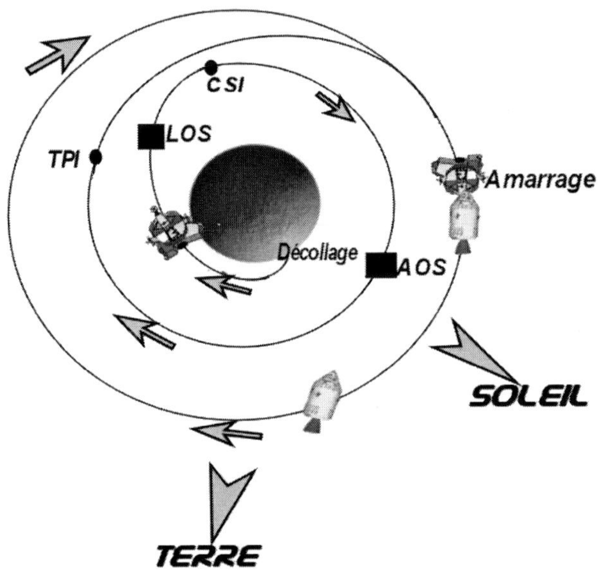

Rendez-vous suivant la méthode co-elliptique

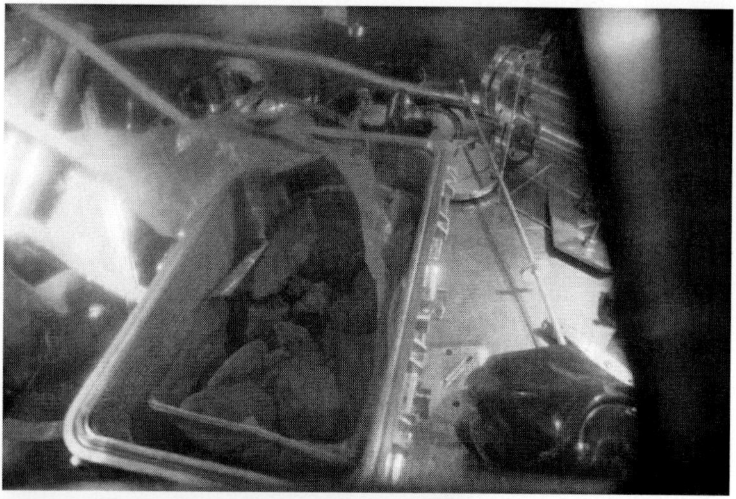

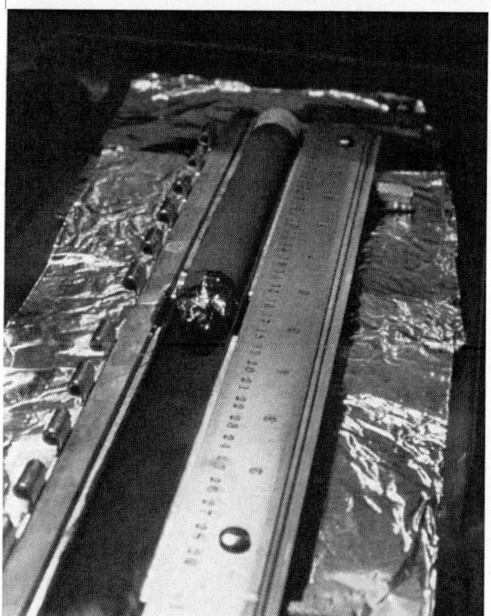

En haut, le container d'échantillons lorsqu'il fut ouvert le 26 juillet 1969.

À gauche, une des carottes prélevées par Buzz Aldrin. (NASA)

Chapitre 13

Et maintenant ?

Pourquoi faites-vous l'ascension de l'Everest ? Parce qu'il est là.
Georges Mallory (alpiniste)

Après le départ d'une moitié d'Eagle, le calme est revenu sur la base de la Tranquillité. Au milieu du paysage reste un monument, l'étage de descente du premier module lunaire, entouré de ce qu'il faut bien appeler quelques déchets humains. Il y reste aussi un champ d'empreintes de bottes, très symboliques. Cinq autres missions sont retournées sur la Lune et dix autres hommes y ont laissé leurs empreintes. Puis, la Lune a été abandonnée. En 2004, le Président George W. Bush relança un programme d'exploration humaine de notre satellite. Il s'agissait du projet Constellation. En préparation à ce retour, deux sondes automatiques, LCROSS et LRO, furent envoyées simultanément vers la Lune, le 18 juin 2009. Leur objectif était de préparer une future présence permanente de l'homme sur la Lune. LCROSS est arrivée aux abords de la Lune avec le moteur du deuxième étage de la fusée. Celui-ci fut propulsé vers la surface de la Lune pour s'y écraser et afin d'analyser le nuage soulevé par l'impact, avec l'espoir d'y trouver de l'eau. La seconde sonde, LRO[282], fut satellisée autour de la Lune afin d'y mener quelques expériences scientifiques. Elle était notamment équipée d'un appareil photographique à forte résolution pour cartographier le plus précisément la surface lunaire. Elle est bien sûr passée au-dessus de la base de la Tranquillité et a envoyé les premières photos précises de la zone depuis quarante ans. Ces photos sont très émouvantes, car les vestiges de la mission Apollo 11, l'étage de descente, le réflectomètre laser et le sismographe y sont très visibles.

---

[282] Lunar Reconnaissance Orbiter.

Au milieu du cercle la tâche blanche est l'étage de descente d'Eagle. On voit très bien son ombre sur sa droite. (NASA – 12 juillet 2009, résolution: 1,14m/pixel)

À la fin de l'EVA Armstrong a couru vers le petit cratère ouest pour le photographier. (NASA)

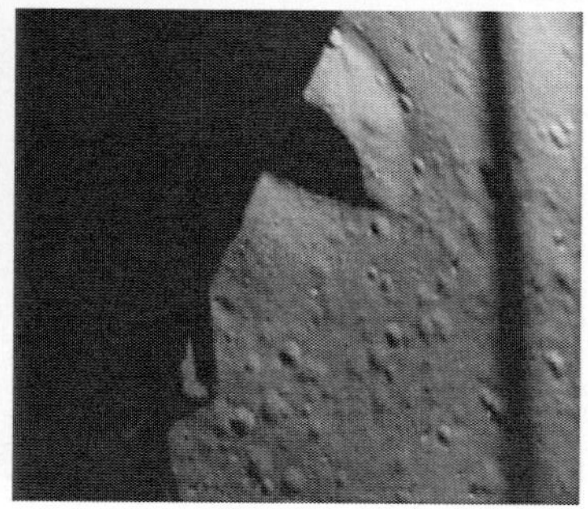

Le petit cratère ouest filmé par la caméra 16 mm pendant l'alunissage. Le LM est passé juste au-dessus avant de se poser. (NASA)

Cette photo a été prise alors que le soleil était à la verticale ce qui écrase le relief mais permet de bien voir les surfaces réfléchissantes du LM et des instruments. (NASA, 1er octobre 2009, résolution:0,5m/pixel)

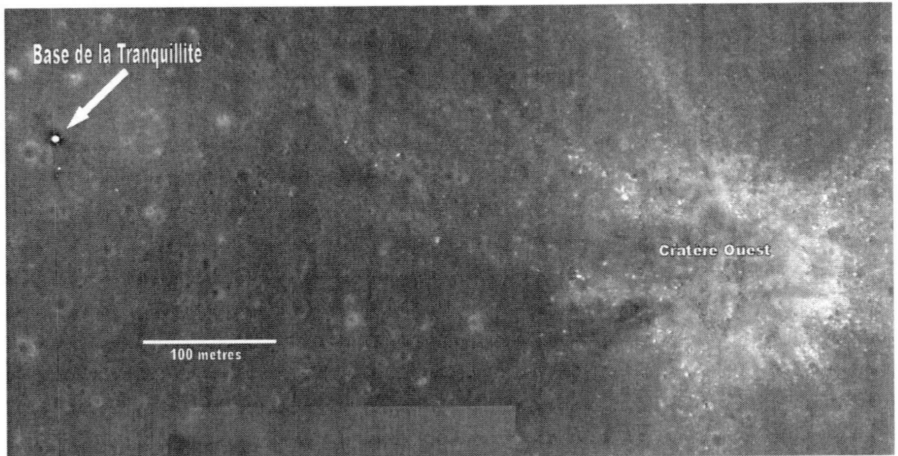

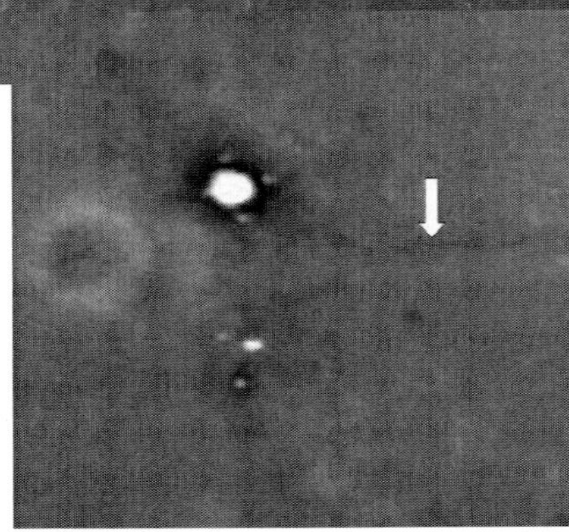

Sur cet agrandissement de la photo précédente la plus grosse tache blanche est le LM. Autour on voit trois des plateaux de pieds. Vers le bas, les deux autres tâches sont le réflecteur laser et le sismographe.

Les zones noires autour du LM et du sismographes sont les zones de piétinement des deux astronautes.
La flèche montre la trace qu'a laissée Armstrong sur le chemin aller-retour vers le petit cratère ouest.

Sous la lumière rasante du Soleil, l'ombre allongée du demi-Eagle trahit la présence de cet objet insolite. Plus étonnant, on voit les zones de piétinement des deux astronautes.

Donc, à partir de 2004, tout semble se mettre en place pour un prochain débarquement sur la Lune à l'horizon 2025. Le programme Constellation est une sorte de super-Apollo. Pour envoyer des hommes se poser sur la Lune, le principe restait le même. Il consistait toujours à former un train lunaire avec un module de commande, baptisé Orion, et un module lunaire, baptisé Altaïr. Comme pour Apollo, Altaïr devait se détacher d'Orion pour se poser sur la Lune. Ce qui différenciait le nouveau projet, c'était d'abord la taille des vaisseaux. La capsule Orion était plus spacieuse que celle d'Apollo, car elle était prévue pour embarquer six astronautes pour des missions en orbite terrestre, ou quatre pour des voyages vers la Lune. De même, Altaïr était un LM gonflé capable de descendre les quatre astronautes sur la surface lunaire. L'autre différence était la manière d'amener ce mécano dans l'espace. Dans la méthode Apollo, une seule fusée Saturn V décollait avec tous les vaisseaux à bord, le module de commande et de service et le module lunaire. Avec la méthode Constellation, on commençait par réaliser un rendez-vous en orbite terrestre.

Une première grosse fusée, Ares V, devait décoller emportant le module lunaire. Une fois sécurisée en orbite, une deuxième fusée, Ares I, plus petite, propulsait la capsule Orion à la poursuite d'Altaïr. Une fois le rendez-vous et l'amarrage réalisés, l'ensemble se propulsait vers la Lune.

Ce programme ne faisait pas l'unanimité, pris dans des débats où s'affrontaient les défenseurs de l'exploration spatiale automatique et ceux qui, au contraire, pensaient qu'il fallait que l'Homme s'enfonce encore plus loin dans l'espace profond, vers Mars. Face à cette cacophonie, et aussi aux budgets de Constellation déjà en dérapage, après son élection en 2008, le nouveau Président américain, Barak Obama, décida de réétudier les options d'exploration spatiale prises par la NASA. Il demanda à une commission d'experts, connue sous le nom de commission Augustine, de faire des recommandations à partir desquelles il prit sa décision. Il la communiqua officiellement lors d'un discours au centre spatial Kennedy, le 15 avril 2010. Bien qu'il y annonça une mauvaise nouvelle pour tous ceux qui pensaient voir l'homme sur la Lune dans un avenir proche, ce discours est aussi fondateur pour le programme spatial américain que celui de Kennedy en 1961. Obama y annonça la fin du programme Constellation, l'abandon de la Lune.

« *Je comprends que certains croient que nous devons tenter de retourner sur la surface de la Lune d'abord, comme initialement prévu. Mais je dois dire franchement ici : nous y avons déjà été. Buzz y a déjà été. [Buzz Aldrin est dans la salle].* » déclare-t-il. En soi, cette affirmation n'est pas très convaincante. En effet, de retour de son premier voyage outre-Atlantique, si on avait dit à Christophe Colomb qu'il n'était plus utile d'y retourner, puisqu'il l'avait déjà fait, l'Amérique n'aurait jamais été découverte. Ni au cours du premier voyage, ni lors des suivants, il ne découvrit le continent américain alors qu'il en vit les rivages sans se rendre compte de ce qu'il avait sous les yeux. Il fallut que d'autres entreprennent le voyage. Il est donc facile de passer à côté des choses importantes. À côté de quoi sont passées les six explorations lunaires d'Apollo ?

La suite de sa justification est beaucoup plus convaincante : « *Il y a beaucoup plus à explorer dans l'espace et beaucoup plus à apprendre. Aussi je crois qu'il est plus important de faire monter en puissance nos capacités à atteindre, et exploiter, une série d'objectifs de plus en plus exigeants, en faisant ainsi avancer nos capacités technologiques à chaque pas en avant. Et c'est ce que cette stratégie nous permet. Et c'est comme ça que nous assurerons que notre suprématie dans l'espace soit même plus forte dans ce nouveau siècle que dans le précédent.* »

Il est ici typiquement dans l'esprit américain de la « nouvelle frontière » à repousser toujours plus loin, tels les conquérants du far-west. Il est aussi dans l'esprit d'Apollo dont le pari, a priori fou, avait aussi pour objectif de provoquer des avancées technologiques importantes (les circuits intégrés et l'ordinateur par exemple). Dans son discours de Rice, Kennedy était dans le même état d'esprit lorsqu'il disait par exemple : « *Mais si je vous disais, mes chers compatriotes, que nous allons envoyer vers la Lune, à 300 000 km du centre de contrôle de Houston, une fusée géante de plus de 100 mètres de haut, la longueur de ce terrain de football, faite de nouveaux alliages, certains qui n'ont même pas encore été inventés...* »

Kennedy avait choisi d'aller sur la Lune, la stratégie dont parle Obama est d'aller d'abord sur un astéroïde puis vers Mars. Voilà le programme ambitieux qu'il assigne à la NASA : « *Au début de la prochaine décennie, des équipages testeront et valideront les systèmes requis pour l'exploration au-delà de l'orbite basse terrestre. Nous attendons, pour les environs de 2025, un nouveau vaisseau spatial, conçu pour de longs voyages, qui nous permettra de commencer la première des missions humaines au-delà de la Lune, dans l'espace profond. Aussi nous commencerons par envoyer des astronautes vers un astéroïde pour la première fois dans l'histoire. Vers le milieu des années trente, je crois que nous pourrons envoyer des êtres humains en orbite autour de Mars et les faire revenir en sécurité. Et un atterrissage sur Mars suivra. J'espère bien être dans les environs pour voir ça.* »

Pour atteindre ces objectifs, Obama accorde une rallonge de trois milliards de dollars à la NASA afin de concevoir un nouveau lanceur lourd capable de lancer le vaisseau spatial, les matériels et moyens de propulsion nécessaires pour atteindre les nouveaux horizons. « *Nous voulons voir de nouvelles conceptions, de nouveaux matériaux, de nouvelles technologies, qui ne changeront pas seulement où nous pouvons aller, mais ce que nous pourrons faire quand nous y serons. Nous terminerons la conception de cette fusée au plus tard en 2015 et nous commencerons à la construire.* »

Ces voyages que promet le Président Obama sont très différents de celui de la Lune. Il faudra au moins trois mois pour faire le trajet vers un astéroïde et six vers Mars. Pour que l'équipage puisse y vivre d'une manière humainement correcte, le vaisseau devra être beaucoup plus spacieux que la petite capsule Apollo. À titre de comparaison, l'expérience russo-européenne, MARS 500, a pour but de simuler un voyage aller-retour vers la planète rouge. Elle a commencé le 3 juin 2010 et se terminera 520 jours plus tard. Les six volontaires (trois russes, un français, un italien et un chinois) doivent vivre dans un vaisseau spatial simulé de cinq cents mètres cubes habitables pour le voyage. L'expérience comprend un deuxième vaisseau destiné à se poser sur Mars de cinquante mètres cubes. Le module de commande d'Apollo représentait un volume pressurisé de six mètres cubes et le module lunaire d'environ quatre mètres cubes. Si on en croit cette expérience, le train martien (hors moteurs, réservoirs et autres dispositifs techniques) devrait avoir un volume cinquante-cinq fois plus grand que le train lunaire ! Il faut toutefois préciser que Mars 500 se déroule dans les conditions de la gravité terrestre et dans l'espace, en apesanteur, l'occupation du volume peut être mieux optimisée, puisqu'il n'y a ni haut ni bas.

L'approche d'un astéroïde ou de Mars sera très différente d'un alunissage. Pour l'astéroïde, s'il est de petite taille, on ne se posera pas vraiment dessus. Le vaisseau spatial s'approchera tout près et des astronautes, attachés par un filin, iront prendre pied à sa surface. Pour Mars, il faudra, comme pour la Lune, une descente propulsée, mais avec un paramètre supplémentaire, il y aura une atmosphère qui compliquera la descente du module martien lorsqu'il quittera son orbite pour atterrir (comment faut-il dire, amarsir ?). Cette même atmosphère pourrait être secouée de turbulences inexistantes sur la Lune et contrariantes pour se poser. Il y a donc plusieurs nouveaux obstacles a franchir avant qu'un homme ne pose le pied sur Mars. Pardon, une femme, car ouvrons les paris, le premier Homme à marcher à la surface de la planète rouge sera une femme.

La distance Terre-Mars n'est pas seulement un facteur de contraintes de vie pour l'équipage, c'est aussi un problème pour le contrôle de mission. En effet, suivant la position des planètes sur leur orbite, la distance Terre-Mars varie entre 55 millions de kilomètres et 400 millions. Il faudra donc entre trois et vingt minutes pour qu'une communication radio passe d'une planète à l'autre. Mais la distance de 55 millions de kilomètres est un événement rare. Cela se produira en 2018, 2036, 2050 etc. Dans le planning donné par Obama, il y a une fenêtre de tir pour arriver en orbite de Mars en 2036. Si on suppose qu'on s'y posera en 2040, la planète sera nettement plus loin. Imaginons la transposition de la séquence des alarmes de programme dans le cas d'un atterrissage sur Mars en 2040, avec le même scénario et les mêmes acteurs.
Armstrong : Alarme de programme... c'est une 12-0-2.
La voix du commandant traverse les 90 millions de kilomètres pour tomber dans les oreilles de Steve Bales... cinq minutes plus tard. « Qu'est-ce que c'est ? » demande-t-il à Jack Garman qui, après une brève réflexion répond : « C'est un dépassement de capacité. Si ça ne se reproduit pas, on est bien. Si ça ne se reproduit pas, nous sommes GO pour continuer ». Bales transmet immédiatement à Gene Kranz sa décision : « nous sommes GO sur cette alarme ». Vingt-sept secondes après la réception de l'alerte d'Armstrong, Duke retransmet le « GO », qui retraverse l'espace. L'aller-retour aura pris dix minutes, délai durant lequel le module martien sera déjà posé, aura abandonné ou se sera écrasé. Le contrôle de mission façon Apollo, ça ne marche plus avec Mars !

Du temps d'Apollo, les deux astronautes ne pouvaient connaître parfaitement tous les systèmes complexes qui animaient le LM ou même le module de commande. Ils avaient besoin du soutien des contrôleurs de vol sur Terre. Chacun d'eux avait une forte spécialisation, un entraînement et une expérience spécifique à son domaine. L'ensemble des contrôleurs fonctionnait comme un cerveau unique. Chacun représentait un neurone capable de s'interconnecter avec les autres et de produire au final un raisonnement rapide et efficace. Compte tenu du peu de décalage Terre-Lune, tout se passait comme s'ils étaient eux-mêmes à bord des vaisseaux spatiaux. C'est pour cela que les alunissages ont réussi. Armstrong et Aldrin ne savaient pas ce qu'était le code d'alarme 1202 et n'avaient aucun moyen de l'interpréter correctement. De même, grâce à la technique des repères au sol, Armstrong avait bien compris que sa trajectoire était trop longue, mais il ne pouvait pas savoir si le décalage s'aggravait ou bien s'il était simplement dû aux conditions initiales de la descente. Les hommes de la tranchée pouvaient faire cette analyse. En contrepartie, ni l'ordinateur de bord, ni le contrôle de mission ne pouvaient prendre la décision de passer en pilotage manuel pour faire face à la réalité du terrain. Seuls les cerveaux d'Armstrong et Aldrin étaient en mesure d'analyser la situation sur place. En fait, dans les dernières secondes, tous les cerveaux étaient connectés et commandaient les mains du commandant de bord. Cette osmose est parfaitement perceptible dans tous les dialogues radio. Au-delà de la langue et du jargon, la brièveté des échanges et les sous-entendus montrent les automatismes qu'ils avaient acquis et la confiance qu'ils avaient entre eux. C'est ce qui rend si difficile la compréhension de ces échanges pour des personnes extérieures. Il n'y a qu'un moyen pour avoir une chance d'en saisir l'essentiel : prendre le temps de rentrer dans le cerveau. Dans leur retransmission en direct, les commentateurs de la télévision ou de la radio n'avaient pas ce temps. Tito Stagno n'avait aucune chance de réussir à interpréter en temps réel les échanges entre Duke et la Lune et c'est pour cette raison qu'il a annoncé l'alunissage une minute trop tôt. Aucun des commentateurs, toutes chaînes confondues, n'a pu saisir le drame qui se déroulait avec les alarmes de l'ordinateur et la jauge de carburant qui approchait zéro. Quand Jean-Pierre Chapel capte bien le « 60 secondes » de Duke, il pense qu'il s'agit de l'heure de l'alunissage alors, qu'en fait, c'est l'heure de l'abandon.

Lors du voyage vers Mars et de l'atterrissage, les astronautes seront confrontés à des systèmes encore plus complexes et ils ne pourront pas les connaître aussi bien que les spécialistes qui les ont étudiés. Confrontés à des situations d'urgence, comme l'atterrissage, ils devront être autonomes. Ils faudrait que les hommes du contrôle de mission soient tous réellement présents à bord. Un peu comme dans la série Star-Trek lorsque le capitaine Kirk, sur la passerelle de son vaisseau Enterprise, se retrouve dans le rôle d'un directeur de vol gérant une équipe composée d'un spécialiste de la navigation, du pilotage, des télécommunications, des propulseurs et d'autres encore, sans oublier le spécialiste scientifique, avec ses longues oreilles pointues, le fameux Monsieur Spock. Même à l'horizon 2035-2040, la technologie sera probablement encore loin de celle de l'Enterprise et les oreilles encore de taille raisonnable.

La solution sera certainement du côté de l'informatique embarquée. Apollo a montré que finalement, il n'est pas nécessaire de disposer d'un ordinateur très puissant pour réaliser les calculs de trajectoires pour se déplacer dans l'espace et se poser sur un autre astre. Ceux dont nous disposons aujourd'hui, a fortiori dans une ou deux décennies, permettront d'améliorer les choses et de disposer de plus de fonctionnalités. Mais ce qui manquait le plus à l'AGC, c'était, au minimum une meilleure capacité de communication avec l'équipage et au mieux une capacité d'analyse. Du côté de Mars, on ne pourra pas se contenter de l'affichage du code d'alarme 1202. L'ordinateur devra dire « je mesure un dépassement de capacité du processeur, je détecte que cela est provoqué par des interruptions en provenance du radar de rendez-vous. » Il devra surtout pouvoir donner son diagnostic : « vous êtes GO pour continuer la descente ». Or, si Bales et Garman ont pu donner le bon diagnostic, c'est parce qu'ils en avaient fait l'expérience dix jours avant le départ d'Apollo 11. Comment un ordinateur pourra prendre une décision basée sur la notion d'expérience ? Dans le cas précédent, on suppose qu'il a vu que le problème venait du radar et, dans ce cas, on peut imaginer qu'il pourrait analyser correctement la situation (et encore, à condition que la saturation n'affecte pas sa capacité de « raisonnement »). Cependant, si on suppose qu'il ne voit pas l'origine du problème, comme Bales et Garman, il ne pas faire appel à « l'expérience ». Or, cette notion est intervenue plusieurs fois dans la saga Apollo. Par exemple, lors du départ de la mission Apollo 12, la fusée Saturn V fut frappée de plein fouet par deux éclairs, en pleine ascension. Le module de commande fut subitement privé de son alimentation électrique principale. Ce jour-là, le spécialiste des systèmes électriques, le EECOM, était John Aaron. Environ un an auparavant, lors d'un test, et un peu par hasard, il avait rencontré une telle situation. Alors que le directeur de vol, Gerry Griffin, s'apprêtait à demander un ABORT, Aaron demanda qu'on transmette aux astronautes l'ordre : « passez SCE sur AUX ». Cette formule magique leur demandait de basculer le commutateur « SCE » sur la position « AUX ». L'alimentation fut rétablie et Apollo 12 put continuer vers la Lune.

Face à un tel événement, loin de la Terre, l'ordinateur devrait faire appel à sa connaissance de tous les composants des systèmes pour déterminer l'action à prendre et, en l'occurrence, désigner le bon commutateur. À condition toutefois que ce commutateur soit fait pour ça et qu'il ne s'agisse pas d'une fonction dérivée fortuitement découverte lors de tests de préparation de la mission.

Comme on le voit, la puissance de l'ordinateur de bord, ou des ordinateurs, ne suffira pas. C'est dans sa programmation que les efforts porteront pour lui donner une base de connaissance et une intelligence artificielle très poussées, un peu à l'image de HAL, l'ordinateur du vaisseau de « 2001 l'odyssée de l'espace ». Mais attention, celui-ci est devenu fou.

La Lune est donc abandonnée. On peut toutefois imaginer qu'avant d'envoyer un vaisseau dans l'espace profond on le testera dans la banlieue de la Terre et qu'un vol circumlunaire aura lieu. L'alunissage ne sera pas possible puisqu'on ne disposera pas de vaisseau conçu pour se poser sur la Lune. On dit que les Chinois préparent un débarquement sur la Lune. Le problème c'est qu'ils ont adopté la méthode soviétique, c'est-à-dire le secret. Or, cette méthode n'a pas fonctionné pendant les années soixante, il est même probable qu'elle ait une grande part de responsabilité dans l'échec russe. Les Chinois risquent donc de s'y casser les dents. C'est, somme toute, ce que prévoit le plan Obama qui évite une nouvelle course à la Lune qui n'apporterait pas grand-chose aux Américains et profiterait plus aux Chinois. En mettant la barre plus haut, les USA distanceront technologiquement la Chine, qui lorsqu'elle atteindra (peut-être) la Lune, aura atteint la capacité technologique des années soixante. À condition toutefois que le nouveau plan d'Obama ne se perde pas dans des conflits d'intérêts industriels et une incapacité de prise de décisions. Auquel cas la politique spatiale américaine ressemblerait fort à celle de l'Union Soviétique dans les années 60.

Ceux qui ont assisté au premier débarquement sur la Lune ont donc peu de chance d'assister au prochain. Ils ont des chances de vivre l'exploration d'un astéroïde vers 2025. Quant à l'atterrissage sur Mars, les plus jeunes d'entre eux auront environ quatre-vingts ans. Il y a donc un peu d'espoir.

Cependant, si la Lune est désertée par les états, on peut imaginer, ou rêver, qu'elle intéresse des explorateurs indépendants. À l'image des aventuriers tels

Amudsen, Hillary, Lindberg, Picard, Étienne, Fossett et d'autres qui construisent des projets et se font sponsoriser, de futurs pionniers pourraient concevoir des moyens économiques pour se poser sur la Lune et trouver les financements nécessaires. Certes, c'est encore du rêve et l'exploration privée humaine ne semble pas encore d'actualité. En revanche, l'exploration automatique est en route. La fondation Google Lunar Xprize a lancé une compétition, dotée de trente millions de dollars, pour les premières équipes à fonds privés capables d'envoyer un robot se poser sur la Lune, lui faire parcourir au moins cinq cents mètres et envoyer photos, vidéos et données vers la Terre. La première date butoir est le 31 décembre 2012 pour gagner le premier prix de vingt millions de dollars. Au-delà la récompense passera à quinze millions. La seconde équipe recevra cinq millions. Et l'opération a du succès puisque vingt projets sont en compétition. Un des projets est particulièrement intéressant. Il est présenté par la société Astrobotic Technology et consiste bien sûr à parcourir les cinq cents mètres qui permettront de gagner le prix. À l'origine, il était prévu que le petit robot se poserait près de la base de la Tranquillité et s'y dirigerait pour filmer avec sa caméra stéréoscopique les vestiges de la mission Apollo 11 : l'étage de descente du LM, la plaque commémorative, les instruments, les empreintes. La date pour cette rencontre était fixée à décembre 2013. Mais cette idée a été abandonnée, car en juillet 2011, la NASA, inquiète de toutes les sortes d'engins et peut-être même d'individus qui pourraient visiter la Lune dans le futur, a publié un ensemble de règles de conduite pour l'approche des sites d'alunissage des missions Apollo. Pour Apollo 11 et 17 (la dernière mission), la NASA recommande même qu'aucune visite ne soit entreprise. Ce souci de sanctuarisation avait déjà été anticipé depuis 2010 par l'État de Californie qui a reconnu la base de la Tranquillité comme place historique. L'idée de l'inscrire au patrimoine mondial de l'Humanité fait également son chemin et sa concrétisation signifiera que désormais l'héritage de l'Homme pourra s'étendre à tout l'univers.

Après cette annonce de la NASA, la société Astrobotics a changé ses plans et a décidé de ne pas visiter la base de la Tranquillité et de se rabattre sur un des sites Apollo 12, 14, 15 ou 16. Le robot, initialement baptisé « Tranquility trek » est devenu « Red rover ».

Pour deux Terriens, compte tenu de leur âge, ce revirement réduit fortement leurs chances de revoir le théâtre de leur exploit, là où ils ont laissé les habits de leur vie d'avant pour endosser ceux des deux premiers êtres humains à avoir foulé le sol d'un autre astre qui, tous les jours passe au-dessus de leur tête, sans plus jamais ne pouvoir l'atteindre.

Annexe

Chronologie de la descente

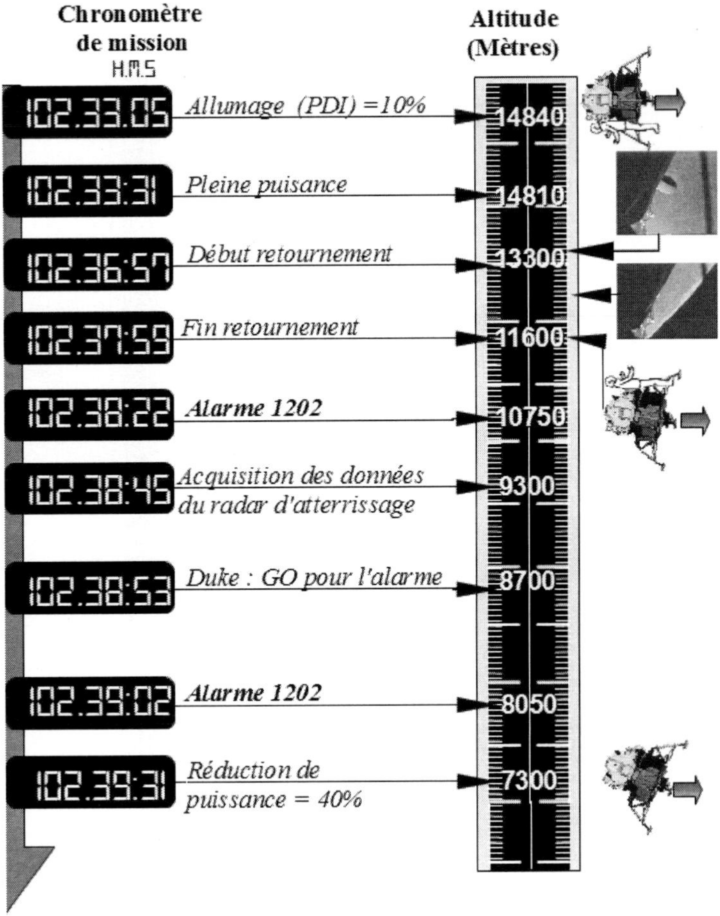

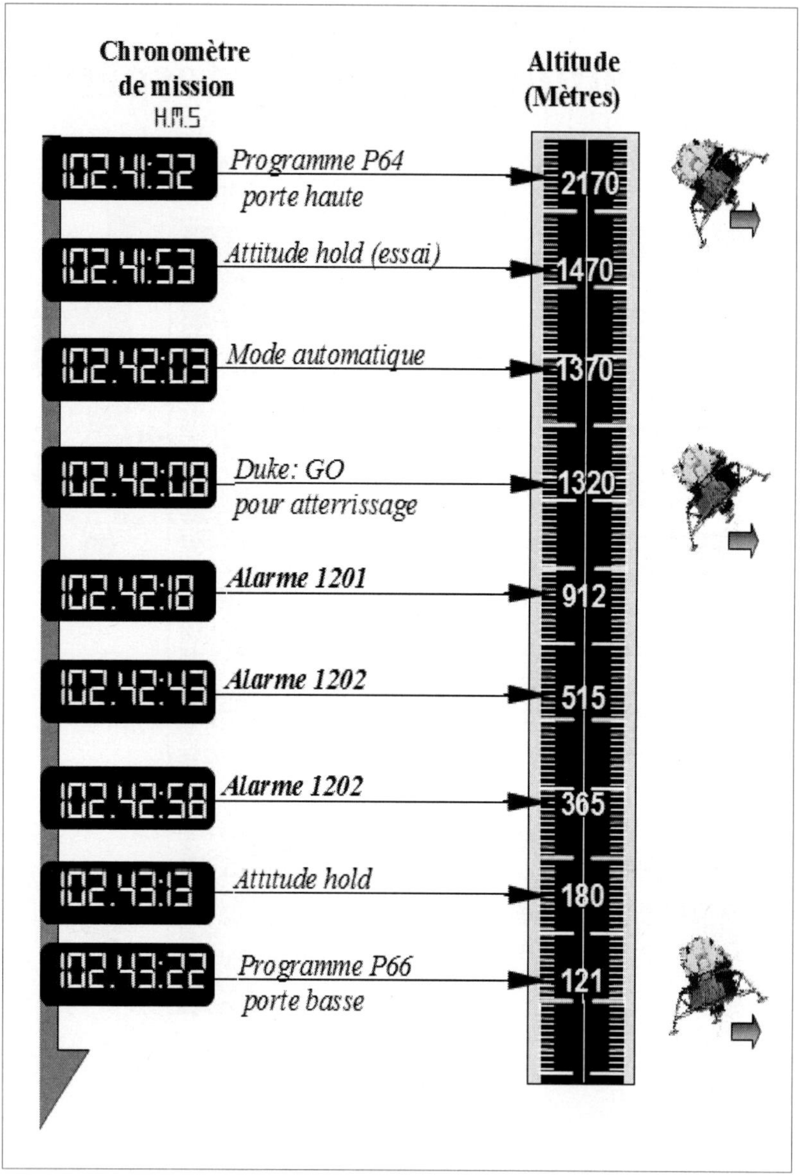
Chronomètre de mission
H.M.S
Altitude (Mètres)
102.41:32
Programme P64 porte haute
2170
102.41:53
Attitude hold (essai)
1470
102.42:03
Mode automatique
1370
102.42:08
Duke: GO pour atterrissage
1320
102.42:18
Alarme 1201
912
102.42:43
Alarme 1202
515
102.42:58
Alarme 1202
365
102.43:13
Attitude hold
180
102.43:22
Programme P66 porte basse
121

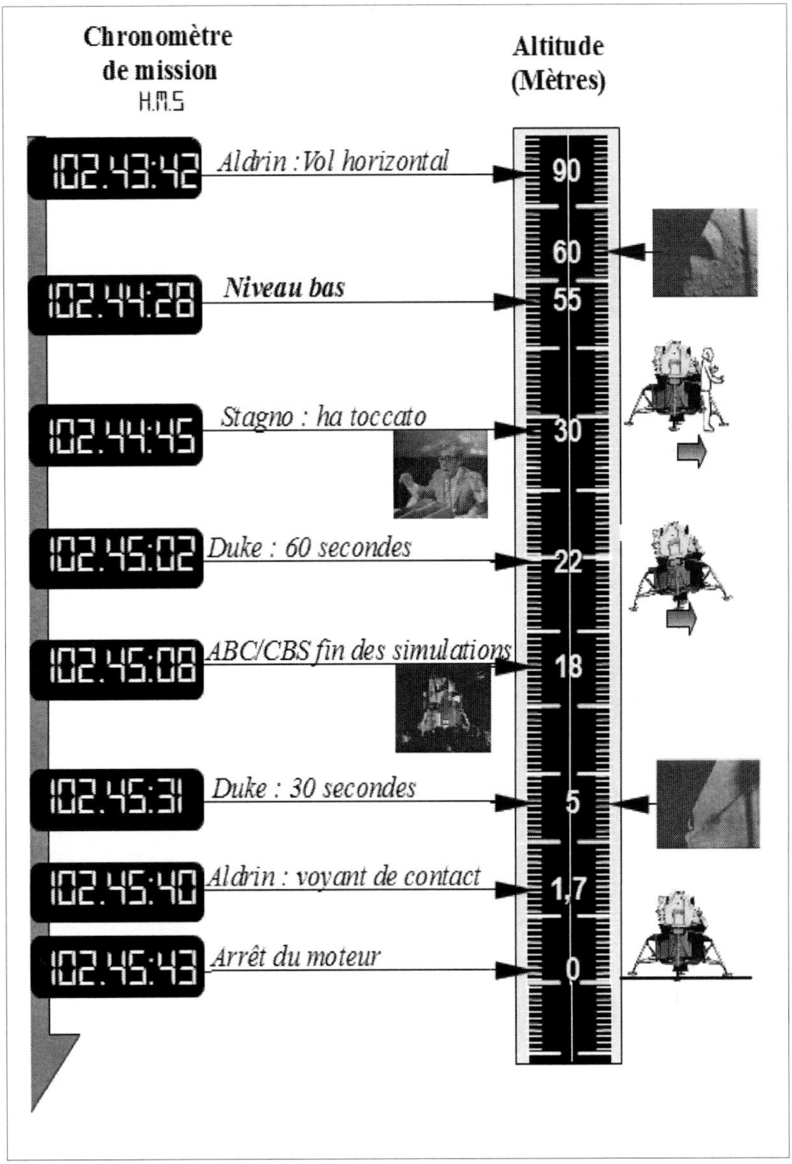
Chronomètre
de mission
H.M.S
Altitude
(Mètres)
102.43:42
Aldrin : Vol horizontal
90
60
102.44:28
Niveau bas
55
102.44:45
Stagno : ha toccato
30
102.45:02
Duke : 60 secondes
22
102.45:08
ABC/CBS fin des simulations
18
102.45:31
Duke : 30 secondes
5
102.45:40
Aldrin : voyant de contact
1,7
102.45:43
Arrêt du moteur
0

Bibliographie

Entretiens dans le cadre du projet NASA oral history

Armstrong/Nasa oral history :
Entretien avec Neil Armstrong par Stephen E.Ambrose et Dr Douglas Brinkley, 19 septembre 2001,

Carlton/NASA oral history :
Entretien avec Robert L. Carlton par Kevin M. Rusnak, 10 avril 2001,

Garman/NASA oral history :
Entretien avec Jack Garman par Kevin Rusnak, 27 mars 2001,
http://www.jsc.nasa.gov/history/oral_histories/GarmanJR/garmanjr.pdf

Kelly/NASA oral history :
Entretien avec Thomas J.Kelly par Kevin M. Rusnak, 19 septembre 1999,

Kranz/NASA oral history (1) :
Entretien avec Eugene Kranz par Rebecca Wright, 8 janvier 1999,
*http://www.jsc.nasa.gov/history/oral_histories/KranzEF/EFK_1-8-99.p*df

Kranz/NASA oral history (2) :
Entretien avec Eugene Kranz par Roy neal, 28 avril 1999,
http://www.jsc.nasa.gov/history/oral_histories/KranzEF/EFK_4-28-99.pdf

Documentations techniques

Apollo 11 Final flight mission rules :
NASA, Apollo 11 Final flight mission rules, 1969,
http://www.hq.nasa.gov/office/pao/History/alsj/a11/A11MissionRules.pdf

Apollo 11 flight plan :
NASA, Apollo 11 flight plan, 1969,
http://www.ibiblio.org/apollo/Documents/Apollo11FlightPlan.pdf

Apollo 11 mission report :
NASA, Apollo 11 mission report, 1969,
http://history.nasa.gov/alsj/a11/A11_MissionReport.pdf

Apollo 11 Technical crew debriefing :
NASA, Apollo 11 Technical crew debriefing - volume 1, 1969,
http://www.hq.nasa.gov/alsj/a11/a11_tcdb.pdf

Apollo 11 Post-flight report on suit :
NASA, Apollo 11 Post-flight report on suit, 1969,
http://www.hq.nasa.gov/alsj/a11/A11CSD.html

Apollo 204 review board :
NASA, Apollo 204 review board - final report, 1967,
http://history.nasa.gov/Apollo204/content.html

Apollo Experience - Abort Planning :
NASA, Apollo Experience Report - Abort Planning, 1972,
http://ntrs.nasa.gov/archive/nasa/casi.ntrs.nasa.gov/19720017278_1972017278.pdf

Apollo experience – Developement of the extravehicular unit assembly
(NASA), Lutz Charles C. et Stutesman Harley L. et Carson Maurice A. et McBarron James W., Apollo experience report – Development of the extravehicular unit assembly, 1975,
http://www.hq.nasa.gov/alsj/tnD8093EMUDevelop.pdf

Apollo experience - Descent propulsion system
(NASA), Hammock William R. et Currie Eldon C. et Fisher Arlie E., Apollo experience report– Descent propulsion system, 1973,
http://ntrs.nasa.gov/archive/nasa/casi.ntrs.nasa.gov/19730011150_1973011150.pdf

Apollo experience – Lunar module landing gear subsystem
(NASA), Rogers Williams F., Apollo experience report - Lunar landing gear subsystem, 1972, http://ntrs.nasa.gov/archive/nasa/casi.ntrs.nasa.gov/19720018253_1972018253.pdf

Apollo experience - Mission planning for lunar module descent and ascent
(NASA), Bennett Floyd V., Apollo experience report - Mission planning for lunar module descent and ascent ,1972, http://history.nasa.gov/alsj/nasa-tnd-6846pt.1.pdf

Apollo experience - Real time display system
(NASA) Sullivan Cornelius J. et Burbank Larue W., Apollo experience report - Real time display system, 1972, http://ntrs.nasa.gov/archive/nasa/casi.ntrs.nasa.gov/19760024152_1976024152.pdf

Apollo experience - Simulation of manned space flight for crew training :
(NASA), Woodling C. H. et Faber Stanley et Van Bockel John J. et Olasky Charles C. et. Williams Wayne K. et Mire John L. C. etHomer James R., Apollo experience report - Simulation of manned space flight for crew training,1973 , http://ntrs.nasa.gov/archive/nasa/casi.ntrs.nasa.gov/19730011149_1973011149.pdf

Apollo navigation, guidance and control system – A progress report :
(MIT), Hoag David G., Apollo navigation, guidance and control system – A progress report, 1969, http://www.ibiblio.org/apollo/hrst/archive/1684.pdf

Apollo lunar descent and ascent trajectories :
(NASA), Benett Floyd V., Apollo lunar descent and acsent trajectories, 1970, http://ntrs.nasa.gov/archive/nasa/casi.ntrs.nasa.gov/19700024568_1970024568.pdf

Apollo lunar surface operation plan :
(NASA), Wood W. H. jr, Apollo Lunar surface operation plan, 1969, http://www.hq.nasa.gov/alsj/a11/a11flsp.pdf

Apollo Preliminary science report :
NASA, Apollo preliminary science report, 1969,
http://www.hq.nasa.gov/alsj/a11/as11psr.pdf

Apollo Program Summary report :
NASA, Apollo program summary report, 1975,
http://www.hq.nasa.gov/alsj/APSR-JSC-09423.pdf

Blair-Smith/System integration issues in Apollo 11 :
Blair-Smith Hugh, System integration issues in Apollo 11, 29th Conference Digita Avionics Systems, 2010

Eyles/Tales from the lunar module guidance computer :
Eyles Don, Tales from the lunar guidance computer, article présenté à la 27e conférence annuelle « Guidage et contrôle » de la société américaine d'Astronautique, 2004,
http://klabs.org/history/apollo_11_alarms/eyles_2004/eyles_2004.htm

Flight crew Training plan :
NASA, Flight crew training plan, 1964,
http://ntrs.nasa.gov/archive/nasa/casi.ntrs.nasa.gov/19740072958_1974072958.pdf

Flight test of the LM landing point designator :
(NASA), Merritt A. C., Flight test of the LM landing point designator, 1969
http://ntrs.nasa.gov/archive/nasa/casi.ntrs.nasa.gov/19790072871_1979072871.pdf

General design of characteristics of the Apollo guidance computer :
(MIT), Hall Eldon C., General design of characteristics of the Apollo guidance computer, 1963, http://www.ibiblio.org/apollo/hrst/archive/1009.pdf

Hall/Case history of the Apollo Guidance Computer
Hall Eldon C. Case history of the Apollo Guidance Computer. 1966,
http://klabs.org/history/history_docs/mit_docs/1675.pdf

Mercury program summary :

NASA, Mercury Program summary, 1963, http://history.nasa.gov/SP-45/cover.htm

NASA/Apollo operations handbook block II :
NASA, Apollo operations handbook block II – volume 1 – spacecraft description, 1969, http://www.hq.nasa.gov/alsj/SM2A-03-BK-II-%281%29.pdf

NASA/Friendship 7
NASA, Friendship 7 – The NASA Mission report, Apogee books, USA, 1999

Project GEMINI final report :
IBM, Project GEMINI final report summary, 1968, http://ntrs.nasa.gov/archive/nasa/casi.ntrs.nasa.gov/19680020624_1968020624.pdf

The Apollo guidance computer- designer 's view :
(MIT), Hall Eldon C., The Apollo guidance computer- designer 's view, http://klabs.org/history/history_docs/mit_docs/1707.pdf

The MIT role in project Apollo :
(MIT), Hall Eldon C., The MIT's role in project Apollo, volume III, computer subsystem, 1972, http://ntrs.nasa.gov/archive/nasa/casi.ntrs.nasa.gov/19770072827_1977072827.pdf

Sarkissian/On Eagle's wings
Sarkissian, John M., On Eagle's wings : the Parkes observatoty's support of the Apollo 11 mission, http://www.hq.nasa.gov/alsj/a11/a11_on_eagles_wings.pdf, 2001

Saturn V flight manual :
NASA, Saturn V flight manual, 1968, http://ntrs.nasa.gov/archive/nasa/casi.ntrs.nasa.gov/19750063889_1975063889.pdf

Vidéos

Archives British Pathé/Khruschev talks to Nikolayev in space :
British Pathé, http://www.britishpathe.com/record.php?id=69372, 1962

Archives British Pathé/Cosmonauts arrive in moscow :
British Pathé, http://www.britishpathe.com/record.php?id=69174, 1962

Archives British Pathé/Khruschev talks with space woman :
British Pathé, http://www.britishpathe.com/record.php?id=63256, *1963*

Archives British Pathé/New soviet leaders welcome cosmonauts to Moscow :
British Pathé, http://www.britishpathe.com/record.php?id=70071, 1964

Archives British Pathé/Russia's twin cosmonauts arrive in Moscow :
British Pathé, http://www.britishpathe.com/record.php?id=69951, 1965

Archives British Pathé /America makes double space history :
British Pathé, http://www.britishpathe.com/record.php?id=69949, 1965

ABC news coverage of Apollo 11 :
ABC, Retransmission en direct de l'alunissage « ABC news coverage of Apollo 11 », vidéo You tube, http://www.youtube.com/watch?v=Dqlq1gzP5bw&feature=related, 1969

CBS/I've got a secret :
CBS, Emission « I've got a secret », vidéo You tube, http://www.youtube.com/watch?v=zd7eWKCOk-A&playnext=1&list=PLAE57D0794500AB01&index=34, 1962

CBS/News coverage of first Moon landing :
CBS, Retransmission en direct de l'alunissage « News coverage of first Moon landing », vidéo You tube, http://www.youtube.com/watch?v=eoy8IWjwb1k&feature=related, 1969

Documentaire « À la conquête de la Lune – L'ordinateur de navigation »

Riley Christopher et Nick Davidson, « Moon machines – The navigation computer », DOX productions, 2008

Documentaire « Dans l'ombre de la Lune »
Sington David, In the shadow of the Moon, DOX productions, 2009

Documentaire « Le premier homme sur la Lune»
Denooyer Rushmore et Wolfinger Kirk, Failure is not an option, Lone Wolf Pictures, 2003 (version française : le premier homme sur la Lune. Les coulisses de l'exploit)

INA/Apollo XI : Alunissage
ORTF, Retransmission en direct de l'alunissage, archives INA, consultable à l'inathèque, 1969

INA/Les dossiers de l'écran
ORTF, Les dossiers de l'écran -Face aux téléspectateurs, le premier homme sur la Lune,, archives INA, http://www.ina.fr/video/CPB7905185501/l-aigle-s-est-pose.fr.html, 1979

INA/Quelques pas dans l'espace :
ORTF, Cinq colonnes à la une – Quelques pas dans l'espace, commenté par Léon Zitrone, archives INA, http://www.ina.fr/video/CAF90005426/quelques-pas-dans-l-espace.fr.html, 1965

INA/Visite des astronautes à Paris :
ORTF, Journal télévisé de 20H – visite des astronautes à Paris, Archives INA, http://www.ina.fr/video/CAF97004132/journee-des-astronautes-a-paris.fr.html, 1969

NASA/Classic NASA film : Gemini 8 :
NASA, Classic NASA film : Gemini 8, vidéo YouTube, http://www.youtube.com/watch?v=Y1rp1BRL4qY&feature=fvsr, 1966

RAI/L'Uomo sulla Luna :
RAI, Retransmission en direct de l'alunissage « l'Uomo sulla Luna », vidéo You tube, http://www.youtube.com/watch?v=C4hLJ9pwxzE&feature=related, 1969

Articles de journaux

LIFE/Lift off to a new era in space
LIFE magazine, Gus Grissom, John Young, Lift off a new era in space, 2 avril 1965, http://books.google.fr/books?id=6lIEAAAAMBAJ&printsec=frontcover#v=onepage&q&f=false

LIFE/The capsule fire flares up again
LIFE magazine, The capsule fire flares up again, 17 septembre 1971, http://books.google.fr/books?id=TEAEAAAAMBAJ&printsec=frontcover

TIME/Conductor in a command Post
TIME, Conductor in a command post, 27 août 1965, http://www.time.com/time/magazine/article/0,9171,828350,00.html

TIME/I am eagle
TIME, I am eagle, 18 août 1961, http://www.time.com/time/magazine/article/0,9171,872658,00.html

TIME/Russia : The heavenly twins
TIME, Russia : The heavenly twins, 24 août 1962, http://www.time.com/time/magazine/article/0,9171,896504,00.html

TIME/Space : It's a success
TIME,Space : It's a success, 12 mai 1961, http://www.time.com/time/magazine/article/0,9171,869859,00.html

TIME/The cruise of the Vostok
TIME, The cruise of the Vostok, 21 avril 1961, http://www.time.com/time/magazine/article/0,9171,895299,00.html

TIME/The Moon in their grasp
TIME, The Moon in their grasp, 24 décembre 1965, http://www.time.com/time/magazine/article/0,9171,834862-2,00.html

Washington Post/ Civilian Armstrong

Washington Post, Civilian Armstrong selected to be first on Moon, 15 avril 1969

Washington Post/Moon flight
Washington Post, Victor Cohn, Moon Flight by Apollo 11, likely in July,10 janvier 1969

Livres

Aldrin/Magnificient desolation
Aldrin Buzz, Abraham, Ken, Magnificient desolation, Harmony Books, USA,2009

Aldrin/Men from Earth
Aldrin Buzz, McConnel Malcom, Men from Earth,Bantam Book, USA, 1989

Baland/De Soutnik à la Lune
Baland Pierre, De Spoutnik à la Lune, Actes Sud, France, 2007

Chrétien/Rêves d'étoiles
Chrétien Jean-Lou, Alric Catherine, Rêves d'étoiles, Alphée, Monaco, 2009

Cernan/The last man on the Moon
Cernan Eugene, The last man on the Moon, Saint Martin's Press, USA, 2000

Ceruzzi/Modern computing
Ceruzzi Paul, A history of modern computing, MIT press, USA, 2003

Collins/Carrying the fire
Collins Michael, Carrying the fire – an astronaut's journeys, Farrar, Strauss and Giroux, USA, 2009

Cooper/Leap of Faith
Cooper Gordon, Leap of Faith : An Astronaut's Journey Into the Unknown, HarperCollins, USA, 2002

Kraft/Flight
Kraft Christopher C., Flight : my life at mission control, Dutton books, USA, 2001

Kranz/Failure is not an option
Kranz Eugene, Failure is not an option : mission control from Mercury to Apollo 13 and beyond, Simon & Schuster, USA, 2009

Newport/Lost spacecraft
Newport Curt, Lost spacecraft, the search for Liberty Bell 7, Apogee Books, Canada, 2002

Hall/Journey to the Moon
Hall Eldon C. , Journey to the Moon : the history of the Apollo Guidance Computer, American Institute of Aeronautics & Astronautics, USA, 1996

Hansen/First man
Hansen James R., First Man, Simon & Schuster, USA, 2006

Harland/The first men on the moon
Harlan David, The first men on the moon, Springer-Praxis,USA, 2007

Harvey/Soviet and Russian space exploration
Harvey Brian, Soviet and Russian space exploration, Springer-Praxis, UK,2007

Kelly/Moon Lander
Kelly Thomas J., Moon lander : how we developped the Apollo lunar module, Smithsonian books, USA, 2001

Leonov/Two sides of the Moon
Scott/Two sides of the Moon
Leonov, Alexei, Scott, David, Two side of the Moon, Simon & Schuster, UK, 2005
Mindell/Digital Apollo
Mindell David A., Digital Apollo : Human and machine in space flight, MIT Press, USA, 2008

Slayton/DEKE
Slayton Donald K. et Cassut Michael, DEKE ! : US manned space from

Mercury to shuttle, Forge, USA, 1995

Tiziou/À l'assaut de la Lune
Tiziou Jacques, À l'assaut de la Lune, Stock, France, 1969

Siddiqi/Sputnik and the soviet space challenge
Siddidi Asif A., Sputnik and the soviet space challenge, University press of Florida, 2003

Siddiqi/The soviet space race with Apollo
Siddiqi Asif A., The soviet space race with Apollo, University Press of Florida, USA, 2003

Yeager/autobiographie
Yeager Charles, Yeager : An aotobiography, Bantam books, USA, 1985

Autres publications sur Internet

7094-II system support for numerical analysis
Kahan W., http://www.cs.berkeley.edu/~wkahan/7094II.pdf

Aldrin/Line-of-sight guidance techniques for manned orbital rendez-vous
Aldrin Buzz, http://dspace.mit.edu/handle/1721.1/12652

Comparisons photographs of the Apollo11 lunar television
http://www.honeysucklecreek.net/Apollo_11/Apollo_11_TV_comparisons.pdf

John F. Kennedy /Presidential library & museum
Kennedy John F., Address at Rice University on the Nation's Space Effort, Texas, 12 septembre 1962, http://www.jfklibrary.org/Historical+Resources/Archives/Reference+Desk/Speeches/JFK/003POF03SpaceEffort09121962.htm

Hall/Integrated Circuits in the Apollo Guidance Computer.
Hall, Eldon, http://klabs.org/history/history_docs/integrated_circuits/ic4-po.pdf

Hoag/The History of Apollo Onboard Guidance,Navigation, and Control
Hoag David G., http://www.draper.com/Apollo/documents/Hoag_161064.pdf , 1983

Honeysuckle/audio
Bande son et transcription du circuit NET2, http://www.honeysucklecreek.net/Apollo_11/index.html

IBM archives [1]
IBM, IBM 701, http://www-03.ibm.com/ibm/history/exhibits/701/701_1415bx01.html

IBM archives [2]
IBM, IBM 2361 core storage unit, http://www-03.ibm.com/ibm/history/exhibits/space/space_2361.html

IBM archives [3]
IBM, IBM and the Gemini Program, http://www-03.ibm.com/ibm/history/exhibits/space/space_gemini.html

Kranz/Richmond
Kranz, Eugene, Kranz speaks at Richmond Events, http://www.youtube.com/watch?v=GKffjUq_xbc, 2008

Luminary source Listing
Code source des programmes de l'ordinateur de bord du LM
http://www.ibiblio.org/apollo/Luminary.html
http://authors.library.caltech.edu/5456/1/hrst.mit.edu/hrs/apollo/public/archive/1729.pdf

Martin/Apollo 11 -25 years later
Martin Fred H., http://history.nasa.gov/alsj/a11/a11.1201-fm.html, 1994
NASA/Biographie d' Armstrong
NASA, http://www.jsc.nasa.gov/Bios/htmlbios/armstrong-na.html

NASA/The Apollo spacraft – A chronology
NASA, http://www.hq.nasa.gov/office/pao/History/SP-4009/v1p2d.htm

Nixon/Discours de remise des récompenses.
Nixon Richard, Remarks at a Dinner in Los Angeles Honoring the Apollo 11 Astronauts, http://www.presidency.ucsb.edu/ws/index.php?pid=2202&st=&st1=, 13 août 1969

Seamans/PROJECT APOLLO :The Tough Decisions
Seamans Robert C., http://history.nasa.gov/monograph37.pdf, 2005

Scott/User view
Scott, The Apollo guidance computer – A user view, http://klabs.org/history/history_docs/ech/agc_scott.pdf

Tindall/Tindallgramme du 31 mai 1966
Tindall Howard, Apollo spacecraft computer program development newsletter, 31 mai 1966
et Apollo spacecraft cornputer programs--or, a bucket of worms, 13 juin 1966, http://web.mit.edu/digitalapollo/Documents/Chapter7/tindallgrams.pdf

Tomayko/Computer in spaceflight : the NASA experience
Tomayko James E., http://history.nasa.gov/computers/contents.html, 1987

Tomayko/Computers take flight
Tomayko James E., Computers take flight : A history of NASA's pioneering digitral fly-by-wire project, http://www.klabs.org/history/history_docs/reports/dfbw_tomayko.pdf, 2000

X15 hypersonic research
NASA, X15 hypersonic research at the edge of space, http://history.nasa.gov/x15/cover.html

Index

Vous pouvez faire part de vos remarques,
critiques, suggestions
aux auteurs à cette adresse :

auteurs@cepadues.com

Achevé d'imprimer en France
en juin 2013 chez Messages SAS
111, rue Nicolas-Vauquelin • 31100 Toulouse
Tél. : 05 61 41 24 14 • Fax : 05 61 19 00 43
imprimerie@messages.fr